मंजिल

कुशवाहा 'कान्त'

प्रकाशक : डायमंड पॉकेट बुक्स (प्रा.) लि.
X-30 ओखला इंडस्ट्रियल एरिया, फेज-II
नई दिल्ली-110020
फोन : 011-40712200
ई-मेल : sales@dpb.in
वेबसाइट : www.diamondbook.in

Manzil

By : Kushwaha Kant

मंजिल
एक

बड़ा-सा कमरा!

जैसे दुनिया भर की दौलत इकट्ठी कर दी गई थी उसमें। संसार का सारा सौंदर्य वहां हाथ पसारे खड़ा था। आराम और ऐश की सभी चीजें शाहंशाह का इंतजार कर रही थीं।

मणिमुक्ता-लसित चार बड़े-बड़े झाड़ लटक रहे थे, चित्र-विचित्रित छत की छाती पर।

दरवाजे पर रेशमी परदे झूल रहे थे, जिनमें गुंथे हुए मोती चमक रहे थे, चमाचम!

सोने के पलंग पर रेशमी गुलगुला गद्दा बिछा था।

पलंग के पास रखे हुए छोटे से चांदी के तख्त पर साकी बैठी हुई थी। बगल में दिलरुबा निस्पन्द पड़ा था।

साकी का बदन जैसे सांचे में ढला हुआ था।

उसकी जवानी खिल उठी थी। बदन का रेशा-रेशा मदहोश बन चुका था। वक्षस्थल बोझिल हो गए थे। कमर जवानी के दबाव से सिसकियां भर रही थी।

साकी का नाम था नरगिस!

नरगिस-सी खूबसूरत थी वह! उसकी रग-रग में जवानी की लहरें हिलोरे मार रही थी, जिससे उसकी अदा में बेहद चंचलता भर उठी थी।

साकी तख्त पर बैठी हुई शाहंशाह की प्रतीक्षा कर रही थी। उसकी आंखें आधी खुली, आधी बंद थीं। नयन-कोटरों की दरार से शरबते-अनार की मादकता झांक रही थी। शरीर अवश होकर कलापूर्ण ढंग से तख्त पर पड़ा था।

'बाअदब, बामुलाहजा होशियार!'

ख्वाजासरा की पुकार कानों में पड़कर गूंज उठी।

और गूंज उठी शाही महल की खूबसूरत दीवारें। उस गूंजती आवाज से चारों ओर सन्नाटा छा गया।

साकी के बदन में हरकत हुई और वह तख्त से नीचे उतरकर अदब के साथ खड़ी हो गई।

ख्वाजासरा की आवाज पुनः सुनाई पड़ी...।

'बाअदब बामुलाहजा होशियार...! साकिए शाहंशाह होशियार!'

साकी अब और अदब के साथ झुककर, कोर्निश करती हुई खड़ी हो गई- बेजान पत्थर की पुतली की तरह।

उसी समय दरवाजे का रेशमी पर्दा एक ओर को हटा दिया गया। उस ख्वाबगाह में शाहंशाह तातार ने प्रवेश किया।

पचास साल की उम्र!

मुंह पर रोबीली मूंछें और दाढ़ी।

बदन पर मूल्यवान शाही चोंगा और सर पर बादशाही ताज।

शाहंशाह तातार बूढ़ी उम्र में भी जवान लग रहे थे। मुखाकृति पर क्रूरता एवं निर्दयता नर्तन कर रही थी।

पीछे-पीछे बीसों नौजवान खूबसूरत बांदियां, उनका लबादा उठाए हुए आ रही थीं।

शाहंशाह आकर पलंग पर बैठ गये और हाथ से कुछ इशारा किया। वे बांदियां सर नीचा किए हुए पीछे हटती हुई बाहर हो गईं और दरवाजे पर का रेशमी पर्दा पुनः यथास्थान कर दिया गया।

शाहंशाह ने चुभती दृष्टि से एक बार कमरे का निरीक्षण किया।

साकी अब तक कोर्निश की अदा में झुकी हुई थी।

साकी की जवानी, शाहंशाह की निगाह में कसक उठी।

'साकी...।' शाहंशाह ने पुकारा।

'.............।'

साकी निश्चल झुकी रही, जैसे बेजान बुत हो।

'नरगिस...! साकी!' पुनः पुकारा शाहंशाह ने।

साकी ने सर उठाया—मादक मुस्कुराहट झांक उठी सलोने होंठों से।

'हुजूरे आलम!' शहद बरस पड़ा, उस साकी के सलोने होंठों से।

'इधर आओ हूर...! पास आओ...!' शाहंशाह ने कहा और दूर आकर उनके बूढ़े शरीर से सटकर खड़ी हो गई।

शाहंशाह ने उसका खूबसूरत चिबुक ऊपर उठाया-

'शाबाश!' शाहंशाह बोले—'तुम्हारी जवानी, हुस्न की दुनिया में लाजवाब और काबिलेतारीफ है...।'

'जिल्ले सुब्बानी!'

साकी ने गजब ढा देने वाली अदा से मुस्कुरा दिया।

और तब उसकी कमर पर दरिया की लहरें लहरा उठीं। उसके नाजुक पतले-पतले हाथ आगे बढ़े।

बांदी के हाथों ने सुराही और प्याला उठा लिया।

छल-छल की आवाज हुई।

सोने के प्याले ने अपने मुंह तक शरबते-अनार भर लिया।

साकी ने अपनी उमड़ती हुई जवानी शाहंशाह की गोद में डालकर उन्हें शरबते-अनार पिलाया।

चार जाम पीते ही शाहंशाह की क्रूर आंखों में वासना की लालिमा नृत्य करने लगी।

साकी उठकर अपने तख्त पर जा बैठी।

दिलरुबा मधुर ध्वनि से झंकृत हो उठा।

शरबते-अनार की मदहोशी, दिलरुबा के मादक स्वर से जा लिपटी। दोनों विभोर हो उठे।

'बाअदब, बामुलाहजा होशियार...!' बाहर, ख्वाजासरा की पुकार पुनः सुनाई पड़ी—'साकिए शाहंशाह होशियार...! मल्कये-आजम शाहंशाह सलामत के दरेदौलत पर हाजिर हैं।'

दिलरुबा का बजना रुक गया।

कमरे का रेशमी पर्दा हटा। एक बांदी कोर्निश करती हुई नजर आई।

'मल्का को हाजिर होने दिया जाए।' शाहंशाह ने आज्ञा दी।

बांदी चली गई। साकी पुनः कोर्निश करती हुई खड़ी हो गई।

उस समय सल्तनत की मल्कये-आलम ने वहां प्रवेश किया। झुककर उन्होंने शाहंशाह को आदाब बजाया।

शाहंशाह ने मल्का का हाथ पकड़कर पलंग पर बैठा लिया।

'हुजूरे आलम की तबीयत तो दुरुस्त है न...?' पूछा मल्का ने।

मल्का की उम्र पैंतीस के ऊपर थी। सौंदर्य उनका अनुपम था, राजसी परिधान में वे बड़ी आकर्षक लग रही थी।

'दुरुस्त है...।' शाहंशाह ने कहा—'क्या मैं मल्का के इस बेवक्त तशरीफ लाने का सबब जान सकता हूं?'

'मेरे आने का कोई खास सबब नहीं है, आलमपनाह...!' मल्का ने कहा—'एकाएक शाहजादा रशीद की याद आ जाने से दिल बेताब हो उठा। सोचा, चलकर आपसे उनकी खैरियत दरियाफ्त करूं।'

'उसके लिए तुम बेचैन हो मल्का!' शाहंशाह के मुख पर थोड़ी देर के लिए एक क्रूर मुस्कान चमक कर विलीन हो गई—'वह मेरा भाई है, सगा भाई...! तुमसे ज्यादा मुझे उसकी फिक्र होनी चाहिए—मैं देखता हूं कि उसने तुम्हारे दिल पर मुझसे भी ज्यादा असर डाल रखा है।'

'बजा फरमाते हैं हुजूर शाहंशाह!' मल्का बोली—'जब आप दोनों के अब्बा हुजूर और अम्मी मौत के शिकार हुए, तो मैंने ही उस छोटे से बच्चे रशीद की परवरिश की और उसे इतना बड़ा किया।'

'मगर अब तो वह काफी जवान हो चुका है, मल्का...!' तेज आवाज में शाहंशाह ने कहा—'अब उसकी मुहब्बत से अपने को ज्यादा बेताब बनाना, तुम्हारी शराफत में धब्बा लगा देगा।'

'हुजूर का ख्याल गलत है—'नौजवान शाहजादे के लिए मेरे दिल में मां का सच्चा प्यार है हुजूरे आलम! खामखाह गलतफहमी में पड़कर आप अपने को परेशान करते हैं—मैं शाहंशाह सलामत को यकीन दिलाती हूं कि अपना खास बच्चा न होते हुए भी, शाहजादा रशीद मेरे बेटे की तरह है।'

'हो सकता है कि तुम्हारा कहना ठीक हो, मगर इंसान के अंदरूनी ख्यालात जान लेना मेरे लिए गैरमुमकिन है, मल्का!' शाहंशाह ने कहा।

उनके मुख पर घृणित क्रूरता नाच रही थी। उनकी भाव-भंगिमा से स्पष्ट हो रहा था कि उन्हें मल्का और शाहजादे के सम्बंध में बहुत पहले से संदेह है।

'हुजूर सुलतान एक दिन उन बातों का सबूत पा जाएंगे...।' मल्का ने धीरे से कहा। शाहंशाह की संदेहात्मक बातों से उनका हृदय ग्लानि से भर उठा था।

'मैं तो कहता हूं कि तुम्हें उसके लिए परेशान होने की कतई जरूरत नहीं...।' शाहंशाह बोले—'मैं उसका भाई हूं, सरपरस्त हूं, शाहंशाह हूं। उसकी भलाई-बुराई का जिम्मेदार मैं हूं, तुम नहीं।'

'बजा फरमाते हैं आलीजाह।'

'काशगर में जलील डाकुओं ने बगावत मचा रखी थी...।' शाहंशाह कहने लगे- 'शाहजादा रशीद को वहां जाकर उन्हें सजा देना जरूरी था और इसलिए वह गया भी है।'

'मगर इस काम में कितना खतरा है, हुजूर-सलामत...!'

'खतरा?' हो-हो करके कठोर मुद्रा में हंस पड़े शाहंशाह- 'तुम्हारा मतलब है कि खतरे से डरकर इंसान बुजदिल और काहिल बन जाए। मर्द के बच्चों के लिए खतरों की सेज, फूलों की सेज है मल्का...! तुम समझती हो कि शाहजादे के लिए सिर्फ तुम्हारे दिल में मुहब्बत है और मेरे दिल में नहीं।'

'..................।'

निस्तब्ध बैठी रही मल्का।

'मल्का....!' शाहंशाह की आवाज अब नम्र हो गई थी—'यह न भूलो कि तुम अगर शाहजादे की मां हो, तो मैं बाप हूं... जाओ, अब जाकर आराम करो-- दरबारेआम का वक्त हो चुका है। मुझे भी जल्द काम खत्म करना है।'

उठ खड़ी हुई मल्का।

शाहंशाह को आदाब बजाकर धीरे-धीरे वे कमरे से बाहर हो गई।

इस समय उनका हृदय अत्यंत सन्तप्त था। आज शाहंशाह की बातों ने उनके मर्मस्थल पर भयंकर चोट पहुंचाई थी।

मल्का ने शाहजादा रशीद को अपने बच्चे की तरह पाला था। अपना सम्पूर्ण मातृत्व-स्नेह अपने पति के भाई के लिए उड़ेल दिया था। मल्का के लिए रशीद उनका देवर नहीं था, उनका पुत्र था।

परंतु दुनिया पाक-मुहब्बत की बात क्या समझेगी?

जब स्वयं शाहंशाह को ही सन्देह है तो औरों की क्या बात?

मल्का के जाने के बाद शाहंशाह ने साकी की ओर देखा, जो अब तक सर झुकाए हुए दरवाजे के पास खड़ी थी।

'साकी!'

पुकारा शाहंशाह ने।

'कम्पन हुआ उसके नाजुक बदन में। सर उठाया साकी ने।

चार आंखों ने आपस में इशारेबाजी की और साकी ने प्याला फिर से भर दिया। प्याला लेकर शाहंशाह गटागट पी गये।

मदिरा की मादकता ने शाहंशाह के हृदय में प्रवेश कर गई और दुर्भावना क्षण में दूर भाग गयी।

'देखो नरगिस.....!' शाहंशाह बोले।

नरगिस अब तक उनकी गोद में बैठ चुकी थी।

उसने आंख उठाकर पुतलियों द्वारा- 'क्या?' का भाव प्रदर्शित किया।

'मल्का की बातें सुनीं तुमने!' पूछा शाहंशाह ने।

'खूब गौर से सुनीं, हजूरे-आलम!'

'मल्का मेरी बीवी है, शाहजादे के लिए उनकी इस बेताबी से मेरे शक को शह मिलती है।' शाहंशाह बोले।

'मेरी जान बख्शें हुजूर।' साकी बोली- 'मल्का औरत हैं, उनके दिल में भी अरमानों का दरिया है, उनके जिस्म पर भी जवानी का आलम है।'

'तुम्हारा मतलब?' शाहंशाह ने पूछा- 'साकी! तुम्हारा मतलब क्या है?'

'बहुत साफ है मेरा मतलब, जहांपनाह!' साकी बोली—'हुजूर मर्द हैं, सैकड़ों बेजुबान जवानियां बर्बाद कर सकते हैं आप, मगर मल्का औरत हैं, उनका दूसरे मर्द की ओर बेटे की मुहब्बत से देखना भी गुनाह है।'

कहकर चुप हो गई साकी। उसने दीन-दुनिया के मालिक के रूबरू कितनी धृष्टतापूर्ण बात कह दी थी।

शाहंशाह एकाएक गम्भीर हो उठे।

उनका चरित्र अभेद्य था, उनके अन्तस्थल का भेद पाना असंभव था। उनकी गम्भीरता से साकी घबरा उठी। वह नहीं जानती थी कि एकाएक उससे ऐसी गुस्ताखी हो जाएगी।

न जाने कैसे उसके मुंह से ये बातें निकल गई थीं।

शाहंशाह की मुखाकृति उत्तरोत्तर गम्भीर होती गई।

अब साकी के पैर भय से थर-थर कांपने लगे। बदन का रोआं-रोआं तनकर खड़ा हो गया। जवानी की लालिमा कालिमाच्छन्न हो गई।

शाहंशाह ने सर उठाया।

'खातून?' गम्भीर स्वर में पुकारा उन्होंने।

रेशमी पर्दा हटा। भयानक तातरी औरत ने वहां प्रवेश किया। उसकी कमर में अनेक छोटे-बड़े छूरे लटक रहे थे।

उसने शाहंशाह को कोर्निश की और अदब के साथ खड़ी हो गई।

साकी का भय चरम सीमा तक पहुंच गया, उस खूंखार औरत को देखकर।

'देखो....।' शाहंशाह तेज आवाज में बोले—'इस छोकरी की जान जितनी छोटी है, जवानी उतनी ही दराज है। ले जाओ इसे।'

खातून ने आगे बढ़कर साकी का हाथ मजबूती से पकड़ लिया।

नरगिस दर्द से चीख उठी।

वह रोती हुई बोली—'शाहंशाहे आलम! रहम!'

जो छोकरी, अपनी जवानी का जाम लेकर चंद लमहे पहले शाहंशाह को चुल्लू भर आबे-हयात पिला रही थी, वह जबान फिसल जाने की वजह से तड़प रही थी अब।

शाहंशाह ने कुछ इशारा किया।

और उस चीखती छोकरी के मुंह पर, खातून की वजनी हथेली आ बैठी। नाक से खून बह चला। आवाज बंद हो गई।

'इसके लिए और कोई सजा?' अदब के साथ पूछा खातून ने।

'तीन दिन तक खाना-पीना बंद...!' शाहंशाह ने सजा सुनाई- 'चौथे दिन पचास कौड़े सीने पर लगाकर खबासों के हवाले कर देना।'

'जो हुक्म आलमपनाह...!'

नरगिस को घसीटती हई खातून बाहर चली गई।

एक फूल!

खिलने से पहले डाल से तोड़ लिया गया।

उसके सौंदर्य के साथ मनमाना खिलवाड़ा हुआ और तब उसे रौंदकर दूर फेंक दिया गया। यही है कोमल फूल का आखिरी अंजाम और शाहंशाह की ऐशपरस्ती की जीती-जागती मिसाल!

शाहंशाह के मस्तक की रगें उभर आई थीं।

उन्होंने धीरे से ताली बजाई।

एक जवान बांदी हाजिर हुई।

'देखो...!' शाहंशाह बोले- 'नरगिस निकाल दी गई। उसकी जगह एक दूसरी साकी शाम को मौजूद रहे।'

'जो हुक्म आलीजाह...!'

बांदी चली गई।

दो

बड़े से प्रांगण में जहां ऐश्वर्य एवं धन का पारावार नहीं था, दरबार का आयोजन था।

दरबारे-आम की रौनक अजीब थी।

शाहंशाह तातार का स्वर्ण-सिंहासन खाली था। अभी तक शाहंशाह दरबार में पधारे न थे।

सबकी आंखें उनकी प्रतीक्षा कर रही थीं।

'बाअदब बामुलाहजा होशियार...।'

प्रकोष्ठ की दीवारें गूंज उठीं।

दरबार में एकाएक सन्नाटा छा गया। दरबारी संभलकर बैठ गये। पुनः आवाज आई-

'दरबारे-आम होशियार...! गरीब परवर, जहांपनाह हुजूर शहंशाहे आलम, आलीजाह शाहे तातार, सुलतान मुहम्मद अली बिन ताहिर, दरबार अफरोज होते हैं... बाअदब बामुलाहिजा होशियार!'

आवाज की गूंज अभी विलीन भी नहीं हुई थी कि रेशमी पर्दा हट गया।

वजीरे-आजम तथा अन्य दरबारी उठकर कोर्निश करते हुए खड़े हो गए। सभी के सर झुके हुए थे, आंखें जमीन की छाती पर केन्द्रित थीं।

'बैठने की इजाजत है।' ख्वाजासरा की आवाज आई।

सबने अपना सर उठाया, धीरे से अपने आसनों पर बैठ गये।

शाहंशाह मुहम्मद अली बिन ताहिर शाही तख्त पर विराजमान थे। सर पर वही मूल्यवान ताज था, चेहरे पर वही दाढ़ी-मूंछ और नेत्रों में वही निर्दयता की झलक।

'वजीरे-आजम!' शाहंशाह ने पुकारा।

वाणी में कठोरता थी और मुख पर क्रूरता की छाप।

'हुक्म शाहंशाहे-आलम!' कहा उन्होंने।

'शाहजादे रशीद का कोई परवाना आया?'

'नहीं हुजूर सलामत!' धीरे से कहा वजीर ने।

'उसे गए हुए काफी अरसा हो चुका, मगर उसने अपनी खैरियत की खबर तक नहीं भेजी...।- शाहंशाह बोले- 'पता नहीं डाकुओं की बगावत को उन्हें शिकस्त दी या नहीं...।'

'इलाही खैर करें आलमपनाह...।' वजीर ने कहा—'हुजूर शाहजादे आलम का बाल भी बांका न होगा।'

'तुम ठीक कहते हो, बुजुर्ग...! मगर मल्काये-आलम शाहजादे की खैरियत के लिए बेहद गमगीन हैं। उनकी दिलजोई के लिए कुछ करना चाहिए।'

'जो हुक्म आलाये-हजरत! मैं आज ही काशगर की तरफ एक प्यादा रवाना कर दूंगा...।'

'बेहतर होगा...।' बोले शाहंशाह।

घण्टे की तेज आवाज दरबार में गूंज उठी।

शाहंशाह ने चौंककर सर उठाया।

ख्वाजासरा पुकार रहा था।

'रैय्यत तातार की तरफ से अमीर सफ्दर साहब, कुछ खास लोगों के साथ तशरीफ लाए हैं और इन्साफ के लिए हुजूर शाहंशाहे-सलामत की कदमबोमी की आरजू रखते हैं...।'

अमीर सफ्दर का नाम सुनकर शाहंशाह की आंखें क्रोध से लाल हो गई। वे जानते थे कि सफ्दर नौजवान है, शाहेजादे रशीद का मित्र है और सबसे बढ़कर तातार की प्रजा का हितचिंतक है।

प्रजा सफ्दर के इशारे पर चलती है। वह प्रजा का शोषण नहीं देख सकता। उसने आजकल सारी प्रजा को शाहंशाह के विरुद्ध उभार दिया है और युगों से सताई हुई जनता आज अपने अधिकार पाने को कटिबद्ध है।

चाहे शांति से अथवा क्रांति से।

प्रजा जानती है कि उसका शासक, उसका शाहंशाह निर्दयी है, क्रूर है, उन पर जुल्म ढाने वाला है, शरबते-अनार की मदहोशी में धुत्त होकर भोली जवानियों की अस्मत लूटने वाला है।

जनता ऊब उठी है इन सब अत्याचारों से।

वह नहीं चाहती कि शाहंशाह ऐश करें और वह मेहनत करने पर भी खून के आंसू पीयें।

आज उसे अमीर सफ्दर के रूप में एक सच्चा जन-नायक मिल गया है, जो शाही फरेबों का पूरा जानकार है।

अब वह इस नौजवान अमीर के नेतृत्व में शोषण करने वाली शक्ति से भरपूर मुकाबला करेगी।

शाहंशाह कुछ सोच रहे थे।

सर उठाकर उन्होंने वजीर को कुछ इशारा किया।

वजीर ने पास ही खड़े एक ख्वाजासरा को आज्ञा दी—'अमीर सफ्दर साहब को बाइज्जत दरबार में पेश किया जाए...।'

वह सर झुकाकर बाहर चला गया।

थोड़ी ही देर बाद लगभग दस-बारह साथियों के साथ सफ्दर ने प्रवेश किया।

सफ्दर युवक था। पच्चीस की उम्र होगी। अच्छे और रुतबे वाले खानदान में उसकी पैदाइश हुई थी। मुखाकृति सौम्य एवं प्रतिभापूर्ण थी।

उसने और उसके साथियों ने अंदर आने के साथ शाहंशाह को कोर्निश की।

शाहंशाह की आंखें सफ्दर को देखकर हिंसक हो उठीं, परंतु उन्होंने प्रयत्न करके आंतरिक भाव छिपा लिया।

'अमीर सफ्दर! अच्छे तो हो...!' पूछा शाहंशाह ने उस युवक से, जो उनके सामने अदब के साथ सीना ऊंचा किए खड़ा था और जिसके कारनामों को सुनकर शाहंशाह का हृदय भयभीत होने से बचा न था।

'इनायत है, जहांपनाह...!' सौम्य वाणी में उत्तर दिया सफ्दर ने।

'किस मकसद से तशरीफ लाए हो?'

'शाहे-आलम की कदमबोसी के मकसद से।' सफ्दर बोला- 'इसके अलावा और भी एक काम था...।'

'कौन-सा काम—?' जानते हुए भी अनजान बन गए शाहंशाह।

'हुजूरे-सलामत ने रियाया की उस अर्जी पर अभी तक गौर फरमाया या नहीं, जिसमें रियाया ने अपने ऊपर होते हुए जुल्मों की तहकीकात करने की मिन्नत की थी?'

'वल्लाह...!' क्रूर मुस्कान छा गई शाहंशाह के होंठों पर। 'वह अर्जी क्या थी, बच्चों तमाशा था, अमीर सफ्दर! उस पर यकीन करने की जरा भी गुंजाइश नहीं।'

'मगर गरीब परवर! उसका एक-एक लफ्ज, रियाया के दिल की आह है। उनका एक-एक हरफ, मजलूम बेगुनाहों के खून से लिखा हुआ है।' सफ्दर बोला।

'रियाया चाहती क्या है, सफ्दर...?' शाहंशाह की आवाज कठोर हो गई।

दरबार सन्नाटे में आ गया, शाहंशाह का क्रोध देखकर।

परंतु सफ्दर पर उसका कोई असर नहीं हुआ। उसी तरह शान से बोला- 'रियाया इन्साफ चाहती है, आलमपनाह।'

'उनके साथ क्या बेइन्साफी की गई है?' पूछा शाहंशाह ने।

'गरीब रियाया को तड़पाने के लिए सैकड़ों काले कानून बनाए गये हैं, सैकड़ों नये किस्म के कर लगाये गए हैं।' सफ्दर बोला-- 'रियाया चाहती है कि जुल्मी कारिन्दों की जांच हो और उन्होंने अब तक जो कहर ढाया है, उसके लिए उन्हें सजा फरमाई जाए।'

'और क्या चाहती है रियाया....?' उत्तेजित स्वर में बोले शाहशाह! उनकी आंखों ने रक्तवर्ण धारण कर लिया था।

'वह चाहती है कि सलूतनत तातार के कारिन्दे, रियाया की राय से चुने जाए।' सफ्दर निर्भयतापूर्वक कहता गया- 'इस सरजमीं पर रियाया की सल्तनत कायम की जाए।'

'सफ्दर...।' चिल्ला उठे शाहंशाह। उनका क्रोध देखकर कितने ही दरबारियों के होश उड़ गये।

'शाहे-आलम...।' कहता गया सफ्दर—'और रियाया यह भी चाहती है कि खुद सुलतान सलामत भी, अपने ऐश व इशरत पर खर्च की जाने वाली दौलत का रत्ती-रत्ती हिसाब दें और बतायें कि उन्हें खुदाये-पाक की ओर से क्या यही अख्तियार मिले हैं कि रियाया तड़पे और खुद शरबते-अनार और साकी के साथ ऐश-परस्ती की जिंदगी बसर करें...!'

'सफ्दर...।'

तेजी से उठ खड़े हुए शाहंशाह। क्रोध से उनका सारा बदन तपने लगा था।

'आलमपनाह!'

'यह न भूलो कि तुम रैय्यत हो और मैं शाहंशाह हूं... तुम शाहजादे रशीद के जिगरी दोस्त हो। ऐसा न हो कि मुझे मजबूर होकर तुम्हारी जुबान बंद करनी पड़े...।'

गुस्ताखी-पर-गुस्ताखी करता जा रहा था सफ्दर, मगर किसमें इतनी हिम्मत थी कि उस शेर की जुबान पकड़ सके।

मजबूर और बेबस थे स्वयं शाहंशाह भी।

वह शाहंशाह! जिसने अपनी साकी नरगिस की जरा-सी गुस्ताखी पर उसे कठोरतम दंड दिया था।

वही इतने बड़े गुस्ताख के सामने अपने को विवशता से घिरा हुआ पा रहे थे।

वे जानते थे कि नरगिस तो उनके इशारों पर जिंदगी गुजारने वाली एक नाचीज बांदी थी, परंतु सफ्दर।

सफ्दर तो सारी प्रजा का प्राण है। उसके एक इशारे पर सारे तातार में खून की नदी बह सकती है।

'जिल्ले सुब्बानी!' सफ्दर ने शाहंशाह को मौन देख अपनी ओर आकर्षित किया।

'सफ्दर—!' पुनः तेज आवाज में बोले शाहंशाह—'तुम और तुम्हारे जलील साथियों ने मिलकर रियाया को बुरे रास्ते पर चलने को मजबूर किया है, उनको बगावत के लिए भड़काया है—अपनी रियाया के लिए मेरे दिल में रहम हो सकता है, मगर बागियों के लिए मेरी तोपें हमेशा आग उगलने को तैयार खड़ी रहती हैं।'

'हुजूरे-सलामत हमें तोपों का मुंह दिखाकर, हमारी आवाज बंद करना चाहते हैं।' पहली बार सफ्दर की आवाज तेज हुई—'तो सुन लीजिए, शाहे आलम...! सदियों से जुल्म सहते-सहते रियाया का खून अब उबल पड़ा है। वह धमकियों ने डरने वाली नहीं।'

शाहंशाह ने कुछ इशारा किया और दरबार के गुप्त द्वार पर सिपहसालार सैकड़ों सिपाहियों के साथ आ खड़ा हुआ।

सफ्दर कहता गया।

'सल्तन की तोपें, सल्तनत के सिपाही, शाही महल, शाही फौज सब पर रियाया का अख्तियार है। इनका इस्तेमाल शाहंशाह सलामत रियाया पर जुल्म ढाने के लिए करते हैं, तो रियाया यह कभी बरदाश्त न करेगी।'

'नातजुर्बेकार छोकरे...।' गरजकर बोले शाहंशाह- 'तेरे लिए कैद ही बेहतर है।'

शाहंशाह ने पुनः इशारा किया।

सिपहसालार सिपाहियों के साथ आ उपस्थित हुआ। दूसरे ही क्षण सफ्दर के हाथ-पैर जंजीरों में थे।

'शाहे-तातार ने आग को छेड़ा है....' गरजकर बोला सफ्दर-'एक दिन यह आग शाही रुतबे को जलाकर खाक कर देगी, मगर अभी उस आग के भड़कने का वक्त नहीं आया है। अपने भाइयों से मिन्नत करूंगा कि वे मेरी गिरफ्तारी से जोश में न आयें और अपने दिलों में धधकती हुई कहर की आग को ठंडी न होने दें। वह वक्त दूर नहीं, जब ये लोहे की जंजीरें मेरे जिस्म को बांध रखने में बेकाम साबित होंगी।'

तातार का वह शेर और शाहजादे का वह दोस्त, कठोर कारागार में डाल दिया गया। जाते समय उसने रियाया से शांत रहने की प्रार्थना की।

शाहंशाह का हृदय इस घटना से क्षुब्ध हो उठा था, अतः दरबार समाप्त कर दिया।

शाहंशाह ख्वाबगाह में आये, तो नई साकी ने कोर्निश की।

शाहंशाह ने उसे ऊपर से नीचे तक ध्यानपूर्वक देखा। आकर्षक परिधान से छन-छनकर जवानी की आभा बाहर छितरा रही थी।

'पास आओ।' शाहंशाह ने हुक्म दिया।

साकी अदब से पास आकर खड़ी हो गई।

'तुम्हारा नाम?' पूछा शाहंशाह ने।

'नज्मा, हजूरे-आलम!'

'वल्लाह! नाम तो बहुत प्यारा है तुम्हारा.... और तुम्हारा जिस्म, तुम्हारा शबाब भी काबिले तारीफ है, हूर!' शाहंशाह ने कहा।

'इनायत है आलमपनाह!' नज्मा ने कहा। वह अपने जिस्म और जवानी का आखिरी अंजाम जानती थी।

उसने शाहंशाह के कामुक हृदय को शरबते-अनार का जाम पिलाया और.... उसकी जवानी शाहंशाह के बुढ़ापे पर लोट गई।

तीन

शहर जोमन की एक सराय!

टूटी-फूटी चहारदीवारी की मरम्मत कर दी गई है। प्रवेश द्वार का जर्जर फाटक, रंगीन दुलहन-सा सजा दिया गया है। सराय के भीतर का कूड़ा-कर्कट साफ हो गया है। रोज-रोज होने वाला झगड़ा आज शांत है। नीरवता है सराय के अंदर।

सल्तनत तातार के शाहजादे रशीद अली-बिन ताहिर का काफिला आज वहां ठहरा हुआ है, इसलिए आज इतना जश्न है।

नीचे आसमान की जवानी पर चांद उग आया है। बादलों के कुछ सफेद टुकड़े चांद का आलिंगन करने को बेताब हैं।

चारों ओर चन्द्रमा का सौंदर्य बिखर गया है।

पेड़ की टहनियां, स्निग्ध चांदनी देखकर धीरे-धीरे अपना सिर हिला रही है। मादक वायु लम्बे खजूर के पेड़ों पर चढ़कर चांद पकड़ना चाहती है।

सराय का एक सजा कमरा। कमरे के दरवाजे पर खड़ी हुई दो हथियारबंद तातारी औरतें।

दरवाजे पर पड़ा हुआ परदा।

और परदे के अंदर, खुली हुई खिड़की के पास खड़े होकर चांद की खूबसूरती देखता हुआ शाहजादा रशीद।

बीस-बाईस साल की उम्र, सांचे में ढला हुआ सुगठित शरीर, मुंह पर छोटी-छोटी मूंछें, आंखों में अनोखा तेज।

बड़ी देर तक खड़ा रहा शाहजादा, खिड़की के पास। चांदनी हवा पर सवार होकर वहां तक पहुंच रही थी। तल्लीन था शाहजादा यह लुभावना दृश्य देखने में।

थोड़ी देर बाद वह घूम पड़ा और पलंग पर आकर बैठ गया। छत से लटकते हुए शीशे की झाड़ों में मोम की बत्तियां जल रही थीं।

सहसा शाहजादे की नजर पलंग के पास सिर झुकाकर खड़ी एक नाजुक हसीन छोकरी पर पड़ी।

'अरे!' चौंक पड़ा शाहजादा- 'तुम अभी तक खड़ी हो? गई नहीं तुम?'

'कैसे जा सकती हूं, हुजूर!' छोकरी बोली- 'आपकी देखभाल की सारी जिम्मेदारी मुझपर है। मेरे चले जाने से मेरे मालिक नाराज होंगे।'

शाहजादे ने दूसरी बार उस छोकरी की ओर देखा।

उसे लगा जैसे अभी-अभी आसमान के जिस चांद को वह देख रहा था, रास्ता भूलकर सराय के इस कमरे में आ गया है।

छोकरी कमसिन थी। शरीर पर जवानी का फल गदरा रहा था। आकर्षक ढंग से अदब के साथ खड़ी थी, वह।

'तुम्हारे मालिक का मैं निहायत शुक्रगुजार हूं...।' शाहजादा बोला- 'उन्हें मेरा इतना ख्याल है, इसके लिए मैं उनका एहसानमन्द भी हूं।...अब तो मेरे आराम की सारी चीजें इकट्ठी कर दी गई हैं। उम्मीद है, जरा भी तकलीफ न होगी मुझे। अब तुम जा सकती हो।'

'मगर शाहजादा सलामत!' हिचकिचाती हुई वह बोली- 'मालिक का हुक्म है कि मैं आपके साथ सारी रात गुजारूं और आपके आराम में कोई कमी न होने दूं।'

'ऐसी बात है...?' लुभावने ढंग से शाहजादा हंसा- 'बेहतर होगा, रात मजे से कट जाएगी। तुम्हारे साथ रात गुजारने में अच्छा लुत्फ रहेगा। हां तो तुम्हारा नाम क्या है, बानू?'

'मुझे मुमताज कहते हैं, आलमपनाह!' खिलती चांदनी की तरह छोकरी के होंठों पर मुस्कान छिटककर विलीन हो गई, परंतु आंखों पर चढ़ा हुआ कटाक्ष का तीर न उतरा।

मगर उसका वार खाली गया। शाहजादा रशीद उस समय खिड़की के बाहर पुनः चांद को देखने लगा था।

'क्या कहा.....?' चौंककर बोला शाहजादा—'मुमताज! अच्छा नाम है तुम्हारा—मुझे यहां का रेगिस्तानी नजारा बड़ा ही दिलकश मालूम होता है। वह देखो! सलोना चांद बालू के टीलों पर कैसी रंगरेलियां कर रहा है।'

'बजा फरमाते हैं, हजुरे-आलम!' मुमताज ने कहा।

मगर उसका दिल इन सब दृश्यों को देखने में नहीं लग रहा था। ये दृश्य तो रोज ही उसके सामने गुजरते थे। उसकी आंखों में इनके लिए तनिक भी आकर्षण न था। वह तो सराय में आने वाले अमीर-उमरा के लिए साकी थी। उन्हें शराब पिलाना, उन्हें अपनी जवानी का जाम पिलाकर खुश करना ही उसका काम था। सराय का मालिक उसे इसीलिए रखे हुए था।

मुमताज आज से पहले सैकड़ों बार मनचले अमीरों की गोद का खिलौना बन चुकी थी और आज उसे शाहजादे के साथ रात गुजारने की तीव्र लालसा थी।

परंतु शाहजादा तो उसके मादक सौंदर्य से अधिक वहां के प्राकृतिक सौंदर्य पर रीझा हुआ था।

मुमताज को यह नौजवान शाहजादा सभी से भिन्न मालूम पड़ा।

'अरे, तुम खड़ी हो?' शाहजादा बोला- 'बैठ जाओ कोई जगह पसंद न हो तो आकर इस पलंग पर ही बैठ जाओ।'

युवती मुमताज के सीने में गुदगुदी भर उठी।

'एक नाचीज बंदी की यह मजाल कैसे हो सकती है, बन्दानवाज?' वह बोली।

'तुम अपने को इतनी रजील क्यों समझती हो, बानू!' शाहजादा मुमताज का हाथ पकड़कर बोला—'दुनिया के सभी इंसान बराबर हैं। खुदायेपाक को दौलत, अजमल, कद्र, इज्जत से कोई मतलब नहीं। उसे इंसान की जान प्यारी है—इन्सान का ईमान प्यारा है...।'

शाहजादे ने मुमताज को अपने बगल में बैठा लिया।

मुमताज अपनी गदराई जवानी समेटकर बैठ गई।

'तुम डरती हो मुमताज...!' शाहजादे ने मुस्कराकर कहा- 'याद रखो कि शाहजादे का जिस्म फौलाद का है। वह तुम्हारी जवानी की गर्मी से कभी नहीं पिघलेगा। मेरी निगाह में औरतों की अस्मत मर्द की सबसे बड़ी ताकत है। जब मर्द किसी औरत पर बुरी निगाह डालता है, तो वह खुद अपनी ताकत बर्बाद करता है।'

'.............!'

आश्चर्य से देखा मुमताज ने उस शरीफ नौजवान की ओर।

उस अजीबोगरीब नौजवान की ओर, जो शाहजादा था।

दुनिया की सारी दौलत जिसके पास थी—गलत रास्ते पर ले जाने वाले सारे साधन-प्रसाधन भी थे, मगर वह जैसे पत्थर का बना था—उसके दिल में ऐश व इशरत के लिए कोई जगह न थी।

'शाहजादे-सलामत अजीबो-गरीब हैं...।' कहा मुमताज ने।

'ताज्जुब है कि तुम भी मुझे ऐसा समझती हो...।' शाहजादा बोला—'अपनी जिंदगी के दौरान क्या तुमने मेरे जैसा शख्स देखा ही नहीं था।'

'नहीं शाहजादे आलम!' मादक स्वर में कहा मुमताज ने- 'आप मेरी नजर में पहले इंसान हैं, जिसकी अदायें मेरे जिगर में उतर गई हैं।'

एक मनमोहक मुस्कुराहट छा गई उस छोकरी के रक्तिम होंठों पर।

'शुक्रिया...।' शाहजादे ने कहा।

'क्या हजूरे-सलामत शरबते-अनार का शौक करेंगे?' पूछा मुमताज ने।

'नहीं बानू...!' संयम स्वर में उत्तर दिया शाहजादे ने- 'शरबते-अनार पीने की कौन कहे, मैं उसे छूना भी गुनाह समझता हूं। अपने दिल और दिमाग पर काबू रखना इंसान का पहला फर्ज है शरबते-अनार वह शय है, जो इन्सानियत को हैवानियत में बदल देती है।'

'शाहजादे-आलम फरिश्ते हैं...।' कहा मुमताज ने। उसका मिलन एक आश्चर्यजनक मनुष्य से हुआ था।

'क्या तुम्हें नींद आ रही है, बानू?' शाहजादा बोला—'आंखें तुम्हारी आधी खुली, आधी बंद हैं। सोना चाहो तो इस पलंग के एक किनारे सो सकती हो...।'

'लाख-लाख कोर्निश, हुजूरे आलम।' मुमताज ने कहा- 'मगर इस वक्त तो हुजूर शाहजादे साहब को आराम फरमाने की सख्त जरूरत है...।'

शाहजादे की आंखों से आश्चर्य झांकने लगा।

'क्यों...?' उन्होंने मुस्कराकर पूछा।

'क्योंकि शाहजादे साहब काफी दूर की मंजिल तय करके यहां तशरीफ लाए हैं।'

'मंजिल...।' हंस पड़ा शाहजादा। 'काशगर से रवाना हुए चार दिन गुजर चुके हैं।' थोड़ी-थोड़ी दूर पर रुकता-ठहरता आ रहा हूं...इसलिए मुझे जरा भी थकावट महसूस नहीं हुई है। मैं तुम्हारे साथ खुशी से सारी रात बात करता रह सकता हूं।'

'तो शाहजादे-सलामत का काफिला शहर काशगर से आ रहा है!'

'हां....' बोला शाहजादा—'डाकुओं के एक गिरोह ने बागवत कर दी थी—शाहे-आलम के हुक्म से मुझे वहां जाना पड़ा था।'

'उसके बगावत करने का सबब?'

मुमताज ने पूछा।

सारी रात उन दोनों को बातचीत करनी थी, अतः प्रश्नों का सिलसिला चालू रहा।

'सदियों से गुलाम बना हुआ इंसान, अब आजादी की हवा में सांस लेना चाहता है, बानू...।'

'दुरुस्त है, आलमपनाह...!' मुमताज ने कहा—'हुक्म हो तो एक बात अर्ज करूं?'

'कहो...बेफिक्र होकर कहो...।'

'शाहजादे-आलम मेरी जान बख्शें...।' मुमताज बोली—'मैं पूछना चाहती हूं कि आपने आजादी के लिए तड़पते हुए परवानों को क्यों तकलीफ दी? क्या हुजूर के दिल में अपनी बेकस रियाया के लिए जरा भी हमदर्दी नहीं?'

'बानू...?' गंभीर स्वर में बोला शाहजादा—'यह न भूलो कि दिल में लाख हमदर्दी होते हुए भी, मैं शाहे-आलम का भाई हूं, उनके अदने इशारे पर अपनी जान भी कुर्बान कर सकता हूं।'

'मगर रियाया पर आए दिन होने वाले जुल्मों की क्या हुजूरे-आलम को खाब नहीं है?'

'जरूर है...मगर लाचार हूं, मुमताज—! भाईजान के साये में रहकर ही मैं इतना बड़ा हुआ हूं।'

'मुझे जानकर सख्त ताज्जुब है, आलमपनाह।' मुमताज कहने लगी, 'कि ऐशपरस्त शाहे-आलम के सगे भाई इस कदर साफ व पाकदिल रखते हैं।'

'..............'

'मगर इतना सब होते हुए भी, शाहजादा सलामत अपनी सल्तनत में रात-दिन होने वाले जुल्मों का रफा-दफा क्यों नहीं करते?'

'करूंगा, करके रहूंगा—परंतु रियाया को उस दिन की इन्तजारी करनी होगी।'

इसी तरह बातों का सिलसिला तमाम रात जारी रहा।

दो घड़ी रात रह गई थी।

सफेद चांद क्षितिज की गोद में डूबने जा रहा था......।

तो शाहजादे ने कहा- 'बानू, अब तुम भी सो जाओ। तुम्हारी आंखों में नींद खेल रही है।'

'शाहजादे सलामत क्या अब भी आराम नहीं करेंगे?' बोली मुमताज।

'क्यों नहीं...। करूंगा, जरूर करूंगा।'

कहकर शाहजादा पलंग पर लेट गया।

मुमताज जमीन पर बिस्तर लगाकर लेट रही।

शाहजादे ने बहुत कहा पलंग पर सोने के लिए, परंतु वह राजी न हुई।

कैसे राजी होती? शाहजादा उसकी नजर में फरिश्ता था।

चार

सुबह हुई।

चिड़ियां चहचहा उठीं।

क्षितिज के शून्य वातावरण में स्वच्छन्द विचरण करती ऊषा, आकाश से लिपटकर सिसकियां भरने लगी, जैसे रात भर के मिलन के बाद, वियोग की घड़ी का आगमन उसके लिए पीड़ा का द्योतक हो। खजूर का लम्बा शरीर, प्रातः समीरण का आनंद लेता हुआ निश्चल खड़ा था।

मुमताज की नींद खुल गई।

उसने देखा, शाहजादा अब तक सोया हुआ है। उसने पिपासातुर आंखों से शाहजादे के सुगठित आकर्षक शरीर को देखा। देखकर एक लम्बी श्वास हृदय के किसी कोने से निकल पड़ी।

और तब कमरे से बाहर चली गई वह।

सराय में और बहुत-सी छोकरियां, साकी का काम करती थीं। सभी ने मुमताज को घेर लिया। कुछ तो उसे ईर्ष्या की दृष्टि से देखने लगीं, क्योंकि उसे शाहजादे के साथ रात गुजारने का सौभाग्य प्राप्त हुआ था।

'कहो जानेमन!' उनमें से एक मुमताज की ठुड्डी पकड़कर बोली- 'कैसा लुत्फ रहा? शाहजादे के साथ कैसी गुजरी?'

'मरहबा!' दूसरी बोली- 'क्या पुरलुत्फ सवाल पूछा है शफीक ने? तहजीब का जरा भी ख्याल नहीं इस बेवकूफ को। अरी तितलियो! अब बेगम मुमताज को हुजूरे-मुअज्जमा कहकर पुकारो, रातभर शाहजादे-आलम की गोद आबाद करती रही हैं ये!'

'भूल हुई बेगम मुमताज...!' पहली ने कहा- 'बांदी की जबान की खता माफ फरमायें।'

'हां! तो शाहजादे-सलामत का जिस्म मुलायम मालूम होता है—' तीसरी ने कहा—'तभी तो प्यारी मुमताज की जवानी पर जरा भी शिकन नहीं आई।'

'होंठों का शरबते-अनार न पिया होगा शाहजादे साहब ने—' चौथी बोली—'सीने में दस्तन्दाजी करके गुदगुदी न की होगी—!'

'खामोश न रहोगी तुम लोग—?' वनावटी क्रोध से मुमताज ने कहा।

उन छोकरियों का, शाहजादे के प्रति इस तरह का व्यंग्य प्रहार कदाचित उसे पसन्द न था।

'ये लो—।' पहली बोली—'चुप रहो तितलियों, चुप रहो तुम लोग—मुमताज बेगम के तो पर लग गए हैं, अब पैर जमीन पर नहीं पड़ेंगे...।'

‘वल्लाह—!’ दूसरी बोली—‘कैसी प्यारी सूरत है शाहजादे सलामत की—?’ सीने में उन्हें हमेशा के लिए छिपा लो मुमताज, तुम्हारी जवानी चांद-सी चमक उठेगी।’

‘ज्यादा परेशान करोगी, तो मैं यहां से चली जाऊंगी...।’ मुमताज ने कहा।

‘तुम सब मुमताज बेगम को फिजूल परेशान करती हो—।’ तीसरी ने कहा—‘अपनी जबान रोको, नहीं तो उनकी शरबती आंखों में आंसू आ जायेंगे और वह जाकर शाहजादे-आलम की गोद में मुंह छिपाकर रो उठेगी, या खुदा! जरा भी शराफत तुम लोगों में नहीं—जरा शर्म करो।’

‘जाओ प्यारी, जाओ...।’ चौथी ने कहा—‘शाहजादे-आलम को सारी रात तुमने बताया है। अब जाकर उन्हें उठाओ और गुसल कराकर नाश्ता कराओ...।’

व्यंग्य की बौछारों से घबरा उठी थी मुमताज।

कैसे समझाए वह उन छोकरियों को कि जवानी का जाम सामने होते हुए भी वह पी न सकी।

अपना पीछा छुड़ाकर मुमताज अपने खास कमरे में आई।

नित्यक्रिया से छुट्टी पाकर उसने वस्त्र परिवर्तन किये और तब शाहजादे के कमरे की ओर बढ़ी।

कमरे में आकर देखा—

शाहजादा रशीद अब तक दीन-दुनिया की सुध भूलकर नींद में बेसुध पड़ा था। रातभर के जागरण ने उसकी नींद की उम्र लम्बी कर दी थी।

मुमताज पलंग के पास बिछी कालीन के फर्श पर बैठ गई और शाहजादे के जागने का इंतजार करने लगी।

उस समय पूर्वाकाश से सूर्य का गोला झांक रहा था। पेड़ की टहनियां सुनहला रंग धारण कर रही थीं।

सराय में चहल-पहल शुरू हो गई थी।

शहर जोमन की गलियां जनरव से पूर्ण हो उठी थीं।

शहर की आज खूब सफाई कर दी गई थी, शाहजादे का आगमन सुनकर।

सड़क पर से आते-आते भिखारियों की आवाज—‘दे खुदा की राह पर—।’ कभी-कभी वहां तक पहुंच जाती थी।

एकाएक सराय के दरवाजे पर से आती हुई एक आकर्षक सुरीली आवाज शाहजादे के कमरे में गूंज उठी।

बाहर कोई भिखारिन गा रही थी....

‘दिल की दुनिया में बसाया था जिसे।
और आंखों में चुराया था जिसे॥’

आवाज इतनी दिलकश और स्वर इतना आकर्षक था कि हवा का कम्पन रुक गया, चिड़ियों ने चहचहाना बन्द कर दिया।

शाहजादे की नींद खुल गई।

खिड़की की राह हवा के साथ तैरता हुआ वह सुरीला दर्दभरा स्वर, उसके कानों से टकराने लगा।

वह चुपचाप सुनने लगा।

गाने का स्वर अभी जारी था—

'जिसकी याद में सजाया था जिगर,
जिसकी उल्फत में गुजारी शब मगर,
अब वही बन दर्द दिल पर छा गए हैं।
अश्क पलकों पर बनकर वे आ गये।'

दर्दीले स्वर ने शाहजादे के रोम-रोम में पीड़ा उकसा दी। उसे लगा, जैसे वह आवाज उसके कलेजे में बैठकर उसका कोना-कोना जला रही हो।

शाहजादे का रग-रग अवश हो गया, वह करुण गायन सुनकर। उसने सर घुमाया, तो फर्श पर चुपचाप बैठी हुई मुमताज को देखा, जो उसी की ओर एकटक देख रही थी।

शाहजादे को अपनी ओर देखता पाकर उसने उठकर कोर्निश की।

'बानू—।' शाहजादा बोला—'सुबह-सुबह की यह दर्दीली आवाज किसकी है?'

'एक गरीब लड़की की है, हजूरे-आलम...।' मुमताज ने कहा—'सराय के दरवाजे पर बैठकर रोज टुकड़े मांगा करती है, हुक्म हो तो उसकी आवाज बंद करा दी जाय।'

'नहीं बानू, नहीं...उसकी तकलीफ उसकी आवाज से जाहिर है...उसे और तकलीफ देने की जरूरत नहीं...?' शाहजादा बोला—'मगर उसके गले में खुदायेपाक ने गजब की खूबसूरती भर दी है, इसका दर्द सुनने की तबियत करती है बानू! वह यहां तक आ सकती है?'

'हुजूरे आलम माफ करें—।' मुमताज ने कहा—'वह बड़ी गुस्ताख छोकरी है। उसके बदन से उसकी गरीबी जरूर टपकती है, मगर जबान से वह बड़ी तेज है—सिवा सराय के दरवाजे के वह कहीं मांगने नहीं जाती और न नजर उठाकर मदद करने वालों की ओर देखती है—।'

'अजीब है मुमताज!'

'उसके पास बला का हुस्न है, आलीजाह। और इसी हुस्न ने ही उसे इतना मगरूर बना दिया है—।' मुमताज बोली—'मगर उसकी जवानी पर जरस खाकर कितने ही उसकी मदद करते हैं—।'

'मुझे उम्मीद है कि वह मेरे बुलाने से यहां जरूर आएगी—।' शाहजादे ने कहा—'क्या तुम सराय के दरवाजे तक जाओगी?'

'बांदी की मजाल क्या, जो आलमपनाह की हुक्मउदूली करे? मैं अभी जाती हूं। अगर सीधे नहीं आएगी तो जबरदस्ती ले आऊंगी उसे।'

'नहीं मुमताज, नहीं!' शाहजादा बोला—'अगर वह अपनी खुशी से न आना चाहे तो तुम जबरदस्ती मत करना।'

'हो हुक्म, खुदाबन्द!'

चली गई मुमताज।

सोचने लगा शाहजादा—

यह भिखारिन कौन है? इसके पास इतना आकर्षक स्वर कहां से आया।

भिखारिन के गाने की आवाज अब तक आ रही थी—

उनकी याद एक कहानी हो गई।

बेवफाई की निशानी हो गई।'

गाना रुक गया। शायद मुमताज जाकर उससे बात कर रही थी।

शाहजादा खिड़की के पास आ खड़ा हुआ और बाहर की ओर देखने लगा।

आज इस दर्दभरे स्वर ने उसे जाने क्यों बेचैन बना दिया था। वह उसका कुछ भी कारण नहीं समझ पा रहा था।

लगता था, जैसे उसके दिल में तूफान उठा हुआ है।

मुमताज ने कमरे में प्रवेश किया। उसका मुख लाल हो रहा था।

शाहजादा घूमकर उसके सामने आ खड़ा हुआ।

'नहीं आई वह...?' पूछा रशीद ने।

'नहीं, हुजूरे सलामत...?' तेजी से बोली वह—'कहती थी न कि वह बड़ी मगरूर है, उसे अपने हुस्न पर नाज है। उस जैसी गुस्ताख छोकरी मेरे देखने में नहीं आई आज तक।'

'क्या कहा उसने?' संयत स्वर में पूछा शाहजादे ने।

'मैंने कहा कि चल, शाहजादा सलामत तेरी मदद करेंगे, तो उसने कहा—'जिसकी मदद खुदा नहीं करता, उसकी मदद एक अदना शख्स क्या करेगा...।'

मुमताज एक ही सांस में कह गई।

उसे विश्वास था कि यह बात सुनकर शाहजादा अवश्य क्रोधित हो उठेगा।

परंतु उसके आश्चर्य का ठिकाना न रहा, जब उसने देखा कि शाहजादे का चेहरा गंभीर हो उठा।

शाहजादे के मुख पर जरा भी क्रोध के लक्षण न थे।

वह पुनः खिड़की के पास आ रहा और कुछ सोचने लगा।

पुनः सिर घुमाकर मुमताज से बोला।

'बानू—!'

'हुक्म, आलमपनाह—!'

'मैं देखता हूं जितनी दिलकश उसकी आवाज है—।' शाहजादे ने कहा—'उतने ही दिलफरेब जज्बात हैं उसके...।'

'............'

कुछ न बोलकर आश्चर्यजनक ढंग से शाहजादे को देखती हुई खड़ी रही मुमताज।

'उसे अमीरों से नफरत हो सकती है, मगर मुझे तो गरीबों से हमदर्दी है—।' कहने लगा शाहजादा—'उसके पास हुनर है और मेरे पास कद्रदां दिल।'

सुन रही थी मुमताज!

यह शरीफ शाहजादा न जाने क्या कहना चाहता है?

'वह मेरे पास नहीं आई...।' बोला शाहजादा—'मगर मैं तो उसके पास चल सकता हूं...दिल में बड़ी ख्वाहिश है कि देखूं, कैसी है वह दिलफरेब छोकरी—।'

आश्चर्यचकित हो उठी मुमताज! कि जो नौजवान शाहजादा मादक सौंदर्य से भी प्रभावित नहीं हुआ था, वह एक भिखारिन की आवाज पर कैसे मुग्ध हो गया?

चुप रही मुमताज।

'क्या तुम मेरे साथ चल सकती हो बानू—रु' शाहजादे ने पूछा। मुमताज जानती थी कि यह विनयपूर्ण आग्रह, उसके लिए आज्ञा है।

वह बोली—'न चलने की गुस्ताखी कैसे कर सकती हूं मैं, शाहजादा हुजूर!'

मुस्कराकर शाहजादे ने नित्यक्रिया से निबटकर स्नान किया और नाश्ते के बाद वस्त्र बदले।

मुमताज एक बांदी की तरह उसे सहायता देती रही है।

और—

आगे-आगे शाहजादा रशीद और उसके पीछे मुमताज उस कमरे से बाहर निकले।

सराय के आंगन में आते ही चारों ओर सन्नाटा छा गया। कोर्निश की भंगिमा में झुके हुए लोगों पर शाहजादे की नजर पड़ी।

शाहजादा ने सशस्त्र अंगरक्षक अदब के साथ पीछे आकर खड़े हो गए।

शाहजादा बोला—'मैं सिर्फ सराय के दरवाजे तक जाऊंगा। तुम लोग जा सकते हो...।'

अंगरक्षक सर झुकाकर चले गए।

शाहजादा मुमताज के साथ सराय के दरवाजे की ओर बढ़ा।

दरवाजे के प्रहरी ने कोर्निश करके फाटक खोल दिया।

शाहजादा सड़क पर आ रहा।

'कहां है वह—?' पूछा उसने मुमताज से।

'वह—।' हाथ से इशारा करके बताया मुमताज ने।

शाहजादे ने देखा।

फटे चिथड़ों में लिपटा हुआ एक मुस्कराता चांद।

गरीबी में पिसा हुआ फूल-सा शरीर।

भिखारिन के अंग-अंग से जवानी का सौंदर्य झलक रहा था और उस झलक ने उसके फटे-पुराने वस्त्रों को अपने में छिपा लिया था।

वह सर नीचा किए हुए गा रही थी—उसकी आंखें जमीन की छाती पर स्थिति थी। आस-पास से आने-जाने वालों की उसे परवाह नहीं थी। किसी की सूरत देखना नहीं चाहती थी वह—जमीन को देखना चाहती थी, जिस पर खेल-कूदकर उसके जिस्म ने जवानी का चांद पाया था।

वह गा रही थी—गाती जा रही थी—

'दिल की दुनिया में बसाया था जिसे।

और आंखों में चुराया था जिसे।'

स्वर बन्द हो गया, मगर उसके नेत्र ऊपर नहीं उठे। उसके आगे बिछी हुई मैली चादर भिक्षा के लिए करुण पुकार कर उठी।

एकाएक चादर पर सैकड़ों अशर्फियां बरस पड़ीं।

अशर्फियां!

सोने के चमचमाते सिक्के!

इतने सिक्के! कि भिखारिन की तमाम जिंदगी चैन से कट जाए।

आज तक उसकी मैली चादर पर किसी दयालु ने एक दीनार से ज्यादा नहीं फेंका था—

और आज?

आज अशर्फियां...! सैकड़ों अशर्फियां...। सोने की चमचमाती हुईं।

या खुदा।

कौन है?

कौन है यह?

कौन दाता है, जिसने आज उसकी करुण पुकार सुनी?

आसमान का फरिश्ता तो नहीं उतर आया जमीन पर!

भिखारिन के नयन ऊपर उठने के लिए बेचैन हो उठे।

आज तक उसने अपने किसी भी दाता की ओर आंख उठाकर नहीं देखा था, क्योंकि उसके गांव वाले कहा करते थे कि उसकी आंखें मदभरी हैं, नशीली हैं—जिसकी ओर वह तक देगी, वह मर-मरकर जीयेगा, जी-जीकर मरेगा।

मगर आज वह इस अनोखे का दाता के दर्शन करेगी।

अपनी मदभरी, नशीली, जहरीली आंखों से उस फरिश्ते को देखेगी। उथल-पुथल मच रही थी भिखारिन के हृदय में।

मदभरे नयन सामने खड़ी हुई आकृति पर जा पड़े एक क्षण के लिए।

चौक पड़ी वह।

उसके सामने दीन-दुनिया के मालिक शाहे-आजम के सगे भाई खड़े थे।

पहचान तो न सकी, मगर दिल ने गवाही दे दी कि यही हैं शाहजादा रशीद, जिन्होंने उस पर तरस खाकर उसे अपने पास बुलाया था और उसने गरूर में आकर उस फरिश्ते का अपमान किया था।

एक क्षण के लिए भिखारिन और शाहजादे के नेत्र आपस में जा मिले। भिखारिन ने लज्जा से सिर झुका लिया।

मगर उस एक क्षण में ही, उसके मदभरे नयनों ने शाहजादे के दिल में हलाहल भर दिया।

'तुम बहुत अच्छा गाती हो, बानू...।'

भिखारिन के कानों में जैसे किसी ने शहद घोल दिया।

उफ! कितने प्यारे अलफाज हैं, कितना विनयपूर्ण स्वर है।

वह विभोर-सी हो उठी।

मगर दूसरी बार डरते-डरते जब उसने अपना सर उठाया, तो शाहजादे को सराय के दरवाजे के भीतर जाते देखा।

चले गये...? चले गये?

उसे लगा—जैसे किसी ने उसके सीने पर लात मारकर उसके गरूर को टुकड़े-टुकड़े कर दिया है।

पांच

कच्चे तालाब के किनारे बसा हुआ एक गांव।

टूटे-फूटे झोंपड़े और उसके चारों ओर दीनता का नग्न प्रदर्शन! ऊबड़-खाबड़ पगडण्डी पर से एक युवक चला जा रहा था।

युवक की आकृति सुन्दर थी। बदन की गठन आकर्षक थी—मगर पहनावे से दीनता टपक रही थी।

चलते-चलते एक छोटी-सी झोंपड़ी के पास आकर रुक गया वह। झोंपड़ी का दरवाजा खुला था। अंदर से किसी वृद्धा के लगातार खांसने की आवाज आ रही थी।

धीरे-धीरे युवक ने झोंपड़े के अंदर पैर रखा।

अंदर कुछ टूटे मिट्टी के बर्तन तथा फटे-पुराने वस्त्र इधर-उधर पड़े थे।

जर्जर चारपाई पर एक बुढ़िया बैठी खांस रही थी। बुढ़िया अंधी थी। उम्र साठ के ऊपर थी।

'चाची!' पुकारा युवक ने।

बुढ़िया का खांसना बंद हो गया। आवाज सुनकर वह बोली—'नसीर है क्या?'

'हां चाची! मैं ही हूं...!' नसीर बोला—'ताज्जुब है, आंख न रहते हुए भी तुम पहचान लेती हो।'

'क्यों नहीं बेटा—आओ बैठो—।' बुढ़िया ने कहा—'कहां से आ रहे हो तुम?'

'तालाब में नहाने आया था...सोचा, शम्सुल से मुलाकात करता चलूं...।' नसीर ने का—'मगर मालूम होता है, अभी तक वह नहीं आई।'

'नहीं बेटा—।' बुढ़िया बोली—'आती होगी—शहर दूर भी तो है। बैठो...थोड़ा आराम कर लो—।'

'नहीं चाची! अब तो चलूंगा—अब्बा से सिर्फ आधा घंटे की छुट्टी लेकर आया हूं—।'

कहकर उठ खड़ा हुआ—।

उसके चले जाने के बाद बुढ़िया अपने आप बड़बड़ाने लगी—

'फूल सी बच्ची मेरी, भीख मांगते-मांगते परेशान हो जाती होगी, मगर अमीरों के तो जैसे दिल ही नहीं होता। एक टुकड़ा गरीबों को देने में बार-बार मरते होंगे वे कुत्ते!'

'अम्मी—!'

दरवाजे पर से आवाज आई।

बुढ़िया के मुख पर प्रसन्नता खिल उठी। ज्योतिहीन नयन कोटर जैसे प्रकाश भर-भर गये।

'मेरी बच्ची...।' उसके पोपले मुख से निकला।

'मैं आ गई अम्मी...।' आने वाली ने कहा।

रूप की ज्वलन्त प्रतिमा थी वह। यौवन शरीर के पोर-पोर से झांक रहा था। मदभरे नयन ऐसे थे जैसे शराब के लबालब प्याले।

'आज तुमने बड़ी देर कर दी, शम्सुल—।' बुढ़िया ने कहा—'क्या एक दीनार देने में भी अमीरों को इतना दर्द होता है—।'

'नहीं अम्मी—।' शम्सुल ने कहा—'आज तो मैं मोहरें लाई हूं...।'

'मोहरें...?' चिल्ला पड़ी बुढ़िया।

जैसे उसे अपनी आंखों पर विश्वास ही न हो रहा हो।

'हां अम्मी—।' बोली शम्सुल—'मोहरें—एकदम सोने की मोहरें।'

'किसने दी।'

'दे दी किसी ने जिसके दिल में गरीबों के लिए हमदर्दी थी...।'

कहकर एक लम्बी श्वांस ली शम्सुल ने।

दीर्घ श्वास ने पुष्ट वक्षस्थल को और भी पुष्ट कर दिया।

'कितनी मोहरें हैं शम्सुल?' पूछा बुढ़िया ने।

'बहुत सी अम्मी...! ढेर की ढेर...।' शम्सुल बोली—'लो देखो, हाथ से छुओ...।'

शम्सुल ने बुढ़िया के आगे सब अशर्फियां रख दीं, कुछ हाथ में भी दे दीं।

बुढ़िया उस अगम ऐश्वर्य का सम्पर्क पाकर सिहर उठी, उसने जीवन भर में ऐसी भयानक चीज का स्पर्श नहीं किया था।

'मुझे शाहजादा साहब ने दी हैं, अम्मी—!' शम्सुल ने कहा।

'शाहजादा साहब ने?' बुढ़िया आश्चर्यभरे स्वर में बोली—'क्या कहती है, नादान छोकरी...। जिसका भाई मोहम्मद इतना जलील है, वह फरिश्ता कैसे हो सकता है, शम्सुल?'

'सचमुच में फरिश्ता है, अम्मी—।' शम्सुल ने कहा—'उनका दिल मोम-सा मुलायम है...।'

'खुदा करे वह पाक फरिश्ता, दुनिया में हमारी भी उम्र लेकर जिंदा रहे—।' बुढ़िया आशीर्वाद देने लगी।

शम्सुल को भी आज न जाने क्यों अतीव प्रसन्नता थी।

इतने दिन से वह भीख मांगती रही थी, मगर आज जैसी खुशी उसे कभी नहीं हुई थी।

उसके कानों में शाहजादे के वे मधुर शब्द अब भी गूंज रहे थे—'तुम बहुत अच्छा गाती हो, बानू...।'

यह शब्दावली उसके हृदय में बैठकर, एक विचित्र-सी गुदगुदी पैदा कर रही थी।

शाहजादे के व्यवहार तथा आकर्षक मुखाकृति से वह बहुत प्रभावित हुई थी।

उसके जीवन में आज पहला दिन था, जबकि उसे अपना जीवन पीड़ामय प्रतीत हुआ था।

उसने शाहजादे की ओर भर आंख देखा भी न था—उस सौम्य आकृति की केवल एक झलक भर पा सकी थी वह।

फिर भी इतना वैकल्य? इतना अचेतनता?

इतनी मादकता—इतनी मदहोशी।

शम्सुल को लगा जैसे उसकी जवानी 'पर' लगाकर शाहजादे के पास उड़ जाना चाहती हो।

मगर ऐसे उत्पीड़क भाव क्यों आ रहे हैं उसके हृदय में? अब तक तो वह लज्जाशील रहती आई थी, कभी किसी की ओर आंख उठाकर भी नहीं देखती थी।

उसकी इसी अदा को लोग उसका 'अहं' समझते थे।

मगर वह क्या है, इसे वह खूब समझती थी।

भावों के प्रभाव में बही जा रही थी शम्सुल कि बुढ़िया ने टोका।

'क्या सोचने लगी छोकरी...! खुश हो, आज तेरे नसीब जागे हैं—सरदार के यहां जाकर एक मोहर भुना ले और खाने का अच्छा इंतजाम कर। गरीबी में ही पली है तू, आज तो जरा अच्छा खाना खा ले—।'

'यह तो मुझसे न होगा अम्मी—।'

'लो! यह सुनो इस छोकरी को—।' बुढ़िया बोली—'कहती है, यह उससे न होगा, जैसे अच्छा खाना-पहनना इसकी किस्मत में है ही नहीं—जा, जल्दी जा! अपने लिए सरदार से एक शलवार और एक कुर्ती भी मोल ले लेना—उठ!'

'हमारे कबीले के लोगों को भरपेट खाना नसीब नहीं और मैं अच्छा खाना खाऊं—।' शम्सुल ने कहा—'यह कहां का इन्साफ है, अम्मी?'

'बेवकूफ लड़की—!' बुढ़िया बोली—'दुनिया भर को आराम देने का जिम्मा तूने ही ले रखा है? उठकर जा, जो मैं कहती हूं, वैसा कर!'

शम्सुल उठी।

सब मोहरों को एक बर्तन में रख दिया और एक मोहर लेकर चल पड़ी।

'जा रही है, शम्सुल।' पूछा बुढ़िया ने।

'हां अम्मी!'

'देख! सरदार का बेटा नसीर आया था। तुझे पूछ रहा था—उससे मुलाकात कर लेना—।'

शम्सुल ने जैसे सुना ही नहीं।

इस समय तो उसके हृदय पट पर शाहजादे की सूरत अंकित थी। वह नसीर की बातें सुनना नहीं चाहती थी।

उस सौम्य प्रकृति की एक झलक ने ही उसके दिल का कोना-कोना प्रकाशित कर दिया था।

शम्सुल के पैर बोझिल हो रहे थे।

न जाने कैसी मादकता-सी छा गई थी उस पर!

कबीले का सरदार अपने बड़े से झोंपड़े के सामने—मिट्टी के टीले पर बैठा था।

शम्सुल को देखकर बोला—

'कैसे आई शम्सुल निहार—! बहुत दिन पर दिखाई पड़ी है?'

'यों ही चली आई, चचाजान—!' शम्सुल बोली—'एक मुहर तुड़ानी थी।'

'मुहर?' चौंक पड़ा सरदार—'तेरे पास मुहर कहां से आई?'

'एक अमीर ने दे दी थी, चचा—।'

'अमीर ने दे दी थी? सोने की मुहर—?' अविश्वास प्रकट करता हुआ बोला सरदार—'ख्वाब की बातें करती है, बेटी?'

'ख्वाब की बात नहीं, चाचाजान! लो तुम भी देख लो।

कहकर शम्सुल ने सरदार के हाथों पर चमचमाती हुई मोहर रख दी।

चौंक पड़ा सरदार उस मोहर के वजन से।

'ठीक है—।' वह बोला—'मोहर असली ही है।'

सरदार ने मोहर के बदले में बहुत से दीनार उसके हाथों पर रख दिए।

शम्सुल ने उन दीनारों से अच्छी-खासी भोज्य-सामग्री जो वहां मिल सकती थी, खरीदी।

और तब चल पड़ी अपने झोंपड़ी की ओर।

'शम्सुल—।' पीछे से किसी ने पुकारा।

शम्सुल ने घूमकर देखा तो वह नसीर था।

नसीर पास आ गया। मुस्कराता हुआ बोला—

'आज बहुत सामान लिए जा रही हो, शम्सुल—।' बोला नसीर—'किस हमदर्द ने तरस खाकर इतना दे दिया?'

'तुम्हें इससे क्या?' तुनककर बोली शम्सुल—'तुम अपने रास्ते जाओ, मैं अपने...।'

'आज तू बड़े तैश में दीख रही है...।' नसीर बोला—'जरा गांव वालों पर भी निगाहें करम फेरा कर।'

शम्सुल और नसीर दोनों साथ चलने लगे।

'एक बात कहूं, शम्सुल।' धीरे से बोला नसीर।

'कहो न...!' तुनककर शम्सुल ने कहा—'तुम्हारी जबान को किसी ने लगाम दे रखी है क्या?'

'तुम्हारी आंखें खुदा कसम, बहुत गजब की हैं, शम्सुल।' हंसकर बोला नसीर—'किसी अमीर के घर चली जाओ, तो वह शरबते-अनार पीना छोड़कर तुम्हारी आंखों की शराब पीने लगे।'

'यही कहना चाहते थे तुम?'

'और नहीं तो क्या—?' नसीर ने कहा।

'अच्छा, अब तुम चले जाओ, वर्ना यहीं से मैं अम्मी को पुकारती हूं।'

'अरे, यह क्या गजब करती हो, शम्सुल?'

'अम्मी...!' धीरे से पुकारा शम्सुल ने।

और डरकर भाग गया नसीर।

नसीर और शम्सुल बचपन के साथी हैं। दोनों खूब रूठते-बिगड़ते हैं, मगर दिल में किसी के मलाल नहीं रहता।

शम्सुल नसीर से अपनी आंखों की प्रशंसा बहुत बार सुन चुकी है और वह खुद भी जानती है कि उसके नयन मदभरे हैं।

ऐसा लगता है, जैसे शराब के सागर में आंखों की पुतलियां जड़ दी गई हों।

उसी रात को...।

जब शम्सुल चारपाई पर अपनी अंधी मां के पास लेटी, तो उसके समक्ष रातभर शाहजादे की आकृति नृत्य करती रही और वह थोड़ी देर के लिए भी सो न सकी।

उसके हृदय में ग्लानि भर-भर उठती। वह सोचने लगती—'शाहजादे साहब ने उसे बुलाया, मगर वह गई नहीं—आखिर क्यों?'

उसने उस फरिश्ते का अपमान किया है। सोचते-सोचते सिहर उठी शम्सुल।

क्या वे उसे माफ कर देंगे?

छ:

शाम हो गई। शमा जल उठी—और परवाने दीवाने बनकर दौड़ पड़े।

शमा जलती रही, सिसक-सिसककर।

और परवाने सिसकते रहे, जल-जलकर।

माया-मोह का बंधन, जैसे प्रेम का करुण इतिहास था।

कितना दारुण? कितना हृदय-विदारक!

कितना वेदनापूर्ण!

निर्जीव वस्तु की वह जलन और निरीह जन्तुओं की वह तड़पन हंसते हुए मानव के समक्ष खेल मात्र था।

शमा जलती है।

शमा पूछती है—मैं तो विभीषिका में जल ही रही हूं—तुम क्यों जलते हो? क्यों अपनी तड़पन से हमारी जलन बढ़ाते हो।

परवाने कहते हैं—'जलने वालों से हमें इश्क है, मुहब्बत है, इसीलिए उनकी जलन खुद बर्दाश्त करके तड़पते हैं हम लोग।'

'तुम्हारे तड़पने का मूल्य मेरे लिए चाहे बहुत हो—।' शमा कहती है—'परंतु देखने और हंसने वाले मानव के समक्ष तुम्हारे जीवन और जलन का मूल्य ही क्या?'

'दुनिया वाले आदिकाल से सच्ची मुहब्बत पर हंसते आए हैं, प्यारी शमा।' परवाने कहते हैं—'उनका अर्थहीन हास्य, हमें अपने पथ से नहीं डिगा सकता।'

'सच्ची मुहब्बत इसे कहते हैं...।' शमा शाबाशी के स्वर में कहती, तो परवाने बोल उठते—'और सच्ची मुहब्बत में जलन होती ही है, प्यारी शमा।'

शाहजादे रशीद ने झाड़ में जलती हुई शमा को देखा और देखा दीपशिखा से जलकर जमीन पर तड़पते हुए परवानों को...उसके मुख से एक दीर्घ निश्वास निकल गई।

यह व्यग्रता से सराय के कमरे में टहलने लगा।

आज उसका हृदय अत्यंत चंचल था—आंखों के समक्ष उस भिखारिन छोकरी के मदभरे नयन नाच रहे थे।

उसकी गरीबी और उसकी दयनीय मुखाकृति जैसे साकार हो उठी थी शाहजादे के हृदय में।

आज दिन भर उसे चैन नहीं था—शाम होते ही, शमा पर परवानों का जलना देखकर वह और भी बेचैन हो उठा था।

शाहजादा भावुक था। मानव का सत्य स्वरूप और स्वच्छ हृदय उसके पास था। उसके हृदय में दलितों के प्रति जैसे दारुण दुख अंतर्हित था।

शाहजादा मुंह फेरकर खिड़की के पास आ रहा। शमा और परवानों की भीषण आंख मिचौली वह देख नहीं सकता था।

खिड़की से बाहर दूर तक ताड़ के ऊंचे-ऊंचे वृक्ष खड़े थे, जिनका आलिंगन करती हुई ठंडी हवा वहां तक आ रही थी।

परंतु वायु की वह सिहरन उत्पन्न करने वाली मृदुलता, शाहजादे रशीद के लिए जैसे ऊष्ण कटिबन्ध की लू बन गई थी।

'यह क्या...!' मुमताज ने भीतर प्रवेश करते ही आश्चर्य-मिश्रित स्वर में कहा—'अभी तक हुजूरे-आलम ने खाना हाथ से छुआ तक नहीं।'

शाहजादे ने अपना सर उठाया। चेहरा शुष्क था, आंखों से वेदना झांक रही थी।

एक बार उसने पलंग के पास रखे हुए उत्तम पकवानों पर दृष्टि डाली, फिर धीरे से बोला—'खाने की इल्तिजा फिजूल है है, बानू! खाना मुझे अच्छा नहीं लग सकेगा आज...।'

'क्यों?' अदब के साथ बोली मुमताज—'मैं दोपहर से ही देख रही हूं कि शाहजादे सलामत की तबीयत नासाज है। बेहतर होगा कि हुजूर बिस्तरे-राहत पर आराम फरमाएं।'

'नींद नहीं आएगी, बानू!' शाहजादा आकर पलंग पर बैठ गया—'आंखों से नींद उड़ चुकी है।'

'इसकी वजह, आलमपनाह?'

'वजह मुझे खुद नहीं मालूम, मुमताज।' शाहजादा बोला—'मेरे दिल में इतना तूफान नहीं उठा था कभी।'

'मेरी क्या मजाल कि मैं आलीजाह के गम पर हमदर्दी जाहिर करूं...।' बोली मुमताज—'मगर मैंने गौर किया है कि हुजूर जब से उस बदनसीब छोकरी से मुलाकात करके लौटे हैं, तभी से हालत बदतर हैं—हुजूर के गम का सबब उस गरीब की आंखों का कहर तो नहीं?'

'.................'

चुप रहा शाहजादा। एक बार उसके समक्ष भिखारिन के मदभरे नयन पुनः नृत्य कर उठे।

'उसकी आंखों में शराब है और जहर भी...।' मुमताज पुनः बोली—'मुमकिन है, शाहजादा सलामत पर उसकी नजर का जादू चल गया हो?'

'क्या उसकी आंखें इतनी खतरनाक हैं, बानू?' पूछा शाहजादे ने।

'जरूर है, आलमपनाह! इसमें शक की जरा भी गुंजाइश नहीं—?' मुमताज ने कहा—'उसने हुजूर की ओर एक बार नजर उठाकर देखा था और मेरा जहां तक ख्याल है, हुजूरे-सलामत ने भी उसकी पुतलियों में वह कहर देखा होगा।'

'तुम ठीक कहती हो, मुमताज...!' शाहजादा बोला—'मैंने उसकी आंखों में देखा था।'

‘क्या देखा था, शाहजादे आलम?’ पूछा मुमताज ने।

‘जो देखा था, वह दिल पर नक्श हो चुका है, बानू! ताकत नहीं कि उसे जुबान पर ला सकूं।’ कहा शाहजादे ने।

‘शाहजादे-आलम ने उस आंखों के दरिया में लहराते हुए शबाब को देखा होगा?’

‘नहीं बानू!’

‘पुतलियों में तमन्ना का सागर देखा होगा?’

‘नहीं।’

‘अधूरे अरमान और कुचलती हुई हसरतों का तूफान देखा होगा।’

‘नहीं मुमताज! यह सब कुछ नहीं।’

‘तब क्या देखा हुजूरे आलम ने, उन मदभरी आंखों में?’ पूछा मुमताज ने।

‘तुम नहीं समझ सकती, बानू?’

‘शाहजादे सलामत मुझे समझाने की मेहरबानी बजा फरमाएं—।’ बोली मुमताज।

‘मैंने उसकी आंखों में बेबसी के आंसू देखे।’

‘और?’

‘गरीबी से सताए हुए शबाब की तड़पन देखी!’

‘और?’

‘दुनिया के जुल्म से तड़पते हुए एक मुर्झाये फूल का शबाब देखा।’

‘और क्या देखा हुजूरे आलम ने?’

चुप रहा शाहजादा।

चुप रही मुमताज।

मुमताज के मुख पर असीम आश्चर्य का भाव था।

दोनों के हृदय में विभिन्न विचार उठ रहे थे।

शाहजादा सोच रहा था—

‘काश! कीचड़ में पड़े हुए उस हीरे को उठाकर वह अपने ताज पर धारण कर सकता?’

मुमताज सोच रही थी—

‘शाहजादे की रहमदिली ने ही आज उनके हृदय में इस तूफान की सृष्टि की है।’

‘क्या सोचने लगी बानू, तुम?’

‘शाहजादे आलम का गम मेरे लिए निहायत अफसोस का वायस है।’

‘क्या तुम मेरी कुछ मदद कर सकती हो?’

‘हुजूर की खिदमत में मेरी छोटी-सी जान भी हाजिर है।’ मुमताज बोली।

‘शुक्रिया...!’ शाहजादे ने कहा—‘क्या तुम कल सुबह उस लड़की को मेरे पास बुला सकती हो? मैं उसके सामने कुछ कहना चाहता हूं...।’

‘मेरी इल्तजा है कि हुजूरे आलम फिर इस बात की कोशिश न करें...।’ मुमताज कहने लगी—‘वह गुस्ताख छोकरी फिर आलमपनाह के साथ गुस्ताखी से पेश आयेगी।’

‘मुझे इसकी परवाह नहीं...।’

‘इन्सान के जलते हुए दिल की उसे तनिक भी परवाह नहीं, शाहजादे आलम। वह निहायत गुस्ताख है—वह आपकी बेइज्जती करने से बाज न आएगी।’

‘मुझे अपनी बेइज्जती मंजूर है बानू!’ शाहजादे ने कहा।

‘तो मैं कल सुबह कोशिश कर देखूंगी—।’ बोली मुमताज।

‘बेहतर है!’ कहकर शाहजादे ने गहरी सांस ली।

उसकी सांस के साथ, जैसे उसका जलता हुआ कलेजा छिटक कर फर्श पर जा गिरा।

मुमताज कांप उठी, शाहजादे रशीद की करुणाजनक अवस्था देखकर।

‘मेरी एक-एक मिन्नत कुबूल फरमायेंगे, आलीजाह!’ बोली मुमताज।

‘क्यों नहीं...कहो?’

‘हुजूर के दिल पर मायूसी छा रही है...।’ कहकर बोली वह—‘ऐसी हालत में शरबते-अनार का एक जाम शाहजादा के लिए खुशी का पैगाम लयेगा।’

‘क्या कह रही हो तुम, बानू?’ शाहजादा तमककर बोला—‘क्या तुम्हारे कहने का यह मतलब है कि मैं अपनी मायूसी दूर करने के लिए एक ऐसी चीज को पीना मंजूर करूं, जो मेरी निगाह में दुनिया की बेहद जलीज चीज है और जिसे आंखें अब तक नफरत की निगाह से देखती आ रही है।’

‘हुजूर माफ करें।’

‘यह नहीं होगा, मुमताज—!’ बोला शाहजादा—‘दिल की बेचैनी और बड़बड़ाहट से ऊबकर अपने दिली ख्यालात को मैं ठोकर नहीं लगा सकता। तड़पन और जलन से डरकर दूर भागना बुजदिली है। जिंदगी का मजा जलने में है, तड़पने में है।’

उसी समय झाड़ की मोमबत्ती से जला हुआ एक परवाना तड़पकर शाहजादे की गोद में गिर पड़ा—तड़पने लगा वह।

असीम प्यार से शाहजादे ने उसे अपनी हथेली पर उठा लिया।

बोला—‘इधर देखो बानू...? इस शहीद परवाने को देखो। मुहब्बत इसने भी की है। तड़पन इसने भी झेली है। दर्द इसने भी बर्दाश्त किया है। मुहब्बत की आग में जल मरा है यह...।’

चुपचाप देखती रही मुमताज, उस निर्जीव परवाने की ओर।

‘मगर क्या मरते वक्त इसके मुंह से दर्द की जरा-सी आवाज भी निकली—?’ कहता रहा शाहजादा—‘नहीं मुमताज! लैला के सच्चे मजनूं, शीरी के सच्चे फरहाद, जलते हैं—तड़पते हैं, मगर उफ तक जबान पर नहीं लाते।’

'ठीक फरमाते हैं आप, आलमपनाह!' बोली मुमताज।

'रात काफी गुजर चुकी है, अब तुम आराम करो, बानू!' शाहजादे ने कहा।

'यह कैसे हो सकता है, आलीजाह?' शिथिल स्वर में बोली मुमताज—'हुजूर का दिल तड़पता रहे और आंखें दुनिया भर का दर्द लिए रात के अंधेरे में भटकती रहें...और मैं आराम करूं...यह गैर-मुमकिन है, हुजूरे-सलामत।'

'तुम्हारे सीने में सच्ची औरत का दिल है, बानू! तुम मेरी हमदर्द हो...।' शाहजादा बोला—'तुम दरअसल औरत हो, वह औरत जो मर्द के नाकाबिल रहने पर मां बनकर उसे काबिल बनाती है—वह औरत जो मर्द की जवानी को बीवी बनकर मुहब्बत का सबक सिखाती है...वह औरत, जो मर्द की बेवकूफी को हमदर्द दोस्त बनकर, दूर भगा देती है—वही औरत हो तुम!'

'................।'

चुपचाप सुन रही थी मुमताज। सोच रही थी—बिना पिये ही शाहजादे को इतना नशा कहां से चढ़ आया।

वह क्या जान सकती थी कि जिसने मदभरे नयनों की मदिरा पी हो, उसके लिए, शरबते-अनार के जाम का मूल्य ही क्या?

'तुम जानती होगी, बानू...!' कहने लगा शाहजादा—'मैं दुनिया का निहायत बदनसीब इंसान हूं। हमल में आते ही हुजूर अब्बाजान की मौत हो गई और सरजमीन पर पैर रखते ही मेरी मां चल बसीं—दुनिया में जिस औरत से मैंने मां का प्यार पाया, वे हैं मल्काये-आलम...! मेरी भाभीजान! दुनिया की पहली औरत हैं वे, जिसे मेरी आंखों ने, मेरे दिल ने, मेरे जिस्म ने, मेरी जान ने, प्यार की नजर से देखा है, वही सच्चे मायने में मेरी मां हैं। दुनिया भर की तकलीफें झेलकर उन्होंने मेरे बदनसीब जिस्म को इतना बड़ा बनाया है।'

चुप हो गया शाहजादा।

मल्कये-आलम की याद ने उसके हृदय में पवित्र मातृ-स्नेह की प्रबल धारा प्रवाहित कर दी।

वह बड़ी देर तक चुपचाप बैठा रहा!

'क्या हुजूरे-आलम शतरंज खेलना पसंद करेंगे?' पूछा मुमताज ने।

'शतरंज?' बोला शाहजादा—'कोई हर्ज नहीं, थोड़ी देर तक शतरंज से दिल बहलाना बेहतर होगा। शायद तुम बहुत अच्छा खेलती होगी।'

'यूं ही आप लोगों की मेहरबानी से थोड़ी-बहुत चालें जान गई हूं, आलमपनाह—! मगर हुजूर की नींद में तो कोई खलल नहीं पड़ेगी? रात ज्यादा गुजर चुकी है।'

'कोई मुजायका नहीं—' कहा शाहजादे ने—'अब नींद ने आंखों से दुश्मनी कर ही कर ली है तो उसकी मेहरबानी का इंतजार करना ठीक नहीं—दराज में मोहरें रखी हैं, तुम निकाल लाओ।'

धीरे से उठी मुमताज। शतरंज लाकर पलंग पर रख दिया और फर्श पर बैठ गई।

मूल्यवान मलमल के टुकड़ों पर सोने के बारीक तारों द्वारा बिसात बनी हुई थी। चारों ओर मोतियों की झालर टहक रही थी।

नीलम और पुखराज के टुकड़े तराश कर मोहरें बनाई गई थीं।

खेल शुरू हुआ, तो कुछ चालों के बाद ही मुमताज ने शाहजादे का वजीर मार लिया।

लगता था जैसे शाहजादा रशीद का मन शतरंज में नहीं लग रहा हो। खेलते-खेलते मखमली तकिया लगाकर वह न जाने क्या सोचने लगा था।

'शह!' मुमताज ने धीरे से कहा।

परंतु शाहजादा ने उस पर कोई ध्यान न दिया।

बोला—'बानू!'

'हुक्म गरीबनवाज!' नम्रतापूर्वक शब्दों में उतार दिया मुमताज ने।

'मैं सोचता हूं कि आग में जलने के बजाय, दूर भागकर अपना बचाव करना बेहतर होगा।' बोला शाहजादा।

'हुजूर का मतलब मैं नहीं समझी!'

'तुम ख्वाजासरा के सरदार से जाकर कह दो कि सवेरे, खूब तड़के हमारा काफिला कूच करने के लिए बिल्कुल तैयार हो जाए। मैं रात भर जागकर सुबह यहां से रवाना हो जाना चाहता हूं—।'

'मगर एकाएक रवानगी का सबब?' पूछा मुमताज ने।

यहाँ पर मुझे अपने चारों ओर आग ही आग दिखाई पड़ रही है, मुमताज! और मैं उसमें तिनके-सा जल रहा हूं। लग रहा है, जैसे वह आग मैं बरदाश्त नहीं कर सकूंगा।' बोला शाहजादा।

'मगर थोड़ी देर पहले तो आलमपनाह ने फरमाया था कि जिंदगी का लुत्फ जलने में है।' मुमताज ने कहा।

'जलने में जरूर लुत्फ है, मुमताज!' बोला शाहजादा—'मगर अब लुतफ उठाने की ताकत मुझमें नहीं रही। मेरे हक में इस लुत्फ से दूर रहना ही ठीक होगा।'

'हुजूरे-आलम के दिल के साथ, दिमाग भी बेकाबू हो उठा है।'

'ठीक कहती हो तुम—।' शाहजादे ने कहा—'इतनी जलन, इतना तूफान, इतनी तड़पन मैंने अपनी जिंदगी में कभी महसूस नहीं की थी—तुम जाकर ख्वाजासरा को मेरा हुक्म सुना दो—।'

मुमताज बाहर चली गई।

शाहजादे के विचार-परिवर्तन पर उसे घोर आश्चर्य हो रहा था।

जरा-सी बात पर शाहजादे के दिल पर इतना सदमा पहुंचना, उसके दिमाग के बाहर की बात थी।

अब तक उसने बहुत से अमीर-उमराव देखे थे सभी ने मुमताज के हुस्न की तारीफ की थी, परंतु उसने कभी किसी के लिए किसी को सच्ची मुहब्बत में तड़पते न देखा था।

शाहजादे की बेचैनी और तड़पन उसके लिए नवीन अनुभव की वस्तु थी। शाहजादा उसकी नजरों में फरिश्ता था।

और जब वह वापस लौटी तो उसका चेहरा जर्द था।

उस फरिश्ते के चले जाने का विचार, उसके लिए अत्यंत दुखदाई था। वह उस आश्चर्यजनक व्यक्ति को अपनी आंखों से दूर नहीं होने देना चाहती थी।

'कह दिया—?'

'जी हुजूरे-आलम् कुछ रात रहते ही काफिला तैयार हो जाएगा—।' मुमताज ने कहा।

'तुम एक-ब-एक इतनी रंजीदा क्यों हो उठी हो, बानू!' पूछा शाहजादे ने—'तुम्हारी आंखें आंसू से भर आई हैं, हुस्न जर्द हो उठा है। इसका सबब?'

'हुजूरे-आलम की जुदाई का ख्याल मेरे लिए निहायत गमगीन और तकलीफदेह हो उठा है—शायद अब जिंदगी में ऐसी दिलचस्प रातें न गुजार सकूं।'

'मैं मजबूर हूं, मुमताज—' शाहजादा बोला—'सुबह होने से पहले यहां से दूर चला जाना चाहता हूं...ताकि उस आग से, उस जलन से, उस छोकरी से फिर मुलाकात न हो।'

'ताज्जुब होता है हुजूरे-आलम, आपकी जुबान से बेबसी और मजबूरी के जज्बात सुनकर—।' कहने लगी मुमताज—'जिसके कदम मुबारक पर दीन-दुनिया की दौलत लोटती है, वह भी मजबूर है, यह बात सुनने में बड़ी हैरत-अंगेज लगती है, आलीजाह...!'

'दुनिया में हर इन्सान के रास्ते में मजबूरियां हैं, बानू! चाहे वह इन्सान बड़ा हो या छोटा।'

तकिये पर सर रखकर शाहजादा चुप हो रहा। आंखें बंद कर लीं उसने और कुछ सोचने लगा।

मुमताज चुपचाप बैठी रही।

सुबह होने में दो घंटे बाकी रह गये थे।

खिड़की से चिपके कपाटों को पीछे ढकेलकर, ठण्डी हवा का एक झौंका आया और मुमताज के शरीर में सिहरन-सी भर उठी।

उठकर खिड़की बंद कर दी उसने।

शाहजादे की सांस, धीरे-धीरे धीमी और गहरी होती जा रही थी। उनींदी पलकों पर शायद नींद सवार हो रही थी।

मुमताज ने धीरे से लिहाफ उठाकर शाहजादे के बदन पर डाल दिया और स्वयं भी फर्श पर लेटकर नींद का इंतजार करने लगी।

छातियों का उठना-बैठना धीरे-धीरे कम होने लगा और शरीर पर निद्रा की अवशता छा गई।

सूने कमरे में दो जवानियां, अलग-अलग पड़ी हुई तड़फड़ा रही थीं और आंखों की नींद उन्हें दुलार-दुलारकर सुला रही थी।

सात

दिन चढ़ आया था।

रात भर अंधकार की गोद में आराम करने के पश्चात् सूर्य का गोला नवीन उत्साह के साथ पूर्वाकाश पर चमकने लगा था।

शहर जोमन कोलाहलपूर्ण होता जा रहा था।

ऊबड़-खाबड़ सड़क पर एक लम्बा काफिला खड़ा था, शाहजादे रशीद की प्रतीक्षा करते हुए।

मगर शाहजादा अब तक नींद में निमग्न था। मुमताज भी रात भर जागने के कारण सो रही थी।

ख्वाजासराओं का सरदार बार-बार कमरे के दरवाजे तक आकर लौट जाता था। उसे महान आश्चर्य था कि कहां तो शाहजादा साहब रात रहते ही प्रस्थान करने वाले थे और कहां अब तक सो रहे हैं।

अपने आप बड़बड़ाया वह—इन बड़े आदमियों के मिजाज की थाह पाना भी मुश्किल है।

दरवाजे पर धीरे-धीरे थाप पड़ी—

और इस थाप ने मुमताज की आंखों की नींद में खलल डाल दी। उसके अलसित अंगों ने एक घातक अंगड़ाई ली और आंखें मलती हुई वह उठ बैठी।

उसके नेत्रों में कुछ बेहोशी थी, कुछ तन्द्रा—

कुछ नींद थीं, कुछ नशा—

कुछ आलस्य था और कुछ चैतन्यता।

धीरे-धीरे उसने अपनी भंगिमा ठीक की। अस्त-व्यस्त कपड़ों को यथास्थान किया और उठकर शाहजादे के शिथिल अंगों पर दृष्टि डाली।

शाहजादा सो रहा था। सब कुछ भूलकर सो रहा था गहरी नींद में, फिर भी होंठों पर एक अव्यक्त मुस्कान थी—शायद स्वप्न में मदभरे नयनों वाली से वार्तालाप कर रहा था वह।

रेशमी परदा उठाकर वह बाहर आई तो ख्वाजासराओं के सरदार पर उसकी दृष्टि पड़ी, जो यात्रा की पोशाक में एक ओर सिर झुकाए खड़ा था।

मुमताज को देखकर वह पास आया।

बोला—'शाहजादे-आलम की नींद टूटी या नहीं?'

'अभी नहीं...।' बोली मुमताज—'वे रात भर सोए नहीं। सुबह को जरा-सी नींद आई है। उन्हें इस वक्त आराम की सख्त जरूरत है।'

'मगर उनके हुक्म के मुताबिक काफिला सफर के लिए एक-दम तैयार है।' बोला सरदार।

'मुझे यकीन है कि शाहजादा सलामत आज रवाना न हो सकेंगे।'

'फिर भी जब तक वे उठ नहीं जाते, तब तक हमें उनके नए हुक्म की इंतजारी करनी ही पड़ेगी।'

कहकर ख्वाजासरा सराय के दरवाजे पर चला गया।

मुमताज भी अपने निजी कमरे में चली गई।

दो घण्टे पश्चात् वह नवीन आकर्षक परिधान धारण किए लौटी।

शाहजादा उस समय भी निद्रामग्न था।

सूर्य का तापमान बढ़ता जा रहा था और रेगिस्तानी हवा धीरे-धीरे गर्मी पकड़ रही थी।

मुमताज ने दिलरुबा उठा लिया और धीरे से उसके तारों को छेड़ दिया।

मधुर ध्वनि गुंजारित होने लगी। शाहजादे के अवश शरीर में कम्पन हुआ और जागने के लक्षण स्पष्ट हो उठे।

नींद खुली शाहजादे की, तो उसकी दृष्टि बाहर को चमचमाती धूप पर आ पड़ी।

'बहुत देर तक सोता रह गया बानू?' बोला वह।

'अभी हुजूरे-आलम और सोते, मगर इस पाजी दिलरुबे ने आलीजाह के आराम में खलल डाल दी।' हंसकर बोली मुमताज।

'बेजान दिलरुबे का क्या कसूर?' कहा शाहजादे ने—'सारा कुसूर तो तुम्हारी उंगलियों का है, जिन्होंने बेचारे से छेड़खानी की तो वह दर्द से चीख पड़ा—।'

'बेशक आलमपनाह! कसूर मेरा ही है और मैं सजा के लिए बेचैन हूं।'

'सजा देने की जुर्रत मैं कैसे कर सकता हूं मुमताज!' बोला शाहजादा—'एक इंसान को क्या हक है कि वह दूसरे इंसान को सजा दे...सजा सिर्फ खुदा दे सकता है।'

'हुजूरे-आलम का काफिला बिल्कुल तैयार खड़ा है...।' बात का रुख बदल दिया मुमताज ने।

'काफिला?' चौंककर शाहजादे ने कहा—'ओह! मैं तो भूल ही गया था। एक खुशनुमा ख्वाब देख रहा था, जिसकी वजह से नींद ऐन वक्त पर खुल न सकी।'

'अब तो हवा काफी गर्म हो चुकी है—हुजूरे-आलम का इस वक्त रवाना होना ठीक नहीं...।' मुमताज बोली।

एकाएक न जाने क्यों शाहजादे का मुख अत्यधिक गंभीर और शोकातुर हो उठा।

बोला—'नहीं मुमताज! मैं जाऊंगा ही—यहां की गर्मी से बाहर की गर्मी बहुत कम होगी—मुझे कोई तकलीफ न होगी।'

'मगर वह छोकरी तो आ गई है हुजूर—!'

'छोकरी! कौन छोकरी मुमताज? वही तो नहीं, जिसने अपनी आंखों का शर्बत पिलाकर मुझे बेचैन बना रखा है?'

'वही हुजूरे-आलम, वही!' बोली मुमताज—'मुझे यकीन है जिस बला से डरकर आलमपनाह दूर चले जाना चाहते हैं, शायद वह बला आलीजाह के पैर बढ़ने न दे।'

'क्यों?'

इस 'क्यों' में जो करुणा अन्तर्हित थी, वह मुमताज से छिपी न रही।

'वह शाहजादा सलामत से मिलने को बेचैन है।' बोली वह।

'मुझसे मिलने को—?' चौंक पड़ा शाहजादा—'वह मुझसे मिलना चाहती है—? क्यों—? आखिर क्यों?'

'यह तो वही बता सकती है, हुजूर!'

'क्या वह मेरे दिल में, जिगर में नई बेचैनी, नई जलन, नई तड़पन भरने आई है—?' हताश स्वर में शाहजादे ने कहा—'वह है कहां, बानू?'

'यह सुबह से ही सराय के भीतर बरामदे में बैठी हुई हुजूरे-आलम के जागने का इंतजार कर रही है।'

'तुमने उसे देखा है।'

'सिर्फ देखा ही नहीं—उससे बातें भी कर चुकी हूं।' बोली मुमताज।

'क्या कह रही थी तुमसे?'

'मुझसे मिन्नतें कर रही थीं कि मैं उसे आलमपनाह के सामने हाजिर करूं—वह आपसे कुछ बातें अर्ज करना चाहती हैं।'

'यह गैर-मुमकिन है, मुमताज—?' बेचैनी भरे स्वर में बोला शाहजादा—'मुझमें इतनी हिम्मत नहीं कि उसकी आंखों के आगे अपना दिल हलाल होने के लिए छोड़ दूं...मैं उससे मुलाकात नहीं कर सकता। नहीं कर सकता।'

'क्या आलमपनाह का यह आखिरी फैसला है?'

'बिल्कुल आखिरी।' बोला शाहजादा।

मुमताज चुप हो रही।

'बानू...।' शाहजादे ने कहा—'तुम सरदार से कह दो कि आज मैं सफर के नाकाबिल हूं, काफिला कल रवाना होगा।'

'जो हुक्म।'

'और उस छोकरी से कह दो कि मैं अपनी जिंदगी में उसे दूसरी बार नहीं देखना चाहता...।' बोला शाहजादा—'वह मुझसे मिलने का इरादा छोड़कर अपनी रोजमर्रा की जिंदगी बसर करे। मैंने कल उसे काफी मोहरें दे दी हैं—उससे वह अपनी जिंदगी आराम से काट सकती है।'

'.......................।'

कुछ न बोलकर, चुपचाप मुमताज कमरे से बाहर हो गई।

शाहजादा बेचैन हो उठा था—खिड़की के पास खड़े होकर चमचमाती धूप में आंखें गड़ा दीं उसने।

मुमताज थोड़ी देर में लौट आई।

'काफिले को आराम करने का हुक्म सुना दिया?' शाहजादे ने पूछा।

'जी आलमपनाह!'

'और वह छोकरी गई या नहीं?'

'नहीं आलीजाह।' बोली मुमताज।

'नहीं गई।' आश्चर्य एवं करुणामिश्रित स्वर में शाहजादे ने कहा—'क्या कहा उसने—?'

'मैंने हुजूरे-सलामत का हुक्म उसने सुना दिया।' मुमताज कहने लगी—'सुनते ही उसका चेहरा पीला पड़ गया। आंखों से कई बूंद आंसू जमीन पर टपक पड़े।'

'बेवकूफ लड़की—।' बोला शाहजादा—'बेशकीमती मोतियों को जमीन पर गिरा देने से क्या मिला उसे?'

'रोने लगी वह, आलमपनाह...!' कहा मुमताज ने—'मैंने उससे जाने को कहा तो मेरे पैर पकड़कर सिसक पड़ी—वह बड़ी जिद्दी छोकरी है, हुजूरे-सलामत! उसने कहा है कि जब तक वह शाहजादे-आलम से माफी न मांग लेगी, वह हुजूर की इंतजारी में सारी जिंदगी सराय के फाटक पर बैठे-बैठे काट देगी—न खायेगी, न पीयेगी...।'

'ऐसा कहा उसने?'

'जी आलमपनाह—? उस गरीब को यहां एक बार आने की इजाजत फरमाएं।' मुमताज बोली।

कुछ बोला नहीं शाहजादा। बड़ी देर तक चुप रहा।

फिर बोला—'नहीं, यह नहीं हो सकता—यह मुलाकात मेरे लिए मौत से भी ज्यादा तकलीफदेह होगी। मैं मर रहा हूं, उसे भी मरने दो। मैं जल रहा हूं, उसे भी जलने दो, मुमताज...।'

शाहजादा पलंग पर आकर बैठ गया। गहरी सांस लेने लगा।

'क्या हुजूरे-आलम के लिए नाश्ता लाऊं?' पूछा मुमताज ने।

'नहीं।' छोटा सा उत्तर दे दिया शाहजादे ने।

ज्यों-ज्यों दिन चढ़ता गया शाहजादे की बेचैनी बढ़ती गई।

उसने नाश्ता नहीं किया, न स्नान किया। चुपचाप पलंग पर पड़ा हुआ करवटें बदलता रहा।

अपनी इस बेचैनी का कारण वह स्वयं भी नहीं जानता था।

उधर शम्सुल उसकी प्रतीक्षा में सराय के फाटक पर बैठी थी, सोच रही थी वह कि जिस फरिश्ते ने कल उसकी गरीबी पर तरस खाकर ढेर-सी मोहरें दी थीं—'क्या उसका दिल न पिघलेगा? क्या उससे मुलाकात न करेगा?'

आज खूब तड़के ही शम्सुल यह आशा लेकर सराय में आई थी कि वह शाहजादे से भेंट कर, कल की गुस्ताखी के लिए क्षमा मांगेगी।

न जाने क्यों उसका हृदय शाहजादे से क्षमा मांगने को अत्यंत व्यग्र था।

मगर मुमताज ने शम्सुल को शाहजादे का जो सन्देश सुनाया, उससे उसका हृदय टुकड़े-टुकड़े हो गया। उसे ऐसा प्रतीत हुआ जैसे किसी ने उसका कलेजा मुट्ठी में बंद कर मसल दिया हो।

फिर भी वह अपने हठ पर दृढ़ रही। अपने को अधिकाधिक कष्ट देने के लिए वह फाटक से हटकर, तपती धूप में आ बैठी।

'क्या वह चली गई, मुमताज?' पूछा शाहजादे ने।

'नहीं हुजूरे-आलम!' बोली मुमताज—'वह अब साये से निकलकर, आफताब के नीचे आ बैठी है।'

'क्या वह अपनी जान देना चाहती है, मुमताज?'

तड़प उठा शाहजादा।

'हुजूर उसकी बात मान लें।' दबी जबान से बोली मुमताज।

'नहीं?'

कहकर शाहजादा हाथ-पर-हाथ रखकर मलने लगा।

'हुजूरे-आलम खाना नोश फरमाएंगे?' पूछा मुमताज ने।

'नहीं?'

दोपहर हो गई थी, मगर शाहजादे ने खाना नहीं खाया था।

धीरे-धीरे दिन ढलने लगा।

मुमताज आकर बोली—

'आफताब का शबाब गरूब होता जा रहा है आलमपनाह! अब तक आपने कुछ भी नहीं खाया।'

'वह अभी तक बैठी ही है, मुमताज?'

'जी हां जहांपनाह—।' बोली वह—'उसने भी अब तक कुछ खाया-पीया नहीं। धूप में अपना सारा जिस्म झुलसा डाला है।'

शाहजादा उठकर कमरे में टहलने लगा।

उसी समय चिर-परिचित स्वर झंकृत हो उठा—

'दिल की दुनिया में बसाया था जिसे।

कांत आंखों में चुराया था जिसे॥

जिसकी यादों में जलाया था जिगर।

जिसकी उल्फत में गुजारी शब, मगर—।'

'उफ...!'

शाहजादे ने अपना माथा पकड़ लिया। शम्सुल के स्वर ने उसके अंतर में प्रवेश कर, अगम वैकल्य की सृष्टि कर दी।

'मुमताज!' बेचैनी से पुकारा शाहजादे ने।

'इरशाद हुजूरे-आलम!'

'इस गाने को बंद करा दो।' कहा शाहजादे ने।

'क्या आलमपनाह उस गरीब से उसकी आवाज भी छीन लेना चाहते हैं—?' यह सख्त हुक्म सुनकर वह जिंदा न रह सकेगी, आलीजाह। मैं औरत हूं और एक औरत, औरत का दिल अच्छी तरह पहचान सकती है।'

'क्या तुमने उसका दिल पहचाना है मुमताज?' शाहजादे ने प्रश्न किया।

'जी हां, शाहजादे-आलम!' बोली मुमताज—'पहचान लिया है उसका दिल।'

'क्या है उसके दिल में?'

'आपके दिल से भी बढ़कर तूफान है उसके दिल में, बेइंतजाह जलन और बेकरारी उसे बर्दाश्त करनी पड़ रही है, फिर भी वह चुप है, उसके आंसू चुप हैं, उसका दिल चुप है।'

'.......।' सुन रहा था शाहजादा।

'वह समंदर की तरह गहरी है, आलीजाह! छिछले पानी की तरह उसमें तेजी नहीं।'

'ठीक कहती हो तुम मुमताज।' शाहजादे ने कहा।

गाने का स्वर हवा पर तैरता हुआ, अब तक उसके कानों से टकरा रहा था—

'अब वही दर्द बन दिल पर छा गये।

अश्क पलकों पर वे बनकर आ गये।

उनकी यादें एक कहानी हो गई।

बेवफाई की निशानी हो गई॥'

'मुमताज!' तेजी से बोला शाहजादा।

'हुक्म आलीजाह!'

'बुलाओ उसे—।' उसने कहा—'मैं उससे मुलाकात करूंगा।...उसके हठ के आगे आज मुझे झुकना पड़ा है। जिंदगी के दौरान मेरी यह पहली हार है।'

मुमताज के मुख पर एक क्षण के लिए मुस्कान खिल उठी।

उस मुस्कान में हर्ष और करुणा का सम्मिश्रण था।

वह शम्सुल को बुलाने चली गई।

‘आई वह?’ पूछा उसने, मुमताज को अकेली वापस आया देखकर।

‘दरवाजे पर खड़ी है आलमपनाह!’

‘क्यों खड़ी है दरवाजे पर, बाइज्जत उसे यहां ले आओ।’

रेशमी पर्दा उठा और एक दुबली-पतली देह, गदराई जवानी का भार लादे अंदर आई। झुककर कोर्निश की उसने।

मुमताज बाहर चली गई। दो प्रेमियों के बीच अब उसका काम ही क्या रह गया था।

‘आओ बानू—।’ गम्भीर स्वर में बोला शाहजादा—‘मैंने तुम्हें बेहद तकलीफ दी है, इसके लिए—।’

शाहजादे की नजर शम्सुल के शरीर पर पड़ी। निरंकुश धूप ने गौरांग देह को झुलसा दिया था।

आंखें नीचे किए हुए खड़ी थी वह।

‘आओ बैठो!’ पुनः कहा शाहजादे ने।

परंतु वह चुप बनी रही—

क्या कहे, क्या न कहे?

वह कुछ समझ नहीं सकी। शाहजादे का स्वर उसके हृदय में, उसकी आंखों में मदिरा का सरूर भर रहा था।

‘मैंने तुम्हें जो तकलीफ दी है, उससे तुम रूठ गई हो बानू?’

शाहजादे ने उठकर शम्सुल का हाथ पकड़ लिया, बोला—‘बैठो...!’

शम्सुल को लगा, जैसे उसके सम्पूर्ण शरीर में एक दाहक अग्नि भड़क उठी।

‘कुछ बोलो बानू!’ कहा शाहजादे ने—‘तुम्हारी आवाज आज मेरे जख्मी दिल पर मरहम का काम करेगी।’

धीरे से मुंह खोला शम्सुल ने—

‘मैं आलमपनाह से माफी मांगने आई हूं।’

‘माफी...? किस कसूर की माफी, बानू?’

‘कल आजीजाह ने मुझे याद किया और मैंने न आकर जो गुस्ताखी की, उसी की माफी हुजूरे-आलम!’

‘वह क्या इतना बड़ा कसूर था बानू—! हर इंसान अपने रास्ते पर चलने के लिए आजाद है।’

‘शाहजादे-आलम का दिल रहम का समंदर है...माफी की ख्वाहिस्तगार हूं मैं आलीजाह...!’ बोली शम्सुल।

‘क्या मेरे दिल की इतनी बड़ी कीमत है?’ पूछा शाहजादे ने।

‘इस बात को दुनिया में सबसे ज्यादा मेरा दिल जानता है हुजूर।’

'क्या मेरे दिल की तरह तुम्हारा भी दिल बेकाबू हो गया है, बानू।' पूछा शाहजादे ने।

मधुर सिहरन-सी भर उठी शम्सुल के शरीर में इस मादक प्रश्न से।

'दिल कभी किसी के काबू में नहीं रहता, आलमपनाह!' न जाने कैसे कह दिया शम्सुल ने।

दोनों ने अनजाने में अपनी-अपनी व्यथा एक-दूसरे पर प्रकट कर दी।

बातचीत के सिलसिले में दोनों आत्म-विस्मृत हो उठे। शाहजादा की चिंतातुर अवस्था में कुछ परिवर्तन हुआ।

'तुम्हारा नाम बानू?'

'शम्सुल निहार—।'

कहते-कहते शम्सुल के मदभरे नयन ऊपर उठे और शाहजादे की पुतलियों से जा टकराये।

शाहजादा एकटक उसी की ओर देख रहा था। उसके नयनों की मदिरा ने उसे बेहोश बना दिया।

'तुम्हारा नाम, तुम्हारी आंखों की तरह प्यारा है, बानू!' कहा शाहजादे ने।

'जिन आंखों की इतनी तारीफ आलमपनाह कर रहे हैं, उन आंखों ने आज रात भर मुझे बेहद तकलीफ दी है...।' शम्सुल ने कहा।

धीरे-धीरे दोनों की झिझक दूर होती जा रही थी।

'क्या तकलीफ दी है शम्सुल, इन आंखों ने?'

'रातभर ये आंखें, नींद की गोद में सोई नहीं, हुजूरे-आलम!'

'शायद किसी की याद ने आंखों की नींद छीन ली थी?' मुस्कराकर शाहजादा बोला।

'बजा फरमाते हैं, हुजूर...!' शम्सुल भी धीरे से मुस्करा पड़ी, मगर नजर नीची ही रही—'हुजूर के चेहरे का आफताब मेरे दिल में चमक रहा था।'

शम्सुल की सांकेतिक भाषा शाहजादा बाखूबी समझ गया। बोला—'बानू! मेरी ओर देखो।'

'............।'

शम्सुल ने नजरें उठाईं। चार नेत्र बड़ी देर तक एक-दूसरे में समाये रहे।

किसी की आंखें नीचे नहीं झुकीं।

आंखों द्वारा हृदय की सीमा नाप रहे थे वे दोनों।

एकाएक आनंदातिरेक से शम्सुल की आंखें झुक गयीं, फिर भी मुंह ऊंचा उठा रहा।

फूल खिल रहा था शम्सुल के मुख पर। गरीबी की बदली में से चांद झांक रहा था।

'बानू...!' बोला शाहजादा—'तुमने मेरे दिल में जो मदहोशी का तूफान भर दिया है, वह मेरे लिए नया तजुर्बा है।'

'दिल में एकतरफा तूफान नहीं उठता, आलीजाह—!' शम्सुल ने अत्यंत मादक स्वर में कहा—'यह वह शय है, जो दोनों तरफ तूफान बरपा करता है और दोनों तरफ आग लगाता है...।'

किस सुंदर ढंग से सौंदर्य की प्रतिमा ने अपनी व्यथा प्रकट की थी।

'तुम्हारी आंखें तुम्हारा हुस्न, मैं कभी न भूल सकूंगा, शम्सुल! चाहता हूं कि तुम्हारी याद हमेशा मेरे दिल में कायम रहे।'

'मगर आंखें और हुस्न सामने न रहें, तो याददाश्त कायम नहीं रह सकेगी आलमपनाह!'

'तुम्हारा मतलब यह है कि मैं तुम्हारी आंखों को और तुम्हारे हुस्न को हमेशा अपने सामने रखूं...?' शाहजादा बोला—'दिल भी यही चाहता है, बानू....? तुम मुझसे दूर नहीं जा सकोगी।'

'दूर जाना भी नहीं चाहती आलमपनाह...! आपने मेरे रग-रग में जो जलन भर दी है, वह हुजूर के पास रहने से ही दूर होगी—हुजूर की बांदी बनने में खुशी होगी मुझे...।'

'बांदी....!' आश्चर्यभरे स्वर में बोला शाहजादा—'क्या कहती हो शम्सुल...! तुम मेरे मुर्झाये बाग की खुशबू हो—मेरे दिल की धड़कन हो, मेरी आंखों की नाचती पुतलियां हो। तुम फूल हो, मैं भंवरा हूं, बानू...।'

'इतनी इज्जत न दें मेरे आका! मैं गरीब हूं, इतना बड़ा रुतबा पाकर मैं लड़खड़ा जाऊंगी...।'

'कीचड़ में गिर जाने पर भी हीरा-हीरा ही रहेगा, शम्सुल! जवाहरात की जगह पैरों में नहीं, सर और सीने पर होती है।' शाहजादे ने कहा।

'यह खुशी मेरे लिए बर्दाश्त से बाहर होगी, शाहजादे-आलम।'

'शम्सुल!'

धीरे से उठकर शाहजादे ने शम्सुल का हाथ अपने हाथ में ले लिया।

दोनों के नेत्र थोड़ी देर तक आंख मिचौली करते रहे।

'तुम अपने को इस तरह रजीज क्यों समझती हो, बानू?' बोला शाहजादा।

शाहजादे ने अनुभव किया कि शम्सुल का हाथ कांप रहा है, शायद प्रसन्नता के आवेग से और शाहजादे की चैतन्यता जैसे दूर भाग गई है, शम्सुल के स्पर्श से।

'शाहजादे-आलम कब रवाना होंगे?' पूछा शम्सुल ने।

'अभी कुछ दिनों तक नहीं—?' उत्तर मिला—'दिल को राहत मिल गई है। मैं इसे जल्द खोना नहीं चाहता—तुम मेरे पास रोज सुबह आ जाया करना।'

'तो फिर मुझे इजाजत दें, कल फिर हुजूर की खिदमत में हाजिर हूंगी।'

चली गई शम्सुल। शाहजादे को लगा, जैसे उसका दिल भी उसके साथ चला गया हो, मगर अब वह प्रसन्न था।

आठ

तातार राज्य की राजधानी आधी रात को नीरवता में निश्चल पड़ी थी। केवल शाही पहरेदार ही जाग रहे थे।

शहर के आखिरी छोर पर टूटे-फूटे मकानों के ध्वंसावशेष का सिलसिला बहुत दूर तक फैला हुआ था।

लगता था जैसे वहां निशाचरों का अड्डा हो।

कभी-कभी न जाने कैसी एक डरावनी आवाज उन खंडहरों से निकलकर दूर-दूर तक फैल जाती थी और नगर-निवासी उस आवाज को जिन्नों की आवाज समझकर और भी भयभीत हो उठते थे।

यों भी वह खंडहर उनके लिए भय की वस्तु थी।

इसी भयावह खंडहर के मध्य एक टूटा-फूटा सुरक्षित कमरा है। तातार राज्य का निरंकुश शासन उलटने का स्वप्न देखने वाले क्रांतिकारियों का यही मंत्रणा केंद्र है।

इस समय कई मोमबत्तियों का धूमिल प्रकाश वहां फैला हुआ है। जमीन पर बिछी जाजिम पर 25, 30 युवक बैठे हैं।

सभी के मुख पर प्रतीक्षा के भाव हैं। सभी निस्तब्ध हैं।

एक ने उस नीरवता को भंग किया।

बोला—'अपने रहनुमा सफ्दर साहब की अचानक गिरफ्तारी से हमारा सारा मकसद अधूरा रह गया—सारे मन्सूबे खाक में मिल गये—'

'हमें इत्मीनान रखना चाहिए, दोस्त—!' दूसरे ने कहा—'हम अपने मकसद से कभी पीछे न हटेंगे। हमारे मन्सूबे एक न एक दिन जरूर पूरे होंगे—।'

'तुम ठीक कहते हो—।' तीसरे ने कहा—'मगर बगैर किसी रहनुमा के हमें अपनी मंजिल तक पहुंचने में काफी अन्देशा है, दोस्त!'

'तुम कैसे कहते हो कि हमारा कोई रहनुमा न रहा—?' पहले ने कहा—'तुम अभी नये आदमी हो। तुम्हें नहीं मालूम कि सफ्दर साहब तो सिर्फ वक्तन-फवक्तन के रहनुमा थे—हमारी असली रहनुमा तो बेगम आलिया हैं।'

'बेगम आलिया...!' ताज्जुब से बोला तीसरा—'यह नाम तो पहले पहल सुन रहा हूं मैं!'

'अभी बहुत-सी बातें तुम्हें जाननी हैं, मेरे हमदर्द...?' दूसरे ने कहा—'बेगम आलिया ही हमारी रहनुमाई करती हैं। सफ्दर साहब तो बेगम की सलाह पर चलने वाले राहगीर हैं।'

'कौन है यह बेगम आलिया...?' पूछा तीसरे ने।

'कोई नहीं जानता कि वे कौन हैं, कहां रहती हैं और क्या करती हैं—?' चौथे ने कहा—'वे हमेशा बुर्का पहनकर हमारे बीच आती हैं। वे अपने को हमसे अभी पोशीदा रखना चाहती हैं।'

'मगर कुछ भी हो, वे हमारी सच्ची हमदर्द हैं—।' पहले ने कहा—'हम उन्हीं की राय पर चलते-चलते इतना आगे बढ़ सके हैं कि खुद शाहे-आलम की नींद भी हराम हो गई है—बेगम ही हमारी सारी ताकत हैं—बगैर उनके हम कुछ भी नहीं कर सकते।'

'अब तक वे आई क्यों नहीं?' पूछा चौथे ने।

'शायद हमारा यहां होना उन्हें मालूम न हो।' तीसरे ने पुनः अपनी अनभिज्ञता प्रकट की।

'यही ताज्जुब की बात है, मेरे दोस्त....!' दूसरे ने कहा—'बेगम आलिया को कोई खबर देने नहीं जाता, हम जानते भी नहीं कि उन्हें कहां और कैसे खबर दी जाए—फिर भी, जब-जब हमारा मजमा यहां इकट्ठा हुआ है, वे आई जरूर—न जाने कैसे उन्हें हमारे हर कदम की खबर रहती है।'

'तब तो वे बड़ी हैरतअंगेज औरत हैं—' तीसरे ने आश्चर्य से कहा—'क्या तुम लोगों ने कभी अंदाजा भी लगाया है कि वे कौन हो सकती हैं?'

'मैंने अंदाजा लगाया है, दोस्त! और मुझे यकीन है कि मेरा अंदाजा गलत न होगा।' पहले ने कहा।

'क्या ख्याल है तुम्हारा?' पूछा तीसरे ने।

तो पहला कहने लगा—

'ये टूटे-फूटे मकानात, यह खंडहर देखते हो न—? आज से चन्द साल पहले यहां एक खुशनुमा अमलदारी थी और उस अमलदारी के मालिक थे कोई अमीर, जिनका दिल समंदर सा गहरा था। रैय्यत के सच्चे हमदर्द थे वे। रियाया पर होने वाले जुल्म को देखकर उन्होंने शाहे-आलम के खिलाफ बगावत कर दी। शाहे-आलम की बदजाती और सनक-मिजाजी तो सभी पर जाहिर है। एक दिन सुबह को इस खुशनुमा अमलदारी में शाही तोपें गड़गड़ा उठीं। सारी अमलदारी खंडहर हो गई। बगावत में हिस्सा लेने वाला एक-एक इंसान तोपदम कर दिया गया, कत्लेआम मच गया। वे अमीर भी मौत के शिकार हुए। सिर्फ उनकी बेगम ही भागकर बच गई। उसके बाद उनका पता न लगा।'

'तो तुम्हारा ख्याल है—' तीसरा बोला—'कि वह बेगम साहिबा ही इस तरीके से शाहे-आजम से बदला लेना चाहती हैं।'

'हां! उस वक्त उनके शौहर जिस बेदर्दी के साथ मारे गए थे—उससे हर सच्ची औरत का दिल इन्तकाम के लिए भड़क सकता है।' पहले ने कहा।

'खुदा करे बेगम आलिया के बारे में तुम्हारा अंदाजा दुरुस्त निकले—।' तीसरा बोला—'और बेगम साहिबा अपना इंतकाम लेकर हमें आजादी दिलायें।'

उस समय।

जबकि उस भयानक खंडहर में बातें हो रही थीं, शाही कैदखाने की एक कालकोठरी के फर्श पर बिछे एक कम्बल पर निश्चेष्ट पड़ा हुआ सफ्दर सोच में डूबा हुआ था।

कोठरी में सूचीभेद्य अंधकार व्याप्त था। दरवाजे पर मोटे-मोटे छड़ लगे हुए थे और सशस्त्र पहरेदार पहरा दे रहे थे।

परंतु रात्रि के आलस्य ने पहरेदारों की आंखों में भी नींद भर दी थी।

एकाएक सफ्दर के सिर पर किसी वस्तु का स्पर्श हुआ और वह चौंककर उठ बैठा।

एक काली परछाई खड़ी थी उसके सामने।

आंखें फाड़कर देखने पर भी सफ्दर उसकी आकृति का अनुमान न लगा सका।

'कौन—?' सफ्दर ने धीरे से पूछा।

'आहिस्ता बोलो, मेरे दोस्त—!' सुरीली आवाज में किसी ने कहा—'मैं हूं।'

'कौन—?' चौंककर उठ खड़ा हुआ सफ्दर—'बेगम आलिया, आप...?'

'हां, मैं हूं, सफ्दर!' धीरे से बोली बेगम।

पास खड़े होने से, अंधेरे में भी सफ्दर ने देख लिया कि इस समय भी बेगम के मुंह पर बुर्का पड़ा हुआ है।

अपने दल के अन्य सदस्यों की तरह सफ्दर भी यह नहीं जानता था कि बेगम आलिया आखिर कौन है?'

फिर भी इतना तो वह महसूस कर चुका था कि बेगम अभी जवान है और अन्य लोगों से ज्यादा सफ्दर पर उनकी कृपादृष्टि है।

बेगम की कृपादृष्टि ने ही सफ्दर के हृदय में उनके प्रति प्रेम अंकुरित कर दिया था और सफ्दर का अनुमान था कि बेगम भी उसे प्यार करती है।

और तभी तो आज ऐसे खतरनाक कैदखाने से उसे छुड़ाने आई है—नहीं तो कल सुबह होते ही सफ्दर तोप के गोले से दूसरी दुनिया में पहुंचा दिया जाता।

'आप यहां तक कैसे आ पहुंची, बेगम?' पूछा सफ्दर ने।

'बड़ी मुश्किल से आई हूं, दोस्त! अब वक्त ज्यादा नहीं है...।' वह बोली—'लो यह बुर्का! जल्दी से पहन लो और हमारे साथ आओ।'

बेगम ने बुर्का सफ्दर की ओर बढ़ा दिया।

बुर्का पहनता हुआ वह बोला—

'इस मेहरबानी का बदला मैं अपनी जान देकर भी नहीं दे सकूंगा, बेगम!'

सफ्दर के स्वर में मुहब्बत का जो दर्द फूट पड़ा था, वह बेगम से छिपा न रहा।

वे बोली—

'मैं यहां इसीलिए नहीं आई हूं सफ्दर! कि मुझे तुमसे हमदर्दी है, बल्कि इसलिए आई हूं कि कल तुम्हें फांसी होने वाली थी और इस वक्त वतन को तुम्हारी जान की सख्त जरूरत है।'

सफ्दर बुर्का पहन चुका था।

बेगम ने उसका हाथ पकड़ लिया तो सफ्दर के शरीर में बिजली-सी दौड़ गई।

फिर दोनों उस सूचीभेद्य अंधकार में न जाने कहां लुप्त हो गये।

उस समय भी उस खंडहर में बैठे आजादी के दीवाने, बेगम आलिया के आने की प्रतीक्षा कर रहे थे, क्योंकि बिना उनके आए सभा का कोई काम प्रारंभ नहीं हो सकता था।

'बेगम आलिया अब तक तशरीफ नहीं लाईं...?' पहले ने हैरानीभरी आवाज में कहा।

'मेरा ख्याल है आज नहीं आयेंगी।' दूसरे ने कहा।

'तो क्या आज की यह मजलिस बरखास्त कर देनी चाहिए?' पहले ने पूछा।

'अरे, तुम लोगों को कुछ खबर भी है?' पांचवां जो अब तक एकदम चुप बैठा था, एकाएक बोला।

'खबर...? कैसी खबर, दोस्त—?'

लोगों ने उत्सुकतापूर्वक पांचवें की ओर देखा।

'आज शाहे-आलम का दरबारे-आम हुआ था...।' पांचवां कहने लगा—'उसमें सफ्दर साहब की पेशी हुई थी और फैसला भी सुना दिया गया।'

'क्या फैसला हुआ—?'

'कल सुबह सफ्दर साहब तोपदम कर दिये जायेंगे।'

सभा में सन्नाटा छा गया। यह समाचार इतना हृदयविदारक था कि सभी के हृदय क्रोध एवं आवेश से भर उठे।

'मुझे यकीन है कि बेगम आलिया जरूर सफ्दर की रिहाई में मशगूल होंगी—हमें सारी रात उनका इंतजार करना चाहिए।' पांचवें ने कहा।

'बेहतर है—।' सभी ने एक स्वर में समर्थन किया।

पुनः निस्तब्धता व्याप्त हो गई।

सभी के चेहरे पीले पड़ गये थे। सफ्दर की आसामयिक मृत्यु का समाचार उनकी आशाओं पर तुषारापात कर देने वाला था।

'मुझे बहुत देर हो गई, दोस्तो—।' सहसा ही आवाज आई।

सभी ने चौंककर देखा—

बेगम आलिया खड़ी थीं उनके सामने। मोमबत्ती की मद्धिम लौ में उनका काल रेशमी बुर्का चमक रहा था। बदन को एक लबादे ने ढक रखा था, जिससे उनके शरीर के सौंदर्य की थाह पाना कठिन था।

उनके साथ वैसा ही बुर्का और लबादा पहने हुए एक अन्य व्यक्ति भी था।

बेगम के स्वागतार्थ सभी उठ खड़े हुए।

'हम बड़ी देर से आपका इंतजार कर रहे थे—।' एक ने कहा।

'मैं देर के लिए माफी चाहता हूं—।' मीठी अवाज में बेगम ने कहा—'मैं अपने इस दोस्त को लेने के लिए शाही कैदखाने में चली गई थी—।'

बेगम ने अपने साथी की ओर संकेत किया।

सबकी दृष्टि उस व्यक्ति पर जाकर अटक गई।

उस व्यक्ति ने अपना बुर्का उतारकर अलग रख दिया, तो सभी चौंक उठे।

'सफ्दर साहब!'

एक साथ सभी के मुंह से प्रसन्नतापूर्वक स्वर निकल पड़ा।

'हां दोस्तो—!' सफ्दर बोला—'कल सुबह मैं तोप के मुंह में जाने वाला था, मगर उससे पहले ही तुम लोगों के पास आ गया। यह सब बेगम आलिया की मेहरबानी है...।'

सभी के नेत्र श्रद्धा से झुक गए। बेगम का यह कार्य देश के लिए गर्व का विषय था।

'हां, तो अब काम की बातें होनी चाहिए।' बेगम बोली।

सब उनकी ओर आकृष्ट हुए।

'अब तुम्हारा रहनुमा तुम्हारे पास आ गया है...।' कहने लगी बेगम—'तुम लोगों को जोर-शोर के साथ अपना काम शुरू कर देना चाहिए—चन्द दिनों पहले मैं तुम लोगों के सामने जाहिर कर चुका हूं कि हाथ पसारकर मांगने से आजादी नहीं मिलती। इस काम में कितनी ही जानें जायेंगी, कितनों को शहीद होना पड़ेगा, मेरे दोस्तो! आजादी ताकत से मिलती है।'

'बेगम साहिबा—!' कोई बोला—'हमारी ताकत आप हैं, हमें रास्ता बताइए, हम वतन के लिए जान कुर्बान करने को तैयार हैं—।'

'पोशिदातौर से तुम अपने मकसद का ऐलान करो-।'

बोली बेगम-'वतन के बच्चों, जवानों, बूढ़ों में और जमीं के जर्रे-जर्रे में आजादी की आग भर दो-शहीद होने की तमन्ना रखने वालों नौजवानों की जमात को अपने दल में शामिल कर, अपनी ताकत मजबूत करो-'

'उसके बाद?'

'उसके बाद तुम्हें लड़ने के लिए हथियारों की जरूरत पड़ेगी।' कहा बेगम ने—'तुम किस्म-किस्म के हथियार इकट्ठा करो—यह खंडहर ही तुम्हारा किला होगा। खुफियों की निगाह इस पर कभी पड़ नहीं सकती...जब तुम्हारे पास इतनी ताकत हो जाए कि तुम शाहे-आलम की फौज का मुकाबला कर सको तो एक दिन आधी रात के वक्त शाही महल पर हमला कर दो। जीत तुम्हारी होगी और मुसीबत के वक्त तुम मुझे हमेशा अपनी बगल में खड़ा देखोगे...मुझ पर यकीन करो, मैं तुम्हें आजादी की आखिरी मंजिल तक पहुंचाकर ही दम लूंगी।'।

'हम सब तैयार हैं...।' सभी एक स्वर में बोल उठे।

'इन खंडहरों की ओर देखो।' कहने लगीं बेगम, उसकी आवाज में कम्पन आ गया—'उस दिन को याद करो, जब यहां भी मकानात थे, हरा-भरा गुलशन था, फूल थे, खुशबू थी हूरें थीं, और गिलमे थे—यह सल्तनत की बेशकीमी सरजमीं थी—कोहेकाफ का खजाना था यहां—।' रुक गई बेगम।

सब गौर से सुन रहे थे।

'मगर शाही तोपों ने सब कुछ जमींदोज कर दिया, मजलूमों की चीखें अब भी यहां की हवा में गूंज रही हैं—।' बेगम कहती गई—'तुम लोग जवान हो—तुम्हारी रगों में खून लहरा रहा है—तुम्हारी आंखें बेकसूरों पर जुल्म का आलम नहीं देख सकतीं तो, उठो! जंग लगे हथियारों को साफ करो—हर शख्स के दिल में शाही जुल्म के खिलाफ आग के शोले भड़का दो, अपने सीनों पर तोपों की मार बरदाश्त करने की ताकत हासिल करो—अपना जिस्म, अपनी दौलत, अपना सर, अपनी ताकत, सब कुछ आजादी के लिए कुर्बान कर दो।' चुप थे सब।

केवल मोमबत्ती की लौ कांप रही थी।

'दुनिया वालों की नजरों में तुम्हारी कुर्बानी मिसाल बनकर चमकती रहेगी—उनके दिलों में जोश भरती रहेगी—तुम्हारी कब्रों पर फूलों के ढेर लग जाएंगे—तुम लोग मरकर भी जिंदा रहोगे—यह जमाने का तकाजा है...वक्त की आवाजें हैं...इसलिए राहे-आजादी पर शहीद हो जाने के लिए कमर कसकर तैयार हो जाओ...।'

बेगम का स्वर जितना मीठा था, उससे भी ज्यादा जोश भरा था उनकी वाणी में। जवानों की रग-रग फड़क उठी।

वे देख रहे थे—बेगम के रूप में आजादी की साक्षात प्रतिमा।

वे सुन रहे थे—बेगम के स्वर में स्वातंत्र्य का प्रबल आवाहन...।

'तुम देख रहे हो—' कहती रही बेगम—'शाहे-आलम का जुल्म देख रहे हो—उनका इंसाफ बेकसों का गला घोटता है...उनकी आवाज मजलूमों पर जुल्म करने का हुक्म देती है...उनकी आंखें शराब के नशे से लाल-लाल रहती हैं—उनका जिस्म औरत की अस्मत लूटता है, ऐसी बेइन्साफी करने वाले शाहंशाह के खिलाफ वतन के बच्चे-बच्चे को बगावत करनी चाहिए।'

'हम बगावत करेंगे, हम जुल्म के खिलाफ हथियार उठायेंगे।' सबने एक साथ गर्जना की।

'बस, अब मुझे कुछ नहीं कहना है, दोस्तो...! कल से तुम अपना काम शुरू कर दो।' चुप ही रही बेगम।

'मजलिस बर्खास्त करने के पेश्तर, बेगम साहिबा से हमारी एक दरखास्त है—हमें उम्मीद है कि बेगम हमारी इल्तिजा कबूल करेंगी।' एक ने कहा।

'कहो, क्या चाहते हो तुम लोग?' पूछा बेगम ने।

'हम लोग आपका असली नाम और पता जानना चाहते हैं, आपकी तारीफ सुनना चाहते हैं, अपने हमदर्द की सूरत देखना चाहते हैं।'

'जल्दबाजी खतरनाक होती है, मेरे दोस्तो—।' बेगम ने कहा—'आप इत्मीनान रखें, वक्त सब कुछ खुलासा कर देगा।'

फिर कोई कुछ न बोला। सब उठ खड़े हुए मजलिस बर्खास्त हुई। सबने बेगम को कोर्निश की।

जाती हुई बेगम ने सफ्दर को साथ आने का अशारा किया। सफ्दर मानो चांदपा गया। दोनों साथ-साथ चलने लगे।

'देखो सफ्दर—।' बेगम बोली—'बहुत हंगामा, मचेगा, तुम्हारे इस कदर गायब हो जाने से, इसलिए बेहतर है कि तुम अपने को कुछ दिन पोशीदा रखो।'

'ऐसा ही करूंगा, बेगम!'

बेगम थोड़ी देर के लिए सफ्दर के पीछे हो गई।! सफ्दर ने सर घुमाया तो वहां कोई न था।

बेगम आलिया जैसे हवा बन गई थीं।

नौ

दुबली-पतली सी पगडण्डी अगणित धूल-कणों का बोझ अपनी छाती पर लादे, निश्चेष्ट पड़ी थी—और कबीले के कितने ही छोकरे और छोकरियां एक सायेदार पेड़ के नीचे आमोद-प्रमोद में तल्लीन थे। सब न जाने कौन-सा खेल खेल रहे थे।

हुस्न और शबाब, सौंदर्य और यौवन का अपूर्व समारोह था वहां। सरदार का बेटा नसीर, अलग एक चट्टान पर बैठा हुआ न जाने क्या सोच रहा था। वह गंभीर था आज। खेलकूद में जरा भी भाग नहीं ले रहा था। शाम होने में कुछ ही देर थी।

सूर्य का प्रकाशहीन गोला खजूर के पीछे से झांक रहा था और अपनी जीती-जागती सौन्दर्यमयी दुनिया पर हसरत की निगाह डाल रहा था।

दूर पगडण्डी पर आती हुई किसी युवती की छाया स्पष्ट हुई तो वह चिल्ला पड़ा—

'लो! शम्सुल भी आ गई...अब नसीर भाई का दिल बहल जाएगा।' खेल रुक गया।

सब आती हुई शम्सुल की ओर देखने लगे। सर नीचा किए हुए आ रही थी वह।

नसीर ने भी देखा—उसकी गम्भीरता दूर भाग गई और अव्यक्त मुस्कान उसके होंठों पर फैल गई।

शम्सुल पास आ गई, तो सबने उसे घेर लिया।

'आज शम्सुल बीवी तो निहायत खुश नजर आ रही हैं...।'

एक ने कहा—'तुम्हारी आंखों क्यों फूटती हैं?' शम्सुल ने कहा।

'लो भाई! अब तो हमारी आंखें भी फूटती जा रही हैं।' उसने कहा—'खुदा बरकरार रक्खे शम्सुल की शरबती आंखों को, ताकि नसीर भाई का दिल प्यासा न रह जाए।'

नसीर ने शम्सुल की ओर देखकर आंखों से कुछ इशारा किया। शम्सुल समझ गई।

आगे-आगे नसीर और पीछे-पीछे शम्सुल वहां से हट चले।

दोनों टूटे-फूटे तालाब के किनारे आ बैठे। व्यंग से उसकी जान छूटी। तालाब का किनारा सूना था।

अस्तप्राय सूर्य का सुनहला रंग तालाब के वक्ष पर फैल रहा था।

'बड़ी देर कर दी शम्सुल तुमने!' कहा नसीर ने।

'क्या करूं।' शम्सुल बोली—'शाहजादे साहब से बातें करने में वक्त का ध्यान ही न रहा।'

'शाहजादा....?' चौंककर बोला नसीर—'कौन शाहजादा?'

'वही, जो जोमन की सराय में ठहरे हुए हैं और कल जिन्होंने मुझे मोहरें दी थीं, बड़े नेक हैं वे।'

‘तो यह बात है!’ बोला नसीर—‘इसीलिए तुम इतनी खुश हो...शाहजादे के साथ कहीं शाहजादी बनने का ख्वाब तो नहीं देख रही हो, शम्सुल?’

‘इसमें हर्ज क्या है।’ प्रसन्नता चमक रही थी शम्सुल की मुखाकृति पर।

‘तुम्हारी आंखों के सामने शाही दौलत नाच रही है, शम्सुल और दौलत आंखों पर काला पर्दा डाल देती है।’

‘तुम्हारा मतलब?’

‘मुझे डर है कि शाही दौलत की चमक, कहीं तुम्हारी मासूम निगाहें न बदल दे।’ बोला नसीर—‘और तुम यह गांव, यह सरजमीन, यह तालाब, ये टूटे-फूटे मकान, सब कुछ भूल जाओ।’

‘तुम मेरे हमदर्द हो नसीर! मैं तुमसे कुछ भी छिपाकर नहीं रखना चाहती...।’ शम्सुल ने कहा—‘मैं यकीनन सब कुछ भूल जाना चाहती हूं। मेरी नजरों के सामने इस वक्त एक बहुत ही खुशनुमा नजारा है, जो दिल को बरबस अपनी ओर खींचे लिए जा रहा है।’

‘यह नजारा चन्दरोजा है, नादान लड़की—!’ झिड़ककर बोला नसीर—‘यह न भूल कि तू गरीब के घर पैदा हुई है और गरीबी में ही तेरी परवरिश हुई है—जवानी के आलम में बेहोश होकर, दौलत की चमक में अंधी बनकर आगे अपने सिसकते बचपन को न भूल।’

‘अगर भूल गई तो?’

‘तो मैं तुम्हारा दुनिया में सबसे बड़ा जानी दुश्मन हूंगा।’ नसीर ने कहा—‘याद रख शम्सुल! गरीबी में तकलीफ है, मगर सब्र है—अमीरी में आराम है, मगर बेसब्री और हसद है...गरीबों की दुनिया से निकलकर, अमीरों की दुनिया में तुम्हें कभी आराम नहीं मिलेगा।’

‘मैं अपने दिल से मजबूर हूं, नसीर!’

‘तुम अपने दिल की मजबूरी देख रही हो, शम्सुल...!’ नसीर उसके और पास खिसक आया। धीरे से उसका हाथ पकड़कर स्नेहसिक्त स्वर में बोला—‘मगर क्या तुम दूसरों के दिल की मजबूरियां नहीं देखना चाहतीं—! मजबूरियां तो हर इन्सान के रास्ते में हैं, मगर क्या हमें उनसे ऊबकर अपना रास्ता बदल लेना चाहिए? तुम्हारे कदम गलत रास्ते पर पड़ रहे हैं शम्सुल! एक हमदर्द दोस्त की हैसियत से मैं तुम्हें आगाह करता हूं कि तुम्हारा दौलतमंदों के साथ आंखमिचौनी खेलना, तुम पर कहर बरपा कर देगा।’

‘दिल इस वक्त मुहब्बत चाहता है नसीर—! दौलत और गरीबी की उसमें कोई कीमत नहीं।’

‘तुम अपने रास्ते पर चलने के लिए आजाद हो, शम्सुल—!’ नसीर बोला—‘मगर एक लम्हे के लिए भी तुम यह न भूलो कि तुम्हारी अंधी मां है, चाहने वाले हैं, गांव है, तालाब है।’

बातचीत का सिलसिला कुछ ऐसा रंग लाया कि दोनों के हृदय अव्यक्त वेदना से भर उठे।

कहां तो शम्सुल शाही महल का स्वप्न देख रही थी और कहां नसीर ने उसे मां और गांव की याद दिला दी।

यह याद अत्यंत कष्टदायक थी।

'याद रखो शम्सुल...!' दृढ़ स्वर में बोला नसीर—'अगर किसी ने तुम्हें जरा भी तकलीफ पहुंचायी तो मैं उसका गला घोंट दूंगा—और अगर तुमने अपनी मां को तकलीफ दी, तो तुम्हारी लाश को पैरों से कुचल देने में भी मुझे दर्द न होगा।'

दोनों उठ खड़े हुए।

शम्सुल अपने घर की ओर चली और नसीर अपने घर की ओर। नसीर की मार्मिक बातों ने शम्सुल के हृदय में उथल-पुथल मचा दी थी। गांव का यह गरीब छोकरा उससे चाहता क्या है, वह जरा भी न समझ सकी।

फिर भी वह चाहती थी कि नसीर ने जो कुछ कहा है, वह जल्दी-से-जल्दी भूल जाए।

और घर के दरवाजे तक पहुंचते-पहुंचते वह सचमुच सब कुछ भूल गई—! शाहजादे की बातें पुनः उसके कानों में गूंजने लीं और हृदय एक मादक मिठास से भर उठा।

मुंह पर पुनः मादकता थिरकने लगी—नयनों में मदिरा छलछला उठी।

'अम्मी!' उसने दरवाजे पर से ही पुकारा।

'आओ बेटी—!' अंधी बुढ़िया ने दीन स्वर में कहा।

दौड़कर शम्सुल बुढ़िया से लिपट गई।

बुढ़िया ने आनंदविभोर होकर उस कोमल शरीर को अपनी शिथिल बांहों में बांध लिया, मगर एकाएक चौंक पड़ी वह।

शम्सुल के पुष्ट अंगों के आलिंगन ने जैसे उसकी आंखें खोल दीं। वह उसके शरीर की गदराई जवानी छू रही थी और अनुभव कर रही थी कि अब उसकी नादान बेटी उस अवस्था को पहुंच गई है, जहां उसे एक मर्द साथी की आवश्यकता होती है। बुढ़िया के लिए यह नवीन चिंता का विषय था।

उसकी बेटी अब जवान हो गई है और जवानी के दिनों में पग-पग पर खतरा उठ खड़ा होता है।

कहीं वह अपनी अमूल्य निधि, अपनी प्यारी बेटी को खो न बैठे! चौंककर बुढ़िया ने शम्सुल को बांहों में जोर से कस लिया और वह उसका मस्तक चूमने लगी।

'मेरी बेटी...!' बोली बुढ़िया—'मैं तेरे लिए कुछ न कर सकी, मगर तू खुद अपने लिए कुछ न कर बैठना, बेटा! नहीं तो मैं उजड़ जाऊंगी।'

भोली शम्सुल बुढ़िया की दार्शनिक बातें समझ न सकी।

'अम्मी!' शम्सुल ने धीरे से कहा।

'कहो—!' बुढ़िया बोली!

‘आज मैंने शाहजादा साहब से मुलाकात की थी।’ बोली वह। एक बार बुढ़िया चौंकी, फिर बोली—‘आज भी मोहरें हैं क्या?’

‘अब मोहरें लेकर क्या होगा अम्मी।’ शम्सुल बोली—‘क्या उतनी काफी नहीं?’

‘बहुत काफी हैं।’ बुढ़िया ने कहा—‘क्या कह रहे थे, शाहजादा साहब?’

‘बड़ी मीठी-मीठी बातें करते हैं, अम्मी! तुम सुनो तो सुनती ही रह जाओ।’

‘जवानी की बातें जवानों को ही मीठी लगती हैं, लड़की! मेरे लिए इन बातों में क्या रखा है?’

बुढ़िया का कटाक्ष अब समझ गई शम्सुल।

उसे अपनी जवानी का ख्याल हो आया और तब उसके गालों पर गहरी लालिमा छा गई। जोमन की सराय में।

अपने कमरे में शाहजादा पलंग पर बैठा था।

शाम हो चली थी, शमा जल रही थी और परवाने अपनी छोटी-सी जान कुर्बान करने लगे थे।

मगर शाहजादे के लिए आज परवानों की कुर्बानी कुछ महत्त्व नहीं रखती थी।

उसका हृदय प्रफुल्लित था। इस सुखदायक घड़ी में वह किसी प्रकार की चिंता को स्थान देना नहीं चाहता था।

एक परवाना अधजली अवस्था में जब उसकी गोद में गिर पड़ा तो उसने मुस्कराकर उसे उठाया और दूर फेंक दिया।

बोला—‘जलो! खूब जलो! जलते-जलते तुम्हारे भी अरमान पूरे होंगे। मुझे देखो! मैं भी जला था मगर आज मुझे उस जलन का खुशनुमा अंजाम मिल गया...तुम्हारी भी कुर्बानी बेकार नहीं जाएगी, मेरे दोस्त।’

मुमताज अंदर आई, तो शाहजादे का स्वर सुनकर चौंक पड़ी। पूछा उसने—‘आलमपनाह अभी किससे बातें कर रहे थे?’

‘परवानों से।’ बोला शाहजादा—‘इन बेजुबान दीवानों से।’

‘क्या इनके जलने से हुजूर को खुशी हासिल होती है?’

‘यह दुनिया ही दुरंगी है, बानू!’ बोला शाहजादा—‘यहां कोई जलता है, कोई हंसता है...कोई तड़पता है, कोई खुश होता है। तड़पन और जलन में आने वाली हंसी और खुशी छिपी होती है, मुमताज।’

‘आज हुजूरे-आलम को अपने चारों ओर दिलकश नजारे ही दिखाई पड़ रहे हैं...किसी के जलते हुए घर को देखकर हमदर्द होने की आदत डालिए आलीजाह।’

‘आज मैं बहुत खुश हूं बानू!’

'खुदा का शुक्र है हुजूरे-आलम कि आपकी मायूसी जल्द दूर हो गई।' मुमताज ने कहा—'अब तो शाहजादे-सलामत की तबीयत दुरुस्त है न?'

'बिल्कुल दुरुस्त है।' शाहजादा बोला—'मगर तुम्हारा चेहरा जर्द क्यों है बानू?'

'मेरा चेहरा...?' दिल का भाव छिपाती हुई बोली मुमताज—'मुझे क्या अफसोस हो सकता है, आलीजाह? आपकी खुशी मेरे लिए जन्नत है।'

'आज मैं जल्द सोना चाहता हूं बानू! मेरे लिए खाना लाओ।' शाहजादे ने कहा। खाना आया।

खाकर शाहजादा पलंग पर लेट गया।

'क्या शाहजादा सलामत थोड़ी देर तक दिलरुबा सुनना पसंद करेंगे?' पूछा मुमताज ने।

'सुनाओ।' कहा शाहजादे ने।

दिलरुबा बज उठा। सुनता रहा शाहजादा, मगर दिल में...आंखों में शम्सुल की सूरत उतर आई थी। आंखें बंद हो गई थीं, उनींदी आंखों में नींद आ बैठी तो मुमताज ने दिलरुबा रखकर करुणामिश्रित एक दीर्घ श्वास ली।

उठकर शाहजादे के शरीर पर लिहाफ डाल दिया उसने और स्वयं भी फर्श पर लेट गई।

उस रात उसने खाना नहीं खाया। शाहजादे की सारी जलन उसके हृदय में भर गई थी। इन थोड़े ही दिनों में शाहजादे के सम्पर्क में आकर वह अपना पेशा भूलती जा रही थी। औरत का दिल जो था।

रात थोड़ी ही देर में चिड़िया की तरह उड़ गई कि शाहजादा जान भी न सका। सारी रात वह मादक स्वप्न देखता रहा।

नींद खुली, तो उसने मुमताज को खड़े देखा। वह बहुत पहले ही उठ गई थी और उस समय गुसल करके दूसरे वस्त्रों में उपस्थित थी। मुमताज ने शाहजादे को भी गुसल कराया और नाश्ता दिया। शाहजादा शम्सुल की प्रतीक्षा कर रहा था, परंतु इतना दिन चढ़ आने पर भी वह अभी तक उसके पास नहीं आई थी।

'शम्सुल अभी तक नहीं आई, मुमताज?' पूछा शाहजादे ने।

'आई है आलमपनाह—!' बोली वह—'सराय के दरवाजे पर बैठी टुकड़े मांग रही है।'

'अब उसे मांगने की क्या जरूरत है?' बोला शाहजादा—'तुम उसे जल्द यहां बुला लाओ।'

शम्सुल आई, तो शाहजादा उसे देखकर आश्चर्यचकित रह गया। नई ओढ़नी! नई शलवार!

शम्सुल का सौंदर्य निखर आया था।—यौवन और भी मादक हो उठा था। शम्सुल ने कोर्निश की तो शाहजादे ने उठकर उसका हाथ पकड़ लिया।

शाहजादा पलंग पर बैठा और शम्सुल पलंग पकड़कर फर्श पर।—'तुम ऐसा क्यों करती हो शम्सुल?'

'कैसा आलमपनाह?' स्वर में झिझक नहीं, निर्भयता थी।

आंखों में शर्म नहीं मादकता थी।

होंठों पर उदासीनता नहीं मुसकराहट थी।

'क्या अब भी तुम्हें मांगने की जरूरत है...?' पूछा शाहजादे ने।

'जो कुछ था सब तो हुजूरे-आलम ने ले लिया...।' आंखों में आंखें डालकर बोली वह—'अब मांगना ही तो एक सहारा रह गया है।' शम्सुल की गूढ़ बातों का अर्थ शाहजादा समझ गया, वह हंस पड़ा—'तुम्हारा छीनकर, अपना सब कुछ तो तुम्हें दे दिया है, शम्सुल!' बोला वह—'क्या उतना काफी नहीं?'

'बहुत काफी है आलीजाह! कल से अपना पेशा छोड़ दूंगी।' शम्सुल बोली। दोनों कुछ देर तक चुप रहे।

वह मिलन उनके लिए इतना आह्लादकारक था कि वाणी मूक हो गई थी और बेजान आंखें बोलने लगी थीं।

आंखों को भाषा पढ़ने में हृदय अत्यंत पटु होता है।

दोनों के हृदय, वह भाषा आनन्दानुभूति के साथ पढ़ रहे थे। पुतलियों के इस संघर्ष से दोनों को नवीन अनुभव हो रहे थे। आंखें खुली-की- खुली रह गई थीं—जैसे पत्थर हो गई हों! जैसे कभी बंद न होंगी।

जैसे युग-युग तक उनके तृषित हृदय, वह मादक भाषा पढ़ते रहेंगे? 'तुम्हारा गांव तो खुशनुमा होगा, बानू...।' शाहजादा की वाणी सजीव हुई।

'मगर वहां आलमपनाह के लिए कोई दिलचस्पी नहीं—।' बोली शम्सुल—'चारों तरफ सिर्फ गरीबी का खौफनाक नजारा दिखाई देगा।'

'वह नजारा मुझे बेहद पसंद आएगा।'

शाहजादे ने कहा।

'क्या आलीजाह मेरा गांव देखेंगे?' स्वर में आश्चर्य भर उठा।

'जरूर देखूंगा...।' बोला वह—'मैं उस सरजमीं को देखना चाहता हूं, जहां तुम्हारे जैसे फूल खिला करते हैं।'

'क्या शाहजादे हुजूर को यह फूल पसंद आया?' आंखों में शोखी भरकर पूछा शम्सुल ने।

'बेहद पसंद आया मुझे—।' बोला वह—'मगर फूल की तारीफ करने के लिए बुलबुल की जवान मेरे पास नहीं बानू।'

'गुल अपनी तारीफ नहीं सुन पाता, आलीजाह! मगर अपनी खुशबू से दिमागतर कर देना खूब जानता है।' बोली वह।

'गुल की खुशबू से मेरे दिलोदिमाग बाग-बाग हो चुके हैं।' शाहजादे ने कहा—'अब तमन्ना सिर्फ यही रह गई है, कि काश! गुल को अपने धड़कते कलेजे पे छिपाकर रख सकता।'

'कलेजे में दर्द हो जाएगा, आलमपनाह!'

'उस दर्द की दवा भी गुल की प्यारी खुशबू में ही होगी, शम्सुल!' कहकर शाहजादे ने शम्सुल की ओर प्यासी आंखों से देखा। शम्सुल लजा गई, मदभरे नयन जमीन की छाती पर गड़े थे।

'शम्सुल।'

'आलीजाह!'

'आंखें ऊपर करो शम्सुल! मेरी तरफ देखो...।' कहा शाहजादे ने।

शम्सुल ने अपना चेहरा उपर उठाया, मदभरी नेत्रों से शाहजादे की आंखों में देखा—'मेरी बातों का जवाब दो?'

'.........................।' कोई जवाब न मिला शाहजादे को।

'मैं गुल को यकीन दिलाता हूं कि उसे मेरे पास कोई तकलीफ न होगी।' शाहजादा बोला—'मेरा कलेजा गुल के बगैर बेताब है।'

'कहीं लापरवाही से गुल मुरझा न जाए—।' धीरे से बोली।

'गुल हमेशा सरसब्ज बना रहेगा, बानू! वादा करता हूं मैं!'

'तो गुल तैयार है, आलमपनाह—!' लज्जायुक्त स्वर में कहा शम्सुल ने। गालों पर सुर्खी छा गई थी।

'शम्सुल—!'

शाहजादे ने शम्सुल का हाथ अपने हाथ में ले लिया और उसे बा-इज्जत अपनी बगल में पलंग पर बैठा लिया।

विभोर हो गई शम्सुल। भूल गई यह सब कुछ। यह मादक अनुभव उसके लिए सर्वथा नवीन था। बहुत समय बीत गया।

दिन का प्रकाश न जाने कब धूमिल हो गया, इसे ये न जान सके। सन्ध्या का आगमन देखकर शम्सुल चौंक पड़ी।

'अब मुझे जाना चाहिए आलीजाह!' बोली वह।

'मैं भी तो चलूंगा...।' कहा शाहजादे ने।

आधा घण्टे के बाद सराय के बाहर एक सजी हुई ऊंट गाड़ी आ खड़ी हुई।

शाहजादे और शम्सुल उस पर आ बैठे। गाड़ी गांव की ओर चल पड़ी। इस समय शम्सुल के बदन पर आकर्षक रंग-बिरंगे वस्त्र थे—'जानती हो, मैं तुम्हारे गांव क्यों चल रहा हूं...?' रास्ते में शाहजादे ने पूछा।

'मेरा घर देखने चल रहे हैं—और किसलिए चलेंगे!' शम्सुल ने सरल भाव में कह दिया।

'नहीं!' शाहजादे ने कहा—'मैं तुम्हारी मां से तुम्हें मांगने चल रहा हूं।' शम्सुल के गाल लाल हो उठे।

बोली—'यह मांगने का पेशा कब से अख्तियार किया, आपने?'

'जब से तुमने अपना पेशा छोड़ दिया।' कहकर वह खिलखिला पड़ा और शम्सुल की हथेली को अपनी हथेली में कैद कर लिया! और शम्सुल के बदन में अव्यक्त सिहरन दौड़ गई।

'मैं चाहता हूं कि तुम और तुम्हारी मां दोनों मेरे साथ चलें।' शाहजादे ने प्यार भरे स्वर में कहा।

'अभी यह बात मां से न कहिए।'

'क्यों?'

'मुझे बड़ी शर्म लगेगी...।' धीरे से बोली शम्सुल—'इस बार अकेले चले जाइए—फिर चन्द रोज बाद शाहे-आलम की रजामंदी लेकर आइयेगा, तो हमें कोई एतराज न होगा हमारी तरफ से बेफिक्र रहें।'

'बेहतर है—!' शाहजादा बोला—'भाईजान की रजामंदी ले लेना जरूरी है। हालांकि मुझे यकीन है कि वे मेरे मामले में दस्तन्दाजी नहीं करेंगे।' शम्सुल चुप रही।

शायद भविष्य की मधुर कल्पनाओं में डूबी थी।

परंतु भविष्य की बात कौन जान सकता है।

'भाभीजान तो तुम्हें देखकर निहायत खुश होंगी, शम्सुल!' शाहजादा बोला—'वे नेकदिल औरत हैं। मुझे मां से भी ज्यादा प्यारी हैं।' रास्ते भर शाहजादा शम्सुल को अपनी कहानी सुनाता रहा। बचपन की एक-एक बात से लेकर मल्का के प्यार भरे जज्बात तक की सारी कहानी उसने उसे सुना डाली।

रास्ता बातों-बातों में कट गया।

गांव आ गया था। गाड़ी रुक गई।

वहां का दैन्य दृश्य देखकर शाहजादा की आंखें गम हो गयीं। शम्सुल अपने घर की ओर चली। पीछे-पीछे शाहजादा भी। दरवाजे पर ही नसीर मिला।

शम्सुल को देखकर उत्साह से बोला—'आ गई शम्सुल?' मगर ज्यों ही शाहजदे पर उसकी दृष्टि पड़ी, वह चौंककर पीछे हट गया। झुककर कोर्निश की उसने।

जान गया वह कि वे कौन हैं।

'तशरीफ मुबारक, आलमपनाह!' नसीर ने अनमने स्वर में कहा—।

'अम्मी क्या कर रही हैं, नसीर?' शम्सुल ने पूछा।

'अन्दर हैं....।' बोला नसीर—'आज तुमने निहायत देर कर दी...अभी तुम्हारा ही जिक्र हो रहा था, इतने में गाड़ी की आवाज सुनकर मैं बाहर निकल आया।'

सन्ध्याकाल का अन्धेरा दूर-दूर तक फैला हुआ था। पगडण्डी सूनी हो चली थी।

दिन होता तो शाहजादे को देखने के लिए गांव वालों का जमघट लग जाता वहां।

'अन्दर तशरीफ लाइए।' संकोच भरे स्वर में नसीर ने कहा।

तीनों झोंपड़े में आ गए।

ऊंटगाड़ी पर से कालीन आ गई थी, उसी पर शाहजादा बैठा।

'कौन है बेटा, नसीर...?' अंधी बुढ़िया ने पूछा—'क्या शम्सुल आ गई?'

'हां अम्मी, मैं आ गई...!' बोली शम्सुल।

''कहां है तू...?' बुढ़िया ने कहा—'इधर आ! मेरे कलेजे से लग जा, मुझे राहत दे।' शम्सुल बुढ़िया की गोद में दुबक गई।

बुढ़िया उसका सिर सहलाने लगी।

बोली—'मैं देख रही हूं शम्सुल, तू मुझसे दूर होती जा रही है, लगता है जैसे कोई तुझे मुझसे छीनने की कोशिश कर रहा है।'

'अम्मी! शाहजादा साहब तशरीफ लाए हैं।' शम्सुल ने कहा।

'शाहजादा साहब...?' चौंककर बुढ़िया ने आतुरता से कहा—'कहां हैं? किधर हैं?'

'तुम्हारे सामने ही बैठे हैं, अम्मी।'

'काश! मुझे आंखें होतीं, तो आज मैं भी शाही रुतबे को भर आंख देख सकती...खैर! खुदा की मर्जी!'

बुढ़िया के स्वर में करुणा का अगम सागर अंतर्हित था, जिससे सभी के हृदय संतप्त हो उठे।

शाहजादा चुप था। क्या कहे? क्या न कहे?

'शाहजादा सलामत...!' बुढ़िया बोली—'सब खैरियत तो है बेटा?'

'दुआ है, अम्मीजान!' शाहजादे ने कहा—'आपका गांव देखने की तमन्ना थी, इसलिए इधर चला आया।'

'बड़ी मेहरबानी की बेटा—! चाहती हूं तुम्हारे कदम-मुबारक हमेशा इस सरजमीं पर पड़ते रहें।'

थोड़ी देर तक बातचीत करने के बाद शाहजादा उठ खड़ा हुआ। घर से बाहर निकला।

'खुशकिस्मती इस गांव की, कि हुजूरे-आलम इधर तशरीफ लाए—।' नसीर ने कहा—'तुम्हारा शुक्रिया अदा करता हूं शम्सुल।'

'क्यों? मेरा शुक्रिया क्यों?' शम्सुल ने पूछा।

'क्योंकि तुम्हारी आंखों की मादकता शाहजादे-हुजूर को भी यहां तक खींच लाई।' शम्सुल लजा गई। शाहजादा हंस पड़ा।

'मैं तुमसे मिलकर बहुत खुश हुआ, दोस्त—!' शाहजादे ने नसीर से कहा।

‘इतनी इज्जत के काबिल नहीं हूं मैं, आलीजाह!’ नसीर बोला—‘कुछ कहना था, जान बख्शे तो कहूं?’

‘कहो—!’ शाहजादे ने अभयदान दिया।

‘इस गांव की सारी रौनक, हम गरीबों की सारी दौलत, हजूरे-आलम ने छीन ली।

‘तुम्हारी यह रौनक, तुम्हारी यह दौलत, मेरे पास निहायत महफूज रहेगी, दोस्त!’

‘यह शम्सुल मुझे सबसे ज्यादा प्यारी है, आलमपनाह—!’ नसीर बोला—‘खुदा जानता है कि इसके लिए मेरे दिल में कितनी मुहब्बत है—अगर इसे जरा भी तकलीफ हुई तो मैं इसे बरदाश्त न कर सकूंगा हुजूर! एक नाकाबिल आदमी भी वक्त आने पर बहुत कुछ कर सकता है।’ ‘तुम इत्मिनान रखो, दोस्त!’ शाहजादे ने कहा। नसीर कोर्निश कर चला गया।

शाहजादे ने शम्सुल का हाथ पकड़ लिया—‘कल जरूर आना।’ गाड़ी चल पड़ी। शम्सुल वहां तब तक खड़ी रही, जब तक गाड़ी की आवाज सुनाई पड़ती रही।

दस

चेहरा तमतमाया हुआ था, दाढ़ी और मूंछें ताव खा रही थीं।

आंखों के लाल डोरे भयंकर रूप से गहरे हो उठे थे।

शाहंशाहे-तातार क्रोध में इधर-उधर टहल रहे थे।

सामने ही बुड्ढा वजीर सिर झुकाए खड़ा था।

शाहंशाह का टहलना एकाएक बंद हो गया और कड़कती आवाज गूंज उठी—

'इतना सख्त पहरा रहते हुए भी वह शैतान कैदखाने से कैसे भाग सका?'

'हैरत की बात है, शाहे-आलम?' वजीर ने नम्र स्वर में कहा—'सफ्दर साहब का फरार होना निहायत ताज्जुब की बात है।' 'आज उसे फांसी दी जाने वाली थी। मालूम होता है कि शाही फरमावरदारों ने बलवाइयों की ताकत बहुत ज्यादा है...जो हमारा तख्त उलटने की बात सोच रहे हैं, उनका सिर हम कुचलने में नाकामयाब रहे, यह कितने शर्म की बात है वजीर?'

शाहंशाह क्रोध से कांपने लगे।

'सफ्दर के इस तरह फरार हो जाने से, बलवाइयों की ताकत दुगुनी हो गई और रियाया के दिल पर से शाही खौफ जाता रहा...क्यों यह तुम सबके लिए शर्मनाक बात नहीं—?' कहकर शाहंशाह ने वजीर को आग्नेय नेत्रों से देखा।

'बजा फरमाते हैं, आलीजाह—!' वजीर ने कहा—'इस वाकया ने शाही ताकत का पर्दाफाश कर दिया है...आइंदा ऐसी बात न होगी। मजबूती से इसका इंतजाम किया जाएगा।'

'फरार कैदी का पता लगाने के लिए अब तक क्या-क्या किया गया है?' पूछा शाहंशाह ने।

'चारों तरफ खुफिया दौड़ पड़े हैं, आलीजाह!' वजीर ने उत्तर दिया—'उम्मीद है कि न सिर्फ सफ्दर, बल्कि बलवाइयों का एक-एक सरदार चन्द दिनों के अंदर गिरफ्तार हो जाएगा।'

'खुफियों ने अब तक कुछ पता लगाया?'

'बहुत कुछ पता लग चुका है, शाहे-आलम! मालूम हुआ है कि बलवाइयों की रहनुमाई बेगम आलिया कर रही है।'

'बेगम आलिया—!' आश्चर्य भरे स्वर में बोले शाहंशाह—'यह नाम तो नया सुनने में आया है। यह बेगम कौन है?'

'यह राज है, आलीजाह! कोई नहीं जानता कि वे कौन हैं।' वजीर बोला—'मगर कुछ दिनों में ही हमारे खुफिया जरूर पता लगा लेंगे।'

'बलवाइयों का मजमा कहां जमा होता है?'

'यह भी अभी तक पोशीदा है, आलमपनाह!' वजीर ने कहा।

'वजीरे-आलम—!' तेज आवाज में बोले शाहंशाह—'तुम जानते हो कि सल्तनत तातार के अंदर कोई भी सियासी बलवा मैं बरदाश्त नहीं कर सकता—मगर आज मैं देख रहा हूं कि पैर की ठोकर खाकर रास्ते की धूल भी सर पर आ चढ़ी है।'

'बलवा दबाने के लिए कड़ा-से-कड़ा रुख अख्तियार किया जाएगा, शाहे-आलम...!' वजीर ने कहा।

'ऐसा ही होना चाहिए...।' बोले शाहंशाह—'सड़कों के हर नाके पर दो-दो तोपें लगवा दो, रियाया को हथियार लेकर चलने की मनाही कर दो, पांच आदमी से ज्यादा जहां भी मजमा दिखाई दे, उसे बगैर शक व शुबहा के गिरफ्तार कर लो। रात में सिपाहियों का गश्त बढ़ा दो। मुनादी करा दो कि अंधेरे में जो भी आदमी दिखाई पड़ेगा, उसे फौरन गोली मार दी जाएगी।'

'इस हुकम की तामील तुरंत हो जाएगी, आलमपनाह...! बलवाइयों का सर कुचलने के लिए इतना बहुत काफी है।' वजीर ने कहा।

'अब तुम जा सकते हो।'

वजीर ने झुककर कोर्निश की और बाहर चला गया।

उसके आधे घंटे बाद ही शहर के हर एक नाके पर भीमकाय तोपें खड़ी कर दी गईं। हथियारबंद सिपाही हजारों की संख्या में चारों ओर घूमने लगे।

जगह-जगह पर शाही ऐलान करने वाले नगाड़े गड़गड़ा उठे। जनता ने भय के साथ उन नये कानूनों को सुना।

प्रजा तो पहले से ही भयातुर थी, अब और भी संत्रस्त एवं असहाय हो गई।

कुछ लोगों के हृदय में शाहंशाह के प्रति तीव्र घृणा जाग उठी और कुछ लोग गुप्त क्रांतिकारियों को ही बुरा-भला कहने लगे। शाहंशाह का क्रोध अब भी शान्त न हुआ था। वे उद्विग्नतापूर्वक अपने शयन-प्रकोष्ठ में टहल रहे थे।

क्रांतिकारियों के भय ने उनकी नींद हराम कर दी थी।

सोते-जागते उन्हें अपनी रियासत जाने का और अपनी मात का भय बना रहता था।

और सफ्दर के इस प्रकार अचानक लुप्त हो जाने से वे और भी त्रस्त हो उठे थे।

कहां तो उन्हें आशा थी कि जब सुबह सफ्दर को फांसी होगी और बलवाई अपने रहनुमा की लाश शहर भर में घसीटकर ले जाते हुए देखेंगे, तो भय से कांप उठेंगे और अपना इरादा बदल देंगे, मगर हुआ ठीक इसके खिलाफ! सफ्दर गायब हो गया और यह नई बात मालूम हुई कि बलवाइयों का रहनुमा सफ्दर नहीं, वरन् बेगम आलिया है। बेगम आलिया।

कौन हो सकती है यह औरत? सोचने लगे शाहंशाह!

मस्तिष्क पर बहुत जोर दिया और कई साल पीछे तक की घटनायें याद कीं, परंतु दिमाग कुछ काम न कर सका।

उन्हें लगा, जैसे बेगम आलिया कोई असीम शक्तिशालीन पारलौकिक युवती हो, जो क्षण भर में ही शाही शक्ति को मटियामेट कर देने की ताकत रखती हो। शाहंशाह ने दांत पीसे।

'चाहे जो हो—!' क्रोधित स्वर में शाहंशाह जोरों से बोल उठे—'मैं इस बेगम आलिया के सारे मनसूबे बर्बाद कर दूंगा और एक दिन वह साकी बनकर मुझे शरबते-अनार पिलाती नजरा आयेगी।'

'शाहे-आलम! बेगम आलिया के मनसूबे बर्बाद नहीं हो सकते।' कहीं से आवाज आई। चौंककर शाहंशाह ने ऊपर देखा।

जीने पर एक स्त्री-मूर्त खड़ी थी—रेशमी काला लबादा और बुर्का पहने—'कौन हो तुम?' गरजकर पूछा शाहंशाह ने।

'बेगम आलिया?' वह बोली—'शाहे-आलम की होने वाली साकी!'

'क्या चाहती हो तुम?'

'मैं सिर्फ यह कहना चाहती हूं कि आलीजाह रियाया पर इतना जुल्म करके खुद अपनी ताकत बर्बाद कर रहे हैं—!' वह रहस्यमयी तरुणी बोली—'इसका कुछ भी असर बलवाइयों पर न होगा। वे अपना काम जारी रखेंगे। शाहे-आलम खुद ही सोच सकते हैं कि जो औरत शाही महल में बेखौफ आ-जा सकती है, उसके पास कितनी ताकत होगी।'

'तुम अब यहां से भागकर नहीं जा सकतीं, बदकार औरत!' तड़प उठे शाहंशाह।

'जबान संभालकर बोलिए, शाहे-आलम...!' बेगम आलिया क्रोधित स्वर में बोली—'मेरी आंखें बंदूक हैं, मेरा जिस्म फौलाद है, मेरी हर एक सांस जहर से बुझाई हुई तीर है—मेरे अदने इशारे पर तुम नेस्तनाबूद कर दिये जा सकते हो। बेहतर है कि तुम अपनी जबान पर काबू रखो—अभी कुछ दिन और शरबते-अनार का मजा लो—।'

कुछ न बोलकर तेजी के साथ शाहंशाह ने पास ही लटकती हुई रेशमी डोर खींच ली।

परदा हटा और सिपहसालार के साथ कई हथियारबंद सिपाही अन्दर आकर अदब से खड़े हो गए।

'उसको पकड़ो—!' तेजी के साथ बोले शाहंशाह—'वह बलवाइयों की रहनुमा है। जाने न पाए।'

हाथ से उन्होंने जीने की ओर इशारा किया, जहां बेगम आलिया खड़ी थीं। सिपाही उस ओर लपके।

बेगम थोड़ा पीछे हटकर न जाने कहां लुप्त हो गई।

उसी समय शाही महल में खतरे का नगाड़ा बज उठा। एक भयानक कोलाहल से दीवालें गूंजने लगीं। चारों ओर भगदड़ मच गई। शाहंशाह बेचैनी के साथ इधर से उधर टहलते रहे।

उसी समय नई साकी नजमा ने वहां प्रवेश किया।

'शरबते-अनार! शाहंशाह के मुंह से निकला।

वे आकर पलंग पर बैठ गये। चेहरा बदहवास था।

साकी ने प्याले भरा और शाहंशाह के होंठों से लगा दिया।

कई प्याली पीने पर उनकी बेचैनी कुछ कम हुई।

थोड़ी देर बाद सिपहसालार ने आकर कोर्निश की।

'क्या वह पकड़ी गई?' उत्तेजित स्वर में पूछा शाहंशाह ने।

सर नीचा किए हुए खड़ा रहा सिपहसालार।

'जवाब दो बहादुरे-आजम! क्या बेगम आलिया गिरफ्तार हुई?'

'नहीं आलमपनाह! वह फरार हो गई—।'

'फरार हो गई—?' गरजकर बोले शाहंशाह—'एकदम नाकाबिल हो तुम! शर्म करो! एक अदना औरत तुम्हारे सीने पर ठोकर मारकर चली गई और तुम देखते रह गए—डूब मरो चुल्लू भर पानी में—!'

भयभीत सिपहसालार सर झुकाए खड़ा रहा।

'आज से तुम्हारा बहादुरे आजम का खिताब जब्त...। चले जाओ यहां से।' कोर्निश करके सिपहसालार बाहर हो गया।

शाहंशाह ने शरबते-अनार के दो जाम और लिए।

उसी समय बाहर से ख्वाजासरा चिल्ला उठा—

'बाअदब, बामुलाहजा होशियार...! साकिये शाहंशाह होशियार, मल्का मुअज्जमा शाहंशाह के दरेदौलत पर हाजिर हैं।'

साकी ने अपने कपड़े संभाल लिए और प्रवेश द्वार के पास कोर्निश की मुद्रा में खड़ी हो गई।

रेशमी पर्दा हटा और मल्काये ने अन्दर प्रवेश किया। शाहंशाह को झुककर आदाब बजाया उन्होंने। साकी बाहर चली गई।

'आइए मल्कये-आजम!' शाहंशाह के स्वर में उत्तेजना थी। मल्का इसका कारण समझ गई।

शाही महल में अभी-अभी जो कोलाहल उठ खड़ा हुआ था, उससे मल्का भी बेचैन हो उठी थी और इसीलिए इस समय शाहंशाह के पास आई थी।

'शाहंशाह बेहद मायूस और गमगीन नजर आ रहे हैं—'इसका सबब?' मल्का ने पूछा। स्वर में सहानुभूति थी।

'बलवाइयों की खुराफातें दिन-रात बढ़ती जा रही हैं, मल्का! यही मेरी मायूसी की वजह है।'

'सुना है, आज रात को सफ्दर शाही कैदखाने से फरार हो गया है?'

'ठीक सुना है तुमने!' शाहंशाह बोले—'सारे खुराफातों की जड़ बेगम आलिया है। यकीनन उसी ने सफ्दर को छुड़ाया है।'

'यह बेगम कौन है, आलीजाह?'

'परिंदा है, शैतान! हर जगह पहुंच जाती है—!' शाहंशाह ने कहा—'अभी यहां भी आई थी, काले लबादे से सारा बदन और मुंह ढका हुआ था उसका।'

'खुदा करे, ये कहर के दिन खुश व खुर्रम से गुजर जायें।' मल्का ने ठण्डी सांस ली।

'मल्का—! चन्द दिनों में ही मैं इन नाकार बलवाइयों को इस दुनिया से मिटा दूंगा।' दृढ़ आवाज में बोले शाहंशाह।

'जान से अजीज सुल्तान हुजूर!' नम्र स्वर में मल्का ने कहा—'हुक्म हो तो एक बात अर्ज करूं?'

'कहो।'

'मेरे ख्याल से अगर शाहे-आलम रियाया की मांग कबूल कर लें, तो बेहतर होगा।' हिचकिचाते हुए मल्का ने कहा।

सुनकर खून उतर आया शाहंशाह की आंखों में गरजकर बोले—'तुम भी ऐसी बात कहती हो, मल्का, तुम...! ख्वाब में भी मैंने यह नहीं सोचा था कि तुम्हारे दिल में भी बेवकफू रियाया के लिए ऐसे ख्यालात हैं।'

'मैंने तो आफतों का ख्याल कर यह अर्ज किया था, आलीजाह! आजकल होने वाली खुराफातों ने मुझे फिक्रमन्द बना दिया है।' 'आइंदा तुम्हारे मुंह से ऐसी बात सुनना मैं भी पसंद न करूंगा।' तेज आवाज में बोले शाहंशाह—'वर्ना मैं समझूंगा कि तुम भी बागियों के साथ हो।' 'माफी चाहती हूं, आलीजाह?'

'तुम समझती हो कि बलवाई हमेशा इसी तरह खुराफात करते रहें?' शाहंशाह बोले—'जिस दिन शाहजादा आ जाएगा, उसी दिन सारे खुराफाती नेस्तनाबूद हो जायेंगे। तुम तो जानती हो कि रियाया शाहजादे को कितना चाहती है और खुद सफ्दर तो उसका जिगरी दोस्त ही है।'

'बजा फरमाते हैं, आलीजाह!' मल्का बोलीं—'परंतु शाहजादे की कोई खबर अब तक नहीं मिली।'

'सरहद का काम खत्म करके वह जल्द ही आ जाएगा।' शाहंशाह ने कहा।

'मगर उसकी खैरियत की खबर न आना ताज्जुबदेह है, शाहे-आलम!'

शाहंशाह का पुराना सन्देह फिर भड़क उठा।

उन्होंने शाहजादे और मल्का का सम्बंध कभी पवित्र नहीं समझा था, शाहजादा जवान था और मल्का यद्यपि उम्र में शाहजादे से बहुत बड़ी थी, मगर सौन्दर्यमयी थीं और अब भी जवानी का आखिरी आलम उनके शरीर पर मौजूद था।

ऐसी दशा में शाहजादा और मल्का का इस तरह दूध-पानी होना, शाहंशाह के लिए सन्देह का कारण था और वे अपने इस सन्देह को स्पष्ट शब्दों में मल्का के आगे व्यक्त भी कर चुके थे।

मगर मल्का के पास औरत का दिल था और उस दिल में अगम मातृत्व-स्नेह निहित था। अपनी कोई सन्तान न होने के कारण मल्का का सारा वात्सल्य शाहजादा ले चुका था।

मगर दिन-रात जवानी और शराब से खेलने वाले शाहंशाह के लिए यह एक अगम पहेली थी, जिसे वे कभी नहीं समझ सकते थे। 'मल्का!' रुक्ष स्वर में बोले शाहंशाह—'शाहजादा तुम्हारे पास नहीं है, मगर मैं तो हूं। क्या तुम्हारी निगाह में शाहजादे की मुहब्बत इतनी वकत रखती है?'

'आलीजाह—!' मल्का शांत स्वर में बोलीं—'एक औरत के लिए बेटे का प्यार भी उतना ही जरूरी है, जितना कि खाविन्द का।' 'मैं सब समझता हूं, मल्का! दुनिया को समझते-समझते बूढ़ा हो चला हूं।' शाहंशाह बोलें—'रशीद अब यतीम बच्चा नहीं रहा। वह तन्दुरुस्त और हाथ-पैरों वाला हो गया है। क्या अब भी उसे तुम्हारी उतनी ही जरूरत है जितनी तब थी, जब वह रोता हुआ जमीन पर लोटा करता था?'

'बच्चे को मां की हमेशा जरूरत रहती है, आलमपनाह!' शाहंशाह के व्यंग्य को समझते हुए भी मल्का शांत स्वर में बोलीं—'क्या आप नहीं जानते कि यहां रहने पर बगैर मेरे खिलाए वह खाता भी नहीं था।'

'दुनिया कभी ऐसी मुहब्बत को अच्छी नजर से नहीं देख सकती मल्का।' खून के घूंट पीकर चुप रह गई मल्का।

'और मैं भी उसी दुनिया का एक इनसान है हूं—शाहे-आलम मेरे दिल में भी रश्क है, हसद है, डाह है।'

'एक दिन यह हसद मेरे लिए बरदाश्त के बाहर हो जायेगी। बेहतर है कि तुम अपने को अभी से सम्भाल लो।'

क्रूर दृष्टि से देखा शाहंशाह ने मल्का की ओर।

'कोशिश करूंगी, मेरे मालिक!' मल्का ने कहा।

'सिर्फ कोशिश ही नहीं, अमल भी करना होगा, मल्का!' शाहंशाह बोले—'तुम्हें कोई हक नहीं कि रियाया के झगड़ों से बेचैन शौहर के दिल को, अपनी कारगुजारियों से और भी बेचैन करो।'

'अगर शाहंशाह हुजूर इन सियासी खुराफातों का निपटारा चाहते हैं—!' मल्का बोली—'तो मेरी राय में रशीद को जल्द से जल्द बुला लेना चाहिए।'

'शाहजादा रशीद को जल्द-से-जल्द यहां देखना मैं भी पसंद करूंगा...मगर वह जिस जरूरी काम से सरहद पर गया हुआ है, उसका भी खत्म होना निहायत जरूरी है।' शाहंशाह रूखी आवाज में बोले।

'क्या शाहजादे की मदद के लिए कुछ और फौज सरहद की ओर भेज देना मुनासिब नहीं?'

उनके इन प्रश्नों से शाहंशाह का संदेह जड़ पकड़ रहा था।

उन्होंने तेज आवाज में कहा—'नहीं, सरहद पर फौज नहीं भेजी जा सकती...फौज का सबसे जरूरी काम शाही महल की हिफाजत करना है।'

मल्का उठ खड़ी हुई। कोर्निश करके बाहर चली गई।

साकी उठ खड़ी हुई। शरबते-अनार का दौर चल पड़ा। नई साकी की जवानी में शाहंशाह की सारी उत्तेजना, सारा आक्रोश विलीन हो गया।

ग्यारह

ताड़ और खजूर के दस बीस पेड़—

छोटे-छोटे बरगद के चार-पांच वृक्ष—

पास ही में पानी का एक सोता,

और दूर-दूर तक फैला हुआ बालू का सागर।

रेगिस्तान के मध्य एक छोटा-सा नखलिस्तान था वह! शहर की बस्ती से बहुत दूर, मानवीय नेत्रों से परे, वह निर्जीव नखलिस्तान आज आबाद हो गया।

जहां कई साल से आदमी के पैर नहीं पड़े थे, वहीं आज शाहजादा और शम्सुल बैठे, प्रेमालाप कर रहे थे।

रेगिस्तान की गर्म हवा कभी-कभी उन्हें यह याद दिला देती थी कि अभी वे जन्नत तक नहीं पहुंचे हैं।

फिर भी एक एकांत स्थान था—शहर जोमन वहां से कई कोस दूर था।

शाहजादा की ऊंट-गाड़ी वहां से कई सौ गज पीछे, खजूर के पेड़ों की ओट में खड़ी थी।

'सब कुछ भूल जाती हूं, मेरे अजीज...।' शम्सुल कह रही थी—'जब आप मेरे पास होते हैं, मैं खुद अपने आपको भी भूल जाती हूं।'

'चन्द रोज और सब्र करो, बानू।' शाहजादा बोला—'मैं कल सुबह यहां से रवाना हो जाऊंगा और भाईजान की इजाजत लेकर बहुत जल्द तुम्हें लेने आऊंगा।'

'कितना मीठा ख्वाब भर दिया है मेरे दिल में, आपने...! काश! वह दिन देख सकती मैं।' शम्सुल के स्वर में पीड़ा उमड़ पड़ी।

'शम्सुल...!' शाहजादे ने शम्सुल का हाथ पकड़कर उसे सीने से लगा लिया। शम्सुल विभोर हो उठी।

'चाहती हूं, ताकयामत इसी तरह आपके सीने से लगी रहूं।' शम्सुल बोली।

'आज तुम कैसी बातें सोच रही हो, शम्सुल...!'

'नहीं, मेरे आका—!' शम्सुल बोली—'मुझे ऐसा महसूस हो रहा है, जैसे इस तरह की खुशनुमा जगह पर हमारा-आपका मिलन फिर कभी नसीब न होगा—खुदा जानता है, इस वक्त मेरा दिल न जाने क्यों बैठा जा रहा है।'

'अपना दिल सम्भालो, बानू—! वह जुदाई चंद रोज के लिए है।' शाहजादे ने तसल्ली दी।

'क्या आप फिर लौटेंगे, शाहजादा हुजूर?' पूछा शम्सुल ने!

'क्यों नहीं।'

‘क्या इस वीरान चमन में फिर खुशनसीबी लौटेगी—! क्या यह जमीन हमारी मुहब्बत की बारिश से फिर सरसब्ज होगी?’

‘क्या तुम्हें बहुत दर्द हो रहा है शम्सुल?’

‘बहुत! बेइन्तहा!’ शम्सुल बोली—‘इतना दर्द कि आपके कदमों पर जांनिसारी की ख्वाहिश हो उठी है।’

‘तुम्हारा मिजाज इस वक्त ठीक नहीं, शम्सुल—!’ शाहजादे ने कहा वास्तव में शम्सुल के हृदय में आज वेदना के घनघोर बादल उमड़ पड़े थे और उसके मुंह पर वियोगनित उदासी छा गई थी। कारण कुछ भी नहीं था—और बहुत कुछ था।

‘मेरी सारी दौलत लूटकर आप चले जायेंगे कल, मगर अपनी कौन-सी चीज आप छोड़े जा रहे हैं, मेरे पास?’ शम्सुल ने पूछा।

‘अपनी याद।’ शाहजादे ने कहा।

‘किसी की याद तो और भी दर्द पैदा करती है, शाहजादे-हजूर! बेहतर होता, यह तकलीफदेह चीज भी अपने साथ ही लेते जाते।’

‘याद दर्द भी पैदा करती है और राहत भी देती है, शम्सुल।’ शाहजादे ने कहा।

‘जिंदगी के इतने साल बेकरारी और तकलीफ में गुजर गए, अब राहत पाने की उम्मीद नहीं रही, मेरे मालिक!’

‘बेहतर हो कि बातचीत का यह सिलसिला यहीं खत्म कर दिया जाए...।’ शाहजादा बोला—‘तुम्हारी संजीदगी बढ़ती जा रही है।’

‘अब शाम भी होना चाहती है। शायद अब जुदाई का वक्त नजदीक है।’ बोली शम्सुल।

उस समय सूर्य डूबने-डूबने को हो रहा था।

‘शम्सुल—!’

‘फरमाइये!’

‘तुम अपना वहीं गाना एक बार फिर सुना दो, सुनने को जी चाहता है।’ शाहजादा अत्यंत भावुक स्वर में बोला।

‘कनीज आपकी बांदी है, उससे इतनी आजिजी क्यों? हुक्म-उदूली करने की जुर्रत मैं कैसे कर सकती हूं?’

और थोड़ी देर तक वह मन ही मन में गुनगुनाती रही, फिर खुलकर गाने लगी—

‘दिल की दुनिया में बसाया था जिसे।

और आंखों में चुराया था जिसे।’

आज शम्सुल के गले में रोज से ज्यादा दर्द था, स्वर में आशातीत कम्पन था।

‘अब तो चलना चाहिए! अंधेरा छा रहा है...।’ गाना समाप्त होने पर बोला शाहजादा।

‘अंधेरे से डर गए सनम?’ फीकी हंसी हंसकर शम्सुल ने कहा—‘थोड़ी देर और बैठिए न—जिन्दगी के ये कीमती लम्हे बार-बार नहीं मिलेंगे।’

चुपचाप दोनों बड़ी देर तक बैठे रहे।

चार आंखें आपस में मिली थीं और तब तक मिली रहीं, जब तक कि अंधकार के कारण एक दूसरे की पुतलियों को देखना असंभव नहीं हो गया।

‘चलो शम्सुल! अंधेरा बढ़ रहा है।’

‘चलने को जी नहीं चाहता, मेरे आफताब!’

‘तुम्हारी अम्मी तुम्हारा इंतजार कर रही होंगी।’ शाहजादा ने कहा अब शम्सुल के ज्ञानतन्तु लौटे, वह शीघ्रता से उठकर खड़ी हो गई। ऊंट-गाड़ी पर दोनों आकर बैठ गये। गाड़ी चल पड़ी।

उस समय प्रगाढ़ अंधकार को चीरकर धीरे-धीरे चन्द्रदेव उदय हो रहे थे। गाड़ी चलती जा रही थी। दोनों चुप थे। दो-तीन कोस का रास्ता निस्तब्धता में ही कट गया।

‘गाड़ी यहां रुकवा दीजिए!’ शम्सुल ने कहा।

‘क्यों?’ पूछा शाहजादे ने।

‘मैं यहीं से चली जाऊंगी। यहां से मेरा गांव दो ही मील पर है।’ शम्सुल बोली।

‘तुम्हारे गांव तक चलूंगा मैं।’

‘नहीं, गाड़ी घूमकर जाएगी, इसमें काफी देर लगेगी...मैं यहां से सीधे अपने गांव पहुंच जाऊंगी, थोड़ी ही देर में।’

‘शम्सुल! यह रेगिस्तान है...।’ शाहजादे ने कहा—‘अगर जरा भी रास्ता भूली तो रात-भर भटकती रह जाओगी...।’

‘चांदनी रात है, मैं भूल न सकूंगी। इन्हीं रेगिस्तानों में मेरी जिंदगी गुजरी है।’ शम्सुल ने कहा।

आतुरता से शाहजादे ने शम्सुल का हाथ पकड़ लिया और उसे होंठों तक ले जाकर चूम लिया।

गाड़ी रुकी...शम्सुल उतर गई।

शाहजादा चला गया। शम्सुल आगे बढ़ती ही गई।

शम्सुल का अनुमान था कि उसका गांव कोस भर पर ही होगा, परंतु बहुत दूर आने पर भी उसे सिवा रेगिस्तान के और कुछ न मिला। अंत में उसे ज्ञात हुआ कि वह रास्ता भूल गई।

आसन्न भय से कांप उठी वह।

ऊपर चांद हंस रहा था, उसका वैकल्य देखकर।

बहुत देर तक शम्सुल वहीं निर्जीव-सी खड़ी रही।

फिर उसने चलना आरंभ कर दिया। अपने को भाग्य के सहारे छोड़ दिया।

पैरों से बोली—'ले चलो, जहां तुम्हारा जी चाहे।'

धीरे-धीरे पैर थकते जा रहे थे।

आगे चलना उसके लिए असंभव हो गया था।

थक गई थी शम्सुल।

चमकते हुए रेगिस्तान पर हसरत भरी दृष्टि डाली उसने और अपने को कोसने लगी। क्यों उसने शाहजादे का कहना न माना?

बहुत देर तक दुविधा में पड़ी हुई वह उसी स्थल पर खड़ी रही, एकाएक उसके कानों में दूर से आने वाली मद-मद की आवाज आई। रेगिस्तान पर लोटती हुई चांदनी में उसने देखा, दस-पन्द्रह ऊंट भागते हुए उसी की ओर आ रहे हैं।

न जाने क्यों शम्सुल का हृदय आतंकित हो उठा।

उसने देखा—हर ऊंट पर दो-दो सवार हैं। न जाने कौन हैं वे लोग।

शम्सुल ने अपने को उन सवारों की दृष्टि से छिपाना चाहा।

मगर दूर-दूर तक छिपने के लिए कोई स्थान नहीं था। चारों ओर बालू ही बालू था।

भय ने शम्सुल को अधमरा-सा कर दिया था, वह अपने गांव में औरतों का रोजगार करने वाले रेगिस्तानी डाकुओं की बात सुन चुकी थी।

वह बालूकामयी भूमि की छाती से चिपक गई।

सवार पास आ गए। दो ऊंट आगे निकल गये थे, मगर तीसरे सवार की दृष्टि शम्सुल पर पड़ ही गई।

'ठहरो...!' उसने साथियों को आज्ञा दी।

सब ऊंट रुक गए। सवार उतर पड़े। उनकी संख्या चालीस के लगभग थी। शम्सुल को घेर लिया उन्होंने।

'उठो...!' सरदार ने कठोर स्वर में शम्सुल को आज्ञा दी और उसका हाथ पकड़कर बेरहमी के साथ ऊपर उठाया।

सवारों की दृष्टि शम्सुल के अगम सौंदर्य पर पड़ीं, जो चांदनी में और भी मादक हो उठा था।

'हमारी आज की मुहिम (यात्रा) कामयाब रही दोस्त!' सरदार ने कहा—'ज्यादा दूर न जाकर यहीं शिकार मिल गया।' शिकार तो निहायत लाजवाब है सरदार!' एक ने कहा।

'अब यह बताओ।' सरदार बोला—'आसमान का यह चांद ज्यादा खूबसूरत है या रेगिस्तान का यह चांद?'

'रेगिस्तान के इस चांद की बराबरी नहीं सरदार।'

'तो ले चलो इसे!' सरदार ने आज्ञा दी।

शम्सुल की मुश्कें बांधकर उसे सरदार के ऊंट पर बिठा दिया गया। सब ऊंट दौड़ते हुए आगे बढ़ चले।

इस समय दो पहर रात जा चुकी थी।

गांव की झोंपड़ी में बैठी हुई बुढ़िया, शम्सुल के लौटने की प्रतीक्षा कर रही थी। काफी देर हो जाने से उसकी आशंका बढ़ती जा रही थी।

परंतु आंखों के बिना वह निरीह बुढ़िया कर ही क्या सकती थी। दरवाजे पर खटखट की आवाज हुई।

जान गई बुढ़िया कि शम्सुल आ गई है।

पूछा—'कौन...? शम्सुल...।'

'नहीं, मैं हूं चाची!' किसी मर्द की आवाज थी।

'कौन...! नसीर बेटा।'

'हां चाची...! क्या शम्सुल अभी तक नहीं आई?' बुढ़िया के पास बैठते हुए पूछा नसीर ने।

'अभी तक नहीं आई, बेटा...!' बुढ़िया करुण स्वर में बोली—'जैसे वह छोकरी मेरी जान ही लेकर रहेगी।'

'वह आती ही होगी, चाची! शाहजादे साहब के साथ होगी।' यद्यपि नसीर ने यह कह तो दिया, मगर उसका भी हृदय उद्विग्न था।

आधी रात बीत गई—सवेरा होने को आया।

मगर शम्सुल न आई। बुढ़िया रोने लगी।

'मैं सुबह सराय में जाकर शाहजादे से दरियाफ्त करूंगा, चाची! जरूर वह उन्हीं के पास होगी।' कहा नसीर ने।

सुबह हुई। दौड़ा-दौड़ा नसीर जोमन की सराय में आया। शाहजादे का काफिला घंटों पहले समरकंद को प्रस्थान कर चुका था। जब वह निराश लौटा तो बुढ़िया ने पूछा—'मिली वह नसीर?'

'नहीं चाची!' वह डूबते स्वर में बोला—'मालूम होता है, शाहजादा उसे साथ ले गया।'

'शाहजादे ने मुझे उजाड़ दिया बेटा।' बुढ़िया फूट-फूटकर रो पड़ी।

'मैं शाहजादे को कभी माफ नहीं करूंगा, चाची।' बोला नसीर—'बेटी गई तो जाने दो, बेटा नसीर अब भी तुम्हारे पास है। मेरे रहते हुए तुम्हें कोई तकलीफ न होगी...चन्द रोज बाद मैं शम्सुल का पता लगाने जांऊगा।'

बारह

शाहजादे का वापस आना सुनकर शाहंशाह तातार को अधिक प्रसन्नता न हुई। कदाचित मल्का और शाहजादे की घनिष्ठता ने उनके सन्देह-स्वप्न को जाग्रत कर दिया था।

शाहंशाह ने सर उठाया।

वजीर खड़ा था—सम्मान प्रदर्शित करते हुए।

'रशीद का काफिला कहां तक आ पहुंचा है वजीर?' पूछा शाहंशाह ने।

'समरकंद की सरहद तक, आलीजाह—!' वजीर ने उत्तर दिया।

'तुम आगे जाकर उससे इज्जत के साथ सीधे मेरे पास ले आओ।' शाहंशाह ने आज्ञा दी।

वजीर कोर्निश करके चला गया।

शाहंशाह नित्य ही भांति साकी और शरबते-अनार में गर्क हो गए। आज दरबारे-आम भी नहीं हुआ।

दिन भर शाहंशाह ख्वाबगाह में ही साकी के पास लिप्त रहे। शाहजादे का आना सुनकर सबसे अधिक प्रसन्नता मल्का को हुई। उनका चेहरा खुशी से दमक उठा। छातियां रह-रहकर दुग्ध आलोड़ित करने लगीं, जैसे अपना ही बेटा आ रहा हो, मृत्यु को जीतकर, मल्का और शाहंशाह में दिन भर में एक बार भी भेंट न हुई, मगर मल्का की प्रसन्नता की बात वे भली प्रकार जान गए थे। उनके संदेह का शैतान कह रहा था कि मल्का आज दुनिया में सबसे अधिक प्रसन्न हैं।

सन्ध्या होने से कुछ पहले ही ख्वाजासरा की पुकार गूंज उठी।

'साकिये शाहंशाह होशियार—! शाहजादे-आलम तशरीफ लाते हैं।'

साकी अदब के साथ दरवाजे पर कोर्निश करती हुई खड़ी हो गई। परदा हटा और शाहजादे रशीद ने झुककर शाहंशाह को कोर्निश की शाहंशाह ने उठकर शाहजादे को कलेजे से लगा लिया।

कुछ भी हो, वह उसका सगा भाई था—और उसके लिए उनके हृदय में भाई का प्रेम भी था।

'खैरियत तो है, शाहजादे?' पूछा शाहंशाह ने।

'दुआ है, किब्लये-आलम!' शाहजादे ने कहा।

दोनों भाई आकर पलंग पर बैठ गये।

'काशगर में अमन कायम हो गया?'

'बिल्कुल अमन है अब आलीजाह!' शाहजादे ने कहा और उसने शुरू से आखिर तक की सारी कारगुजारी सुना दी।

'तुम काबिले-तारीफ हो, जीनते-सल्तनत—! तुमने एक हैरतअंगेज काम कर दिखाया है।'

'जिल्ले सुब्बानी—! वह काम मेरे लिए निहायत आसान था।' बोला शाहजादा।

'सल्तनत में इधर जो वारदातें हुई हैं, वे तुम्हें न मालूम होंगी...!' शाहंशाह ने कहा—'यहां भी खौफनाक बलवा होने में अब ज्यादा देर नहीं है। हम चाह रहे थे कि जल्द तुम यहां आ जाओ।'

अब तो मैं आस ही गया हूं, किब्लये आलम्।

'लम्बे सफर से तुम थक गये होगे।' बोले शाहंशाह—'कुछ देर जाकर आराम करो, फिर वजीर तुम्हें सारी वारदातें बतायेंगे।'

'जो हुक्म।'

शाहजादा उठा! बाहर निकलकर वह सीधे मल्का के प्रकोष्ठ की ओर बढ़ चला।

मल्का उसकी प्रतीक्षा कर रही थीं।

ज्यों ही उनकी दृष्टि कोर्निश करते हुए शाहजादे पर पड़ी, वे उसकी ओर लपकीं।

दूसरे ही क्षण लता की तरह एक दूसरे से लिपट गए वे दोनों—'रशीद—! मेरे लख्ते-जिगर!' स्नेहविह्वल हो मल्का बोलीं।

'भाभीजान...! मल्का...! मेरी मां...!'

शाहजादा क्या कहे, यह सोच ही न सका।

बड़ी देर बाद वे दोनों अलग हुए।

मल्का पलंग पर आ बैठीं। शाहजादा उनकी बगल में आसीन हुआ। 'रेगिस्तान हवा ने तुम्हारा जिस्म सुखा डाला है, रशीद!' बोली मल्का। 'मल्का की गोद में फिर हरा-भरा हो जाएगा।'

'आने में इतनी देर क्यों हुई, शाहजादे?' पूछा मल्का ने।

'रेगिस्तान में खिले हुए एक फूल ने मेरा दामन पकड़ लिया था, भाभीजान!'

'फूल!' मल्का ने देखा, शाहजादे का चेहरा शर्मीला हो उठा—'दामन को कांटे पकड़ते हैं, रशीद! फूल तो बेगुनाह होते हैं।'

'वह फूल मुझे बेहद पसंद आया है, मल्काये आलम!' कहा शाहजादे ने। शाहजादे का संकेत मल्का समझ रही थीं।

वे बोलीं—'मगर मेरे रशीद के लिए तो किसी शाही चमन का गुल चाहिए, रेगिस्तान का कांटों भरा फूल नहीं।'

'अगर, उस रेगिस्तानी गुल के बगैर शाहजादे की जिंदगी मायूस हो जाए, तो?'

'अपनी मौत के बाद ही मैं शाहजादे को मायूस देखना पसंद करूंगी।' मल्का ने कहा—'मेरे रहते शाहजादे को अपनी पसंद का फूल चुनने की आजादी है।'

'मगर भाईजान की इजाजत के बगैर...।'

'मैं शाहे-आलम को समझाऊंगी।' मल्का बोलीं।

और अब रशीद ने शम्सुल के विषय की सारी बातें मल्का को बता दीं। मल्का ने उसे धीरज रखने का कहा।

'अभी तक तुमने खाना तो नहीं खाया होगा, शाहजादे?' मल्का बोलीं—'उफ! मैं भी कितनी लापरवाह हूं कि खाना खाने के लिए पूछना भी भूल गई।'

मल्का ने बांदी की ओर इशारा किया और चंद मिनटों में खाना आ गया।

मल्का जानती थीं, कि रशीद अपने हाथों से कभी न खायेगा। अतः उन्होंने अपने हाथों से खिलाने के लिए निवाला उठाया।

'पहला निवाला आप अपने मुंह में रेखिए भाभीजान!' शाहजादे ने कहा।

'मुझे भूख नहीं है...।' मल्का ने कहा।

'तब मैं भी न खाऊंगा...'। शाहजादे ने हठ किया।

लाचार मल्का को खाना पड़ा। दोनों खाने लगे।

'सुनता हूं, यहां भी बलवाइयों ने खुराफात मचा रखी है।' शाहजादे ने कहा।

'जब रियाया जुल्म से बेकरार हो उठती है, तो सिवा बलवा करने के और दूसरा रास्ता ही क्या रह जाता है, उसके पास!' मल्का बोलीं।

'आप ठीक कहती हैं मल्का।' श्हाजादे ने कहा—'भाईजान अपनी हरकतें जब तक राहेरास्ते पर नहीं लाते, तब तक एक-न-एक जगह बलवा होता ही रहेगा...मुझे डर है कि किसी दिन शाही खानदान की इज्जत खाक में न मिल जाए।'

'तुम ठीक कहते हो शाहजादे!' मल्का ने कहा—'रियाया ताकत से नहीं, रहमदिली से ही काबू में आ सकती है।'

शाहजादा खाना खा चुका था, उठता हुआ बोला—'इजाजत हो तो वजीरे-आजम से मिलकर शहर की हालत दरियाफ्त करूं?' 'इजाजत है।' कहा मल्का ने।

शाहजादा वजीर के यहां पहुंचा, तो वजीर ने उठकर कोर्निश की। दोनों उचित स्थान पर बैठे।

'शाहजादे-आलम की गैरमौजूदगी में यहां की हालत निहायत नाजुक हो गई है।' वजीर ने बात प्रारम्भ की।

'कुछ बातें मैं सुन चुका हूं, वजीरे-आजम!' शाहजादा बोला—'आप खुलासा बयान कीजिए।'

वजीर धीरे-धीरे सब बातें शाहजादे को बताने लगा।

सफ्दर का दरबार में आना, रियाया की मांग पेश करना, उसका गिरफ्तार होना, फांसी की सजा पाना, उसका कैदखाने से निकल भागना शाहंशाह द्वारा नये कानूनों की मुनादी होना, बेगम आलिया का बलवाइयों का नेतृत्व करना आदि सारी बातें धैर्यपूर्वक सुनी शाहजादे ने।

'सफ्दर मेरा दोस्त है, वजीरे-आजम!' अन्त में बोला वह—'मैं होता तो उसकी गिरफ्तारी की नौबत ही न आती।'

'अब शाहजादा हुजूर अमन कायम कर लेंगे, ऐसी उम्मीद शाहंशाह को है और मुझे भी—।' वजीर बोला।

'सिर्फ सफ्दर की रहनुमाई की बात होती, तो मैं बेशक कामयाब रहता।' शाहजादे ने कहा—'मगर उस खौफनाक औरत, बेगम आलिया की कोई दवा मेरे पास नहीं—और आपके खुफियों का अंदाजा है कि बेगम आलिया ही उनकी सरपरस्त है।'

'बजा फरमाते हैं, हुजूरे-आलम!' वजीर ने कहा—'परंतु यह अभी तक पता नहीं लग सका कि वह बेगम है कौन?'

'मैं कोशिश करूंगा।' शाहजादा बोला—'मगर कामयाबी में शक है, सफ्दर को पकड़ने के लिए खुफिया दौड़ पड़े हैं, इसलिए वह निहायत पोशीदा तरीके से रहता होगा। ऐसी हालत में उससे मुलाकात भी होनी मुश्किल है।'

'क्या शाहजादा-आलम सफ्दर से मुलाकात करना चाहते हैं?' पूछा वजीर ने।

'दुरुस्त है ख्याल आपका?' बोला शाहजादा—'मेरा यकीन है कि सफ्दर मुझे अपने सामने पाकर अपनी खुराफात बंद कर देगा।'

'मगर बेगम आलिया!'

'इस सवाल ने मेरे लिए भी मुसीबत पैदा कर दी है।'

वजीर चुपचाप शाहजादे की ओर देख रहा था।

'वजीरे-आजम।'

'इरशाद आलमपनाह!' वजीर नम्र स्वर में बोला।

'आप बुजुर्ग हैं।' कहने लगा शाहजादा—'आपने दुनिया के दौरान मैं कुदरत के बहुत से तमाशे देखे हैं—आपक तजुर्बा निहायत बेशकीमती है।'

'हुजूर का मकसद?'

'रियाया के बलवे का सबब क्या है, क्या यह आप पर जाहिर नहीं? यह आप नहीं जानते कि शाही ताकत सिर्फ़ जान ले सकती है, बलवाइयों के दिल की आग नहीं बुझा सकती?'

'बजा फरमाते हैं हुजूरे-आलम।'

'रियाया को इस तरह तकलीफ देने से रियाया कायम नहीं रह सकती, वजीरे-आजम!' कहने लगा शाहजादा—'क्यों नहीं रियाया की मांगें कबूल कर ली जातीं?'

'इसके लिए शाहे-आलम की रजामंदी जरूरी है, आलीजाह!' वजीर दबी जबान से बोला।

'शाहे-आलम की रजामंदी के मुकाबले में रियाया की तड़पन की कोई वकत नहीं? यह कैसी बात है, मेरे बुजुर्ग?'

'शाही खानदान का नमक मेरी रग-रग में भरा हुआ है, आलीजाह।' वजीर बोला—'हुक्म देना शाहंशाह सलामत का काम है, हुक्म की तामील करना मेरा।'

'क्या आपकी बुजुर्ग आंखें आने वाली आफत को नहीं देख रही हैं?'

'देख रही हैं आलमपनाह! फिर भी मैं खामोश हूं और मौत तक खामोश रहूंगा।' वजीर ने कहा।

'यह बेगम आलिया—!'शाहजादा बोला—'यह हैरतअंगेज औरत—! जो बलवाइयों की रहनुमाई कर रही है, जो शाही महल में घुसकर बेदाग निकल सकती है, जो कैदखाने से सफ्दर को निकाल ले जा सकती है—उसकी ताकत के आगे, मेरा दिल कह रहा है कि शाही ताकत फीकी पड़ जाएगी—फिर भी कोशिश करना हमारा फर्ज है।'

कहता हुआ शाहजादा उठ खड़ा हुआ।

वजीर ने कोर्निश की। शाहजादा चला गाय।

इस बार वह अपने प्रकोष्ठ में आया।

यात्रा के कष्टों के कारण वह क्लांत तो था ही, उस पर क्रांति की बातों ने उसके मस्तिष्क को और भी झकझोर दिया था।

इस समय उसे विश्राम की आवश्यकता थी।

पलंग पर लेटकर वह निद्रा की राह देखने लगा। उस समय रात्रि का अंधकार शाही महल के चारों ओर नृत्य कर रहा था। एकाएक प्रकोष्ठ के एक दरवाजे पर क्रमशः थपकी की आवाज आने लगी। कोई बाहर से सतर्कतापूर्वक थपकी दे रहा था। शाहजादा आश्चर्य से उठ बैठा।

वह एक गुप्त द्वार था, जो सालों से बंद था।

शाहजादे ने आगे बढ़कर दरवाजा खोला।

रेशमी, काले लबादे से ढकी हुई एक मूर्ति कमरे के अंदर आ गई। शाहजादा चौंक पड़ा। वजीर ने बेगम आलिया की जो रूपरेखा बताई थी, ठीक वही रूपरेखा इस मूर्ति की थी।

'कौन—? बेगम आलिया?' पूछा शाहजादे ने।

'नहीं, मैं हूं दोस्त!' किसी पुरुष की आवाज थी।

'सफ्दर तुम यहां?' शाहजादा बोला—'क्या तुम्हीं बेगम आलिया हो?'

'नहीं दोस्त...?' सफ्दर शाहजादे के पास बैठता हुआ बोला—'अपने को पोशीदा रखने के लिए यह लबादा पहन रखा है।'

'तुम यहां कैसे आ पहुंचे?' शाहजादे ने पूछा।

'अभी बेगम आलिया ने मुझे खबर दी है कि तुम मुझसे मिलने को बेताब हो!' सफ्दर बोला।

'यह उन्हें कैसे मालूम हुआ?' आश्चर्य से पूछा शाहजादे ने।

'चाहे जैसे भी मालूम हुआ हो?' बोला सफ्दर—'मगर तुम वजीरे-आजम से ऐसी ही बातें कर रहे थे।'

'सख्त ताज्जुब है!' शाहजादे ने कहा—'बेगम आलिया हवा भी बन सकती है क्या?'

'वही मुझे यहां तक पहुंचा भी गई है!' सफ्दर ने कहा।

शाहजादे की आंखों में अगम आश्चर्य भर उठा। सोच रहा था वह बेगम आलिया की बातें। कितनी आश्चर्यजनक है यह बेगम। शाहजादे और वजीर में जो बातें हुई हैं, वे कैसे जान गयीं?'

'सफ्दर...!' एकाएक पुकारा शाहजादे ने।

'कहो दोस्त...!' सफ्दर बोला।

'तुम बलवाई हो—'तुम्हें मौत की सजा मिल चुकी है—तुम फरार हो और यह भी जानते हो कि इस समय तुम शाही महल में हो।' शाहजादे ने कहा—'अगर मैं तुम्हें कैद करना चाहूं तो तुम क्या करोगे?'

'शाहजादे!' बोला सफ्दर—'जानता हूं मैं, कि तुम सब कुछ कर सकते हो, मगर मुझे कैद करके अपनी रियाया की बद्दुआ नहीं ले सकते—यह भी जानता हूं कि शाहजादे रशीद के दिल में सिर्फ शाहे-आलम की मुहब्बत नहीं, अपनी रियाया के लिए भी मुहब्बत है।'

'मगर तुम्हारा ख्याल गलत हो...।' बोला शाहजादा—'और मैं तुम्हें अभी गिरफ्तार करना चाहूं तो।'

'तो मेरे गिरफ्तार होने से पहले ही तुम्हारी मौत होगी, शाहजादे!' दृढ़ स्वर में बोला सफ्दर—'एक जुल्मी शाहंशाह के फरमाबरदार भाई की जान से एक बलवाई की जान ज्यादा कीमत रखती है, शाहजादें यह न भूलो कि बेगम आलिया जिसकी पीठ पर हैं, उसके बदन पर कोई हाथ भी नहीं रख सकता।'

'मैं शरमिन्दा हुआ सफ्दर!' शाहजादा बोला—'मैं तहे-दिल से रियाया का तरफदार हूं—मगर तुम जानते हो कि भाई जान मेरे सरपरस्त हैं।'

'तुम्हारी हमदर्दी के लिए शुक्रिया, दोस्त...!' सफ्दर ने कहा—'मगर जुल्मी भाई के हुक्म से बेकसों का गला रेतने के लिए तुम्हारी तारीफ नहीं की जा सकती, शाहजादे। कम-से-कम काशगर में तो तुमने यही किया है।'

'वहां कोई सयासी बलवा नहीं था, सफ्दर! वह तो डाकुओं के गिरोह की कारगुजारी थी।' शाहजादा बोला।

'अब तुम्हारा क्या इरादा है, शाहजादे? यहां आकर तुम हमारी तरफदारी करोगे या शाहे-आलम की?'

'सल्तनत शाहे-आलम की है और मैं उनका भाई हूं।' शाहजादे ने कहा।

सफ्दर क्रोधित हो उठा, अपने मित्र की बात सुनकर।

'सल्तनत न तुम्हारी है, न तुम्हारी भाई की।' बोला वह—'सल्तनत रियाया की है और तुम उसके टुकड़ों पर पलने वाले एक अदना इन्सान हो।'

'बहुत तैश में आ गए हो, सफ्दर!' शांत स्वर में शाहजादा बोला—'जरा मेरी मजबूरियों पर गौर करो।'

'तुम बुजदिल हो, शाहजादे!' सफ्दर ने कहा—'शाहंशाह और तुम, भाई-भाई हो। सल्तनत तुम दोनों की है, एक की नहीं...मगर एक उसे बर्बाद कर रहा है तो दूसरा उसे बचाये, यही रियाया की ख्वाहिश है।'

'तुम शाहे-आलम के साथ बगावत करने की नसीहत दे रहे हो?' शाहजादा बोला—'वे मेरे बाप हैं और मल्का मेरी मां। कैसे हो सकता है यह सब?'

'मल्का तुम्हारी ही नहीं, सारी रियाया की मां है, मगर शाहे-आलम न तो तुम्हारे बाप होने के काबिल हैं और न ही रियाया के।' सफ्दर ने दृढ़ता से कहा।

'मुझे सोचने के लिए कुछ वक्त चाहिए।' शाहजादा बोला।

'बेहतर है...।' उठ खड़ा हुआ सफ्दर और उसी राह से बाहर चला गया।

तेरह

कई दिनों तक शांति रही।

वैसी ही शंति जैसे तूफान आने से पहले सागर गम्भीर हो उठता है। शाहंशाह ने सोचा, काले कानूनों से बलवाई डर गए हैं और वे कभी सर न उठायेंगे।

परंतु बलवाई जिस प्रकार भयंकर गति से अस्त्र-शस्त्र इकट्ठा करके अपना संगठन कर रहे थे, वह अत्यंत गुप्त था।

राज्य भर में चारों ओर क्रांति के अग्रदूत, यथाशक्ति भयानक प्रयास करने में तल्लीन थे! देश के कोन-कोने से आजादी की मुक्ति सेना एकत्र होती जा रही थी। उन्हें उचित रीति से युद्ध की शिक्षा दी जा रही थी। शांति मार्ग छोड़कर, अब ये विद्रोही प्रबल सशस्त्र-क्रांति चाहते थे।

वातावरण की गम्भीरता के पीछे कैसी विस्फोटक स्थिति उपस्थित है, यह शाहजादा रशीद भली-भांति जानता था।

परंतु आजकल तो वह अपने ही कष्ट से दुखी था।

सोते-जागते, उठते-बैठते, उसे शम्सुल का ध्यान आ जाता और उसका हृदय अत्यंत शोकग्रस्त एवं बेचैन हो उठता था।

यद्यपि वह जानता था कि मल्का शाहंशाह से अवश्य उसकी सिफारिश करेंगी, मगर उसे जैसे निराशा-सी हो चली थी। इस बार उसने शाहंशाह को अपने प्रति अत्यंत कठोर पाया था। वे उससे उस प्यार के साथ नहीं बोल रहे थे, जैसे पहले बोला करते थे। इस परिवर्तन का कारण उसे मालूम नहीं था।

वह ध्यानपूर्वक देख रहा था कि शाहंशाह इधर मल्का की भी अधिकाधिक उपेक्षा करने लगे हैं।

वह सब कुछ देख सकता था, मगर मल्का की—उसकी मां की उपेक्षा होते देखना उसे सहन न था।

शाहंशाह के प्रति विद्वेष भावना उसके हृदय में भर गई।

उस दिन सफ्दर ने उससे जो बातें कहीं थीं, वह उनसे अत्यधिक प्रभावित हुआ था। वह शाहंशाह का भाई है।

सल्तनत पर दोनों का समान रूप से अधिकार है—

तो वह क्यों आंखें मूंदकर प्रजा पर होता हुआ अत्याचार देखा करता है? क्यों उसके हृदय में दलितों की करुण पुकार सुनकर संघर्ष की भावना नहीं उठती?

उठती भी है कभी-कभी तो संस्कार बाधक हो उठते हैं।

उसे बाध्य होकर अपनी विद्रोह भावना का शमन करना पड़ता है।

मगर क्या उस जैसे सहृदय व्यक्ति के लिए यही उचित है कि वह अत्याचारी शासक के पीछे कुत्ते-सा दुम हिलाते हुए घूमा करे? क्या वह कुत्ता है? अवश्य है—

अब तक उसने अपनी आंतरिक भावनाओं को ठोकरें मारी हैं और स्वामिभक्त कुत्ते की तरह शाहंशाह का अनुगमन किया हैं।

कितना घृणित है वह! कितना नीच! कितना निकृष्ट!

सोचते-सोचते शाहजादे को स्वयं अपने ऊपर घृणा हो जाती थी। बेचैन हो उठता था वह। एक दिन मल्का ने उससे पूछा—

'शाहजादे! अगर शाहे-आलम और रियाया में खौफनाक जंग छिड़ जाए तो तो तुम किसका साथ दोगे?'

शाहजादे की विद्वेष भावना जाग्रत हो उठी।

उत्तेजित स्वर में बोला वह—'गुस्ताखी माफ हो अम्मीजान! मैं रियाया का साथ देना पसंद करूंगा...गरीबों पर होता हुआ जुल्म मुझे सख्त नापसंद है!'

'शाबाश...!'

मल्का के मुख से, शाबाशी के शब्द सुनकर शाहजादे को प्रसन्नता हुई।

मल्का भी प्रजा का पक्ष ग्रहण करेंगी, यह वह नहीं जानता था। उसे हर्ष हुआ अपने तथा मल्का के विचारों में समानता देखकर और लज्जा हुई अपनी आकस्मिक उत्तेजना पर।

'मैंने कोई गुस्ताखी तो नहीं की, भाभीजान—?' बोला शाहजादा।

'नहीं शाहजादे! तुमसे उम्मीद करना अपने आपको धोखा देना है—!' मल्का ने कहा—'तुम मेरी गोद में खेले हो—मेरे बेटे हो—तुम्हारे दिल में, दिमाग में, जिस्म की रग-रग में मैंने लड़कपन से ही जो नसीहतें कूट-कूटकर भरी हैं, उनके खिलाफ तुम चल ही कैसे सकते हो? मेरी दिली मंशा थी कि तुम्हारे जैसे खूबसूरत बच्चे का जिगर भी उतना ही खूबसूरत हो—मैं चाहती थी कि तुम्हारी हंसी में अमन की खुशबू हो, तुम्हारी आंखों में मजलूमों के लिए आंसू हों, तुम्हारे एक-एक लफ्ज में अदब हो, तुम्हारे दिल के हर एक कोने में रियाया के लिए रहम हो वतन के लिए जोश हो और तुम्हारे जिस्म के जर्रे-जर्रे में कुर्बान होने की ताकत हो। मेरा ख्वाब आज सलोनी सूरत में मेरे सामने खड़ा है।' चुप हो गई मल्का। शाहजादा भी चुप रहा।

बहुत देर तक निस्तब्धता व्याप्त थी।

'मल्का—!' शरमाते हुए कहा शाहजादे ने—'जब तक मेरा दिल बेकरार रहेगा, तब तक मैं रियाया के किसी काम न आ सकूंगा।'

'तुम्हारे दिल को क्या हुआ है, रशीद?' पूछा मल्का ने।

'आप सब कुछ जानती हैं, भाभीजान—!' बोला शाहजादा—'मुझे खाना अच्छा नहीं लगता, सोना हराम हो गया है—आप मेरी मां हैं, आप मेरी तकलीफ समझ सकती हैं।'

'ओह—!' मुस्कराकर बोलीं मल्का—'यह बात तो मैं भूल ही गई थी। मैं अभी शाहंशाह के पास जाकर पूछती हूं।'

'मुझे उम्मीद नहीं भाभीजान—!' शाहजादे ने कहा—'कि भाईजान इसे मंजूर करेंगे।'

'मुझे यकीन है कि वे जरूर रजामंद हो जाएंगे...' मल्का बोलीं।

'मेरा दिल धड़क रहा है, भाभीजान! शाहंशाह यह बात सुनकर जाने क्या सोचेंगे अपने दिल में?'

'यह मुहब्बत का सवाल है, शाहजादे! शाहंशाह इसमें दस्तन्दाजी नहीं कर सकते।'—मल्का ने कहा—'उनसे पूछकर हम सिर्फ अपनी फर्ज अदायगी कर रहे हैं।'

'मगर शाही इज्जत!'

'शाही इज्जत—! शाही इज्जत दो इन्सानों की मायूसी से बढ़कर नहीं—' मल्का ने कहा—'शाहे-आलम अगर रजामंद न हुए तो मेरे हुकम से तुम ऐसा कर सकोगे।'

कहती हुई उठ खड़ी हुई मल्का।

बोलीं—'तुम यहीं बैठो, मैं अभी शाहंशाह की कदमबोसी करके वापस आती हूं!' और उठकर वे चली गयीं।

महल के रास्ते में जो भी उन्हें देखता, झुककर अदब के साथ कोर्निश करता। ख्वाजासरा ने कोर्निश की और चिल्ला उठा—'बाअदब बामुलाहजा होशियार! साकिये शाहंशाह होशियार...! मल्का मुअज्जमा तशरीफ ला रही हैं।'

दो बांदियों ने आगे बढ़कर रेशमी परदा अपनी-अपनी ओर खींच लिया। मल्का भीतर आ गयीं! कोर्नश किया उन्होंने शाहंशाह को।

'बेवक्त तशरीफ लाने में जरूर कोई राज है...है न बेगम!' शाहंशाह ने पूछा। उनकी भंगिमा उद्दीप्त थी, आंखें क्रोध से जल रही थीं, कदाचित् वे पहले से ही क्रोधित थे।

'मैं शाहजादे की एक बात कहने आई हूं, आलीजाह...!' मल्का ने कहा—'शाहजादे का दिल आजकल बेहद गमगीन रहता है।'

'इसका सबब?' शाहंशाह की आंखें कपाल पर जड़ गयीं।

'उन्हें रेगिस्तान की एक हूर पसंद आ गई है—वे शाहे-आलम की इजाजत चाहते हैं—!' मल्का ने स्पष्ट रूप से कह दिया।

'मल्का—!' गरजकर बोले शाहंशाह—'रशीद नादान है, मगर तुम्हारे तो होशोहवास दुरुस्त हैं न—? शाहजादे के लिए कोई शाहजादी चाहिए, न कि रेगिस्तान की धूल!'

'यह रशीद की मुहब्बत और जिंदगी का सवाल है, आलमपनाह!'

'जुबान काबू में रखो, मल्का—! मैं ऐसा नहीं होने दूंगा। मैं शाहंशाह हूं इस महल का, कोई भी जर्रा मेरी इजाजत के बगैर हिल नहीं सकता। देखता हूं कि रियाया की तरह तुम लोग भी बागी हो उठे हो। ऐसा न हो कि तुम लोग भी किसी दिन मेरे गुस्से के शिकार बन जाओ।'

सर झुकाकर मल्का अपने प्रकोष्ठ में लौट आईं।

उनकी उदास मुखाकृति देखकर ही शाहजादा सब कुछ समझ गया।

चौदह

कोई घटना नहीं घटी और पलक मारने भर में कई महीने व्यतीत हो गए। शाहजादा अपनी चिंता में निमग्न था और मल्का शाहजादे की चिंता में!

उधर बागी अपने संगठन कार्य में व्यस्त थे और इधर शाहंशाह नित्य नई जवानियों का और शरबते-अनार का आनंद लूट रहे थे। एक दिन!

शाही दरबारे-आम में—

शाहंशाह और शाहजादा, वजीर और अमीर-उमराव उपस्थित थे, सामने ही काशगर से आया हुआ प्यादा सर झुकाकर खड़ा था।

दरबार का कार्य प्रारम्भ होने से पहले एक वृद्ध मौलवी ने उठकर खुदा की इबादत में कुरान की चन्द आयतें पढ़ीं।

सारे दरबार ने उठकर खुदाये-पाक की इज्जत में, अदब के साथ सर झुकाकर कोर्निश की और बैठ गये। वजीरे-आजम उठे।

काशगर से आये प्यादे से पूछा उन्होंने—'क्या खबर लाए हो?' निश्चल पड़े उस हाड-मांस के पुतले में गति आई और उसने तीन बार शाहंशाह के आगे, दो बार शाहजादे के आगे और एक बार वजीर के आगे झुककर कोर्निश की।

बोला—'खबर खतरनाक है, आलीजाह!'

'साफ-साफ बयान करो—!' शाहंशाह ने आज्ञा दी।

'शाहजादे-आलम के आने के दो महीने बाद तक काशगर में अमन-चैन रहा।' प्यादा बोला—'मगर अब फिर डाकुओं ने अपनी खुराफातें शुरू कर दी हैं। उनका गांव, शहर काशगर से सात मील दूर है—'रातोंरात आकर वे शहर के अमीरों को लूट रहे हैं, सारे वाशिन्दगान इस गजब से घबरा उठे हैं—काजी साहब भी परेशान हैं, उन्होंने मुझे शाहंशाह सलामत की कदमबोसी के लिए भेजा है।' 'चाहते क्या हैं काजी साहब?' वजीर ने प्रश्न किया।

'डाकुओं का सामना करना उनके लिए बिल्कुल गैरमुमकिन है—।' प्यादा बोला—'यह तो शाहजादे-सलामत का ही रुतबा था, जो इस कदर अमन कायम हो सका—काजी साहब ने अर्ज किया है कि अगर शाहजादे-आलम जल्द तशरीफ नहीं लाते, तो हालात बेहद नाजुक हो जाएंगे और खुदा न करे एक दिन काशगर, शाहे-आलम की सल्तनत से अलग न हो जाए।' दरबार में सन्नाटा छा गया। वजीर बैठ गया। शाहंशाह कुछ सोचने लगे।

इस समय राजधानी में जिस बगावत की सम्भावना थी, उसे देखते हुए वे शाहजादे को कहीं अन्यत्र नहीं भेजना चाहते थे। और काशगर में जो कुछ हो रहा था, वह भी अत्यंत चिंताजनक था। शाहंशाह ने सर उठाया—'शाहजादे—!' उन्होंने पुकारा।

'इरशाद किब्लये-आलम—।' उठकर कोर्निश की शाहजादे ने। 'कल तुम्हारा काफिला यहां से काशगर को रवाना हो जाएगा—!' शाहंशाह बोले—'वहां पहुंचते ही तुम काजी साहब की फौज को साथ लेकर डाकुओं पर फौरन हमला कर देना। पिछली दफा जो तुमने उन्हें छोड़ दिया था, उसी का नतीजा इतना खौफनाक हुआ है? मगर इस दफा या तो उन्हें कत्ल करके आना या उन्हें जिंदा पकड़कर माबदौलत के सामने पेश करना—।'

'जो हुक्म, जिल्ले-आलम!' शाहजादे ने कहा।

'वहां का काम जल्द-से-जल्द खत्म करके फौरन यहां आ जाना—!' शाहंशाह ने कहा—'यहां किसी वक्त भी तुम्हारी जरूरत पड़ सकती है...।' शाहंशाह वजीर की ओर घूमे—'वजीरे-आजम!' वजीर ने उठकर कोर्निश की।

'सिपहसालार को हुक्म दो कि शाहजादा के जाने का फौरन इंतजाम हो—हिफाजत के लिए कुछ फौज का साथ जाना निहायत जरूरी है।

'जो हुक्म आलमपनाह!' वजीर ने सिर झुकाकर कहा।

'काजी साहब के पास फौज और बारूद की तो कमी नहीं?' शाहंशाह ने प्यादे से कहा।

'नहीं हुजूरे-आलम्! उसे सिर्फ रहनुमा की जरूरत है।' प्यादे ने कहा।

'रहनुमाई के लिए शाहजादा बहुत काबिल है।' बोले शाहंशाह। दरबार समाप्त हुआ।

शाहजादा अपने प्रकोष्ठ में आया, क्योंकि उसे कल प्रातःकाल ही काशगर को प्रस्थान करना था।

यद्यपि शाहजादे की मानसिक अवस्था सोचनीय थी, उसे यह विश्वास नहीं था कि इस बार वह डाकुओं का दमन कर सकेगा, फिर भी केवल एक आशा लेकर वह जा रहा था।

रास्ते में शहर जोमन पड़ेगा, जहां उसके हृदय की आशा, उसकी शम्सुल रहती है।

यही आशा उसमें नवजीवन का संचार कर रही थी।

परंतु शम्सुल से क्या कहेगा वह?

जब वह साथ आने का हठ करेगी, तब वह क्या उत्तर देगा उसे, क्या उससे स्पष्ट कह देगा कि शाहे-आलम की आज्ञा उसे नहीं मिल सकी।

मगर इस उत्तर से तो वह कोमल फूल मुरझा जाएगा और उसके दिल की पंखुड़ियां टूट-टूटकर, रेगिस्तानी जमीन पर बिखरकर सूख जाएंगी।

तो क्या यह शाहंशाह की आज्ञा के विरुद्‌ध शम्सुल को अपने साथ ला सकेगा? क्या वे उसके इस कार्य से क्रोधित न हो उठेंगे।

मगर शाहंशाह को उसके आंतरिक मामलों में हस्तक्षेप करने का क्या अधिकार है?

क्या वे स्वयं नाचीज छोकरियों की जवानी का आनंद नहीं लेते? तो फिर उसी के लिए यह पाबंदी क्यों?

शहंशहा अपने अधिकार और शाहजादे की नम्रता का बेजा फायदा उठा रहे हैं?

शाहजादे के हृदय में विद्रोह की सृष्टि हो रही थी, परंतु वह विद्रोह भाई के आगे पूर्ण रूप से अंकुरित नहीं हो पाती थी।

शाहजादे ने प्रकोष्ठ में प्रवेश किया, तो यह देखकर उसे महान आश्चर्य हुआ कि मल्का यहां पहले से ही उपस्थित हैं और उसकी प्रतीक्षा कर रही हैं—'सुना है काशगर में फिर खुराफात होने लगे हैं?' मल्का ने कहा।

'हां भाभीजान—! और खुराफात को दबान के लिए मुझे कल सुबह ही रवाना होना है।'

'यह तो बड़ी खुशी की बात है, शाहजादे!' मल्का मुस्कराकर बोलीं।

'खुशी की बात?' शाहजादे को मल्का की मुस्कराहट पर आश्चर्य हुआ।

'और लो नहीं तो क्या।' मल्का ने कहा।

'भाभीजान!' बोला शाहजादा—'आप मेरे दिल की हालत से वाकिफ हैं क्या आपको यकीन है कि मैं इस दफा डाकुओं को पस्त कर सकूंगा—? नहीं मल्का! शायद मेरी जिंदगी की आखिरी सांस भी वहीं निकले।'

'क्या वाहियात अलफजा जबान पर लाते हो—।' मधुर झिड़की दी मल्का ने—'मेरा मकसद तो यह था कि तुम अपनी जन्नत की हूर से मुलाकात कर सकोगे।'

'उस मुलाकात से होगा क्या, भाभीजान!' बोला शाहजादा—'दर्द बढ़ेगा, जलन बढ़ेगी—और कुछ नहीं हो सकता है।'

'तुम उस हूर को अपने साथ ला सकते हो, शाहजादे।'

'कैसे ला सकता हूं यहां—भाईजान के हुक्म के बगैर, क्या ऐसा करना मेरे लिए वाजिब है?' हताश स्वर में शाहजादे ने कहा।

'शाहे-आलम के हुक्म की इतनी इज्जत तुम्हारे दिल में है, मगर मल्का का हुक्म शायद तुम मानना नहीं चाहते, क्यों?'

'मेरी जान मल्का की वसीयत है और मल्का का हुक्म मेरी जान से भी बढ़कर कीमती है—।' कहने लगा शाहजादा—'भाभीजान का क्या हुक्म है?'

'मैं सब कुछ देख सकती हूं, शाहजादे...!' मल्का बोलीं—'मगर तुम्हारे चेहरे पर मायूसी, तुम्हारी आंखों में पानी का समन्दर और टूटा हुआ दिल देखने की ताकत मुझमें नहीं है...मैं तुम्हें हुक्म देती हूं कि तुम उसे यहां लाकर अपनी बेगम बनाओ।'

'आपका हुक्म सर आंखों पर...।' शाहजादे ने कहा—'अगर शाहे-आलम की हुक्म-उदूली सजाए मौत है।'

'फिक्र न करो...।' मल्का बोली—'मैं समझा लूंगी...तुम मेरे हुक्म से ऐसा कर सकते हो।'

'मगर मल्का-मुअज्जमा को ऐसा हुक्म देने का कोई अख्तियार नहीं—।' आवाज आई। दोनों ने चौंककर उस ओर देखा—।

दरवाजे पर शाहंशाह खड़े थे। मुखाकृति क्रूर थी। सदैव की भांति और आंखों में शरबते-अनार और क्रोध की मिश्रित लालिमा थी। मल्का और शाहजादा दोनों ने उठकर कोर्निश की।

'मल्का—।' शाहंशाह कठोर स्वर में बोले—'मुझे ऐसा लग रहा है कि तुम शाहजादे को मेरे खिलाफ बगावत के लिए मजबूर कर रही हो।'

'ऐसी गुस्ताखी करने की हिम्मत किसमें है, आलमपनाह!' मल्का ने नम्र स्वर में उत्तर दिया।

'तुममें! और किसमें—?' गरज पड़े शाहंशाह—'तुम भाई-भाई में गलतफहमी पैदा कर रही हो, शाहजादे के मायूस दिल को अपने जहरीले अलफाजों से बुरे रास्ते पर ले जा रही हो, उसके सोये हुए इन्सानी जज्बातों को ठोकरें मार-मारकर जगा रही हो।' सर नीचा कर लिया मल्का ने।

कुछ कहना शाहंशाह के क्रोध में आहुति देना था।

'तुम लोग आजाद नहीं हो—?' शाहंशाह कहते गए—'बागी रियाया अभी कामयाब नहीं हुई है—अब भी मैं शाहंशाह हूं, अब भी मेरी जबान पर कानून है, अब भी सारी सल्तनत मेरे पैरों के नीचे है, जरा-सा सर उठाने पर, जरा-सी हुक्म उदूली करने पर, अब भी मेरे अल्फाज सजाए मौत दे सकते हैं।'

'शाहंशाह की दी हुई सजा मेरे लिए जन्नत से भी बढ़कर होगी।' मल्का ने कहा।

'जबांदराजी मुझे पसंद नहीं, मल्का—'। पैर पटककर बोले शाहंशाह—'मुझे सख्त बनने का मौका न दो—मामूली कसूरों पर तुम्हें सजा नहीं दी जा सकती, इतनी हिदायत ही काफी है। मैं जानता हूं कि मल्का को सजा देने से रियाया की हिम्मत और बढ़ जाएगी। उसे मालूम हो जाएगा कि शाही खानदान में भी अमन नहीं है, शाही ऐवान में भी बलवे का अन्देशा है।'

चुप रही मल्का। शाहजदा भी चुप रहा।

और शाहंशाह कहते गए—'तुम्हारा आका मैं हूं, अपने हुक्म की तौहीन नहीं देख सकता, मैं फिर कहता हूं कि शाहजादा ताज की अमानत है, उसके लिए शाहजादी चाहिए, न कि जमीन का ठुकराया हुआ बदनसीब फूल।'

चुप हो गए शाहंशाह। क्रोध से उनका शरीर कांप रहा था।

'शाहजादे!' फिर उत्तेजित स्वर में पुकारा शाहंशाह ने।

'हुक्म, किब्लये-आलम' सर झुकाकर बोला शाहजादा रशीद।

'मल्का तुम्हें रास्ते से दूर ले जा रही हैं—अभी से सम्हल जाना तुम्हारे हक में दुरुस्त होगा।' शाहंशाह ने कहा।

'शाहे-आलम मेरे वालिद हैं—।' बोला शाहजादा—'और मल्का मेरी वालिदा हैं दोनों का हुक्म बजाना फर्ज है मेरा आलीजाह!'

‘तुम्हारा ख्याल गलत है।’ तड़पकर बोले शाहे-आलम—‘मेरे रहते मल्का की बातों की कोई कीमत नहीं...आज से तुम मल्का का हुक्म न मान सकोगे।’

‘जो हुक्म किब्लये-आलम...।’ कोर्निश करते हुए शाहजादे ने कहा।

‘तुम्हारा काशगर जाना मुल्तवी हो गया।’ शाहंशाह बोले—‘कल मैं खुद काशगर रवाना होऊंगा। तुम यहां रहकर सल्तनत की देखभाल करोगे—वजीर तुम्हारी मदद करेंगे—बलवे का जरा भी अन्देशा होने पर सारे शहर को तोपगम करवा देना।’

शाहजादे ने पुनः कोर्निश की—।

बोला—‘मगर यहां का सियासी बलवा कब, किस वक्त उठ खड़ा हो यह नहीं कहा जा सकता, आलमपनाह! और हो सकता है कि वह ऐसा खौफनाक हो कि मेरी नातजर्बुकार अक्ल कुछ काम न कर सके—ऐसी हालत में किब्लये-आलम का यहां रहना निहायत जरूरी है।’

‘यानी तुम काशगर जाना ही चाहते हो—।’ शाहंशाह की उत्तेजना कुछ कम हो चली थी—‘मगर तुम जा न सकोगे, शाहजादे! मुझे यकीन है कि तुम्हारे रहते यहां कोई खुराफात न होगी और मैं चन्द दिनों में ही लौट आऊंगा।’

‘जैसी भाईजान की मर्जी।’ शाहजादा बोला।

‘मल्का—। अब तुम जा सकती हो—।’ कहते-कहते शाहंशाह का स्वर कठोर हो चला।

कोर्निश करते मल्का प्रकोष्ठ के बाहर हो गई।

‘शाहजादे—।’ शाहंशाह का स्वर अत्यंत नम्र हो गया।

‘किब्लये-आलम—।’

शाहंशाह ने आगे बढ़कर शाहजादे के सर पर हाथ रख दिया, बोले—‘तुम अभी मासूम बच्चे हो, दुनिया का तजुर्बा अभी तुम्हें कुछ भी नहीं है, अपने दिल को काबू में रखो। अपनी मायूसी दूर भगा दो। रेगिस्तान के कुछ चमकते बालुओं को, हीरे की कणी समझ लेना बहुत बड़ी गलती होगी।’

शाहजादे को लगा, जैसे वह शाहंशाह की सहानुभति पाकर रो देगा, मगर क्या वह शाहंशाह की आज्ञानुसार शम्सुल को भुला सकता है? नहीं कभी नहीं।

रेगिस्तान के वे चमकते हुए बालू के कण शाहजादे के लिए हीरे की कणी से लाख गुनी कीमती हैं। शाहंशाह चले गए।

शाहजादा धम्म से पलंग पर जा बैठा।

वह अब काशगर नहीं जा सकेगा—अपनी प्रियतमा के दर्शन नहीं कर सकेगा। अपनी जान भी नहीं दे सकेगा वह।

क्योंकि मुट्ठी भर हड्डी का वह ढांचा भी तो शाहंशाह की दौलत है। तभी गुप्त द्वार पर धीरे से खटखट की आवाज हुई।

एक धीमा स्वर सुनाई पड़—'शाहजादे अंदर से सब दरवाजे बंद कर लो—।'

शाहजादा समझ गया कि गुप्त द्वार पर सफ्दर उपस्थित है।

वह उठा। अंदर से सब दरवाजे बंद कर लिए उसने और शमादान में रोशनी कर दी क्योंकि शाम हो चली थी।

गुप्त द्वार खोला तो सचमुच सफ्दर उपस्थित था।

दोनों मित्र पलंग पर आकर बैठ गए।

'मेरे फरार दोस्त! आ गए तुम?' शाहजादे ने कहा।

'आ गया—।' बोला सफ्दर—'यह जानने के लिए कि पिछली मुलाकात का कुछ जवाब सोचा या नहीं?'

'अभी नहीं दोस्त।' शाहजादे ने कहा।

'खुदा जानता है, तुम उस वक्त तक भी नहीं सोच सकोगे, जबकि इस शाही महल की एका एक ईंट जमींदोज कर दी जाएगी और सारे शाही करबरदार रियाया की कैद में होंगे।'

'क्या कहते हो तुम, सफ्दर?' आश्चर्य से बोला शाहजादा।

'ठीक कह रहा हूं मैं।' सफ्दर ने उत्तर दिया।

'क्या तुम लोगों का ऐसा खौफनाक इरादा है?'

'रियाया की खुशी के लिए हमारा यह इरादा फौलाद की तरह एकदम ठोस है, शाहजादे।'

'ऐसा करोगे तुम लोग।' आश्चर्यपूर्ण स्वर में कहा शाहजादे ने--'कर सकोगे ऐसा?'

'क्या तुम्हें यकीन नहीं आता?' सफ्दर ने पूछा।

'यकीन करने की बात नहीं है, सफ्दर।'

'तुम्हें यकीन दिलाने ही तो मैं आया हूं।' सफ्दर बोला।

'कहो, क्या कहते हो?'

'तुम जानते हो कि हम लोग आजकल चुप क्यों हैं?' पूछा सफ्दर ने।

'नहीं।' छोटा-सा उत्तर मिला।

'यह भी नहीं जानते कि तूफान आने से पहले हवा कितनी खामोश हो जाती है।'

'जानता हूं।' शाहजादे ने कहा।

'क्या यह भी जानते हो कि जलजला आने से पहले समन्दर की लहरें कितनी संजीदा हो उठती हैं।'

'यह भी जानता हूं।'

'क्या तुम्हें नहीं मालूम कि कहर आने के पेशतर जमीन का जर्रा-जर्रा मायूस हो उठता है?'

'मालूम है।'

'और यही मेरा जवाब है—।' लम्बी भूमिका के बाद सफ्दर ने बात समाप्त की।

‘तो क्या तुम्हारा मतलब यह है कि तुम्हारी जमात अब बलवे के लिए बिल्कुल तैयार है?’

‘सिर्फ चन्द दिनों की देर है...।’ सफ्दर ने कहा—‘जानते हो इस वक्त हमारी जमात में कितने आदमी हैं?

‘नहीं...।’

‘तीस हजार नौजवान! एका एक हथियार बंद। खौलते हुए खून वाले...।’ सफ्दर ने कहा—‘सब हमारे किले में बैठे हुए बेताबी से बेगम आलिया के हुक्म का इंतजार कर रहे हैं।’

‘तुम्हारा किला कहां है? सफ्दर?’ विस्मय से सफ्दर का मुख देखते हुए शाहजादे ने पूछा।

‘मेरे अजीज दोस्त...।’ सफ्दर ने शाहजादे के कन्धे पर हाथ रख दिया—‘यह हमारा सियासी मामला है, इस पर हमारे सारे अरमान मुनहसर हैं, मैं सिर्फ तुम्हें उतनी ही बातें बता सकता हूं, जितना बताने का बेगम आलिया ने हुक्म दिया है। तुम हमारे छिपने की जगह नहीं जान सकते।’

‘मैं जानने के लिए जिद भी नहीं करूंगा, सफ्दर।’ बोला शाहजादा।

‘अच्छा तो तुम अपने इरादे को आखिरी अंजाम देने के लिए कुछ और वक्त चाहते हो?’

‘बेशक।’ शाहजादे ने कहा।

‘बेहतर है...’ बोला सफ्दर—‘बेगम आलिया का हुक्म है कि जब तक शाहजादा अपना इरादा जाहिर नहीं कराते, तब तक हमारा हमला न शुरू हो। वे चाहती हैं कि तुम किसी तरफ हो जाओ। चाहे शाहे-आलम की तरफ या रियाया की तरफ।’

‘जल्द ही अपना इरादा जाहिर करने की मैं कोशिश करूंगा।’ बोला शाहजादा।

‘तुम्हारा ही इन्तजार हम कर रहे हैं, शाहजादे।’ सफ्दर ने कहा—‘हां, कल तो तुम काशगर जाने वाले थे, मगर अब तो शाहे-आलम ही जायेंगे। ताज्जुब में न आओ, बेगम आलिया ने ही मुझे यह खबर दी है, फिलहाल तुम सल्तनत के मालिक हो, इसलिए बेगम आलिया की खास ताकीद है कि जब तक सलूतनत तुम्हारे हाथों में है, तब तक कोई कदम न उठाया जाए।’

‘बेगम का लाख शुक्रिया।’

‘अच्छा तो मैं चला।’

सफ्दर उठ खड़ा हुआ और जिस राह से आया था, उसी राह से चला गया।

उन्नीस

सबेरा होते ही शाहजादा काशगर से चल पड़ा।

दो ऊंटों वाली एक सुंदर गाड़ी पर वह सवार था और उसके साथ थोड़े से अंगरक्षक थे।

यद्यपि शाहजादा वहां रुककर शाहंशाह की विजय का समाचार सुनने के बाद जाना चाहता था, परंतु शाहंशाह की आज्ञा से उसे प्रस्थान करना ही पड़ा।

तीसरे पहर के लगभग वह शहर जोमन की सरहद पर पहुंचा उसने अपने अंगरक्षकों को सीधे सराय में जाकर आराम करने की आज्ञा दी और अपनी गाड़ी को शम्सुल के गांव की ओर जाने वाली पगडण्डी पर चलने का हुक्म दिया।

इस समय उसका हृदय अत्यंत प्रसन्न था, क्योंकि युगों के विछोह के बाद, वह अपनी प्रेयसी से मिलने जा रहा था।

परंतु उस प्रसन्नता के प्रवाह में नजाने कैसा एक वैकल्य सा भर उठता था और शाहजादा चौंककर अपना हृदय टटोलने लगता था।

यह धड़कन क्यों उठ रही है उसके हृदय में?

यह जलन क्यों व्याप्त हो रही है उसकी प्रसन्नता के आवरण में।

गाड़ी आगे तेजी से आगे बढ़ती गई।

गांव आ गया।

और शाहजादे का हृदय एकाएक जोरों से धड़क उठा।

लगा, जैसे गांव में घोर नीरवता एवं भयंकरता विराजमान हो।

जैसे वहां का कण-कण रुदन कर रहा हो।

जैसे सारा वातावरण चीख-चीखकर किसी की याद में बेचैनी प्रदर्शित कर रहा हो।

गाड़ी रुक गई शम्सुल के दरवाजे पर।

उतर कर शाहजादा झोपड़ी के पास आया।

'शम्सुल।' उसने पुकारा।

'......................।'

कोई उत्तर न आया।

पास के वृक्ष पर बैठी हुई एक चिड़िया वीभत्स रूप से चीख उठी।

झोपड़ी में बुढ़िया के धीरे से कराहने की आवाज सुनाई पड़ी।

शाहजादा शंकित हृदय से अन्दर घुसा।

बुढ़िया चारपाई पर पड़ी थी, रुग्ण अवस्था में।

'कौन है?' पैरों की आहट पाकर बुढ़िया ने शिथिल स्वर में पूछा।

'मैं हूं अम्मी—।' शाहजादे ने कहा।

'शाहजादे साहब हैं क्या?' बुढ़िया चौंककर बोली। उसका सारा शरीर एक बार कांपकर शिथिल हो गया। वह शाहजादे का स्वर पहचान गई थी।

'आओ बेटा—!' बुढ़िया उठकर बैठने की कोशिश करती हुई बोली—'घर में आग लगाकर, अब जलने का तमाशा देखने आए हो क्या?'

यह व्यंग्य शाहजादे को विषाक्त तीर-सा लगा। सोचा उसने—शायद लम्बी बीमारी के कारण वह ऐसी बेपैर की बेतुकी बात कह गई है।'

'देखो तो बेटे—!' बुढ़िया कह रही थी—'देख लो जो आग तुमने लगाई थी, उसकी लपटें अब तो आसमान छू रही हैं शायद—अब जल्द ही यह छोटा-सा घर खाक हो जाने वाला है।'

'तुम्हारी बातें मैं समझ नहीं पा रहा हूं, अम्मी।' शाहजादे ने नम्र स्वर में कहा।

'समझ भी नहीं सकते तुम, शाहजादे।' बुढ़िया बोली—'शुरू से ही अमीरी में रहे हो, गरीबों की बातें समझ कैसे सकते हो तुम—!'

बुढ़िया क्या बक रही है, यह पहेली थी शाहजादे के लिए।

'आग लगाने वालों को आंखों में तड़पने वालों के लिए...आंसू नहीं होते, शाहजादे—!' बुढ़िया ने कहा—'उन्हें सिर्फ जलती हुई लपटों का तमाशा देखने में खुशी होती है।'

'तुम्हारी तबीयत ज्यादा खराब है।' शाहजादा बोला—'अपनी बेचैनी पर काबू रखो, अम्मी।'

'शम्सुल, मेरी बच्ची।'

बुढ़िया चिल्लाई और उठ बैठी। उसने हाथ बढ़ाकर शाहजादे को पकड़ना चाहा।

शाहजादा सहमकर पीछे हट गया। उसे प्रतीत हुआ जैसे वह पागल बुढ़िया उसका गला घोंट देना चाहती है।

उस समय बुढ़िया की आकृति अत्यंत भयंकर हो उठी थी।

'शम्सुल को पूछते हो?' गरजकर बोली बुढ़िया—'हमें तबाह कर, हमारी दौलत लूटकर, अब फिर दौलत की खोज में आए हो...? दगाबाज डाकू—। देख सको तो एक मां का सीना चीरकर देखो—मेरे दिल में तड़पती हुई मां की मुहब्बत देखो। तुमने शम्सुल को हमसे छीन लिया, अब क्या रहा मेरे पास...? एक जान बाकी है, उसे भी लेने की हविस है तो ले लो।'

तेजी से बोलने के कारण बुढ़िया हांफने लगी थी।

शाहजादा चुपचाप सर नीचा किए हुए खड़ा था।

एकाएक वह चौंक पड़ा।

किसी ने पीछे से उसके कंधे पर हाथ रख दिया था।

घूमकर देखा उसने तो वह नसीर था।

मुखाकृति अत्यंत गम्भीर थी उसकी, आंखों में क्रोध की लालिमा उभर आई थी।

'मेरे साथ आओ।' बोला नसीर और शाहजादे का हाथ पकड़कर झोंपड़ी के बाहर ले चला।

बुढ़िया चीख उठी, नसीर का स्वर सुनकर।

चिल्लाकर बोली—'यह डाकू है, लुटेरा है नसीर! यह शम्सुल को ले गया है—इसका गला उतार डालो, इसे मार डालो।'

नसीर और शाहजादा, दोनों बाहर आए।

बुढ़िया अब तक चिल्ला रही थी—'इसे मार डालो, बेटे—! इसे कत्ल कर दो—।'

विक्षिप्त बुढ़िया के अस्त-व्यस्त स्वर में माता की प्रगाढ़ ममता तड़प रही थी।

'क्यों आए हो यहां?' अत्यंत रूखे स्वर में पूछा नसीर ने।

'....................' चुप रहा शाहजादा। कुछ कह न सका। वह और कहता भी क्या।

'अच्छा हुआ तुम आ गए—' उत्तेजित स्वर में बोला नसीर—'बहुत दिनों से ख्वाहिश थी मेरी तुमसे मिलने की, और मिलने के लिए ही मैं तातार जानेवाला था कि तुम खुद यहीं आ गए!'

'तुम क्यों मुझसे मिलना चाहते थे, नसीर—?' संयत स्वर में पूछा शाहजादे ने।

'मेरा खंजर तुम्हारी खून का प्यासा था, इसलिए!'

चौंक पड़ा शाहजादा नसीर के हाथों में भयंकर खंजर देखकर।

'मैंने क्या खता की है नसीर?'

'अब भी नहीं समझ सके तुम—?' गरज पड़ा नसीर—'तुमने शम्सुल को हमसे छीन लिया। हम खुद उसका हाथ तुम्हें सौंपने वाले थे, मगर तुमने दगा दी और चोरी-चोरी उसे अपने साथ ले भागे, हमसे कहा भी नहीं। हम तड़पते हुए रोते रहे और तुम्हारी जान के प्यासे बन गये।'

'क्या कहते हो तुम—?' आश्चर्य से बोला शाहजादा।

'कहां है शम्सुल?'

'बड़े मासूम बन रहे हो, शाहजादे—!' बोला नसीर—'कान खोलकर सुन लो कि शम्सुल तुम्हारे जाने की रात से ही गायब है—!'

'क्या वह लौटकर घर नहीं आई?' शाहजादा अवरुद्ध कण्ठ से बोला।

'नहीं, जब वह तुम्हारे साथ चली गई तो यहां कैसे आ सकती थी? उस नाचीज छोकरी ने अपनी मां की मुहब्बत पर लात मार दी।'

सारी बातें अब शाहजादे की समझ में आ गयीं। वह जान गया कि शम्सुल अवश्य किसी आपत्ति में पड़कर अपनी जान खो बैठी है।

‘नसीर! मेरे दोस्त!’ शाहजादा बोला—‘अपना खंजर कमर में छिपा लो! मैं बेकसूर हूं। शम्सुल मेरे साथ नहीं गई।’

‘तुम्हारे साथ नहीं गई?’ नसीर के कांपते हाथों से छूटकर खंजर झन्न से जमीन पर गिर पड़ा—‘या खुदा! क्या राज है कहां गई है वह?’

‘मैं खुद उसके लिए परेशान था, नसीर! और आज उसे लेने आया था।’ कहा शाहजादे ने।

‘तुम बेकसूर हो, शाहजादे? क्या तुम सचमुच बेकसूर हो?’ नसीर बोला—‘खुदा जानता है, हम तुम्हें ही कसूरवार समझते थे।’

‘कसूरवार समझते हो, तो निकाल लो खंजर!’ मायूस आवाज में बोला शाहजादा—‘और मेरा सीना चाक-चाक कर दो, ताकि सारी तकलीफों का खात्मा हो जाए। खुदा कसम, मैं तुम्हारी इस नेकी को मौत के बाद भी याद रखूंगा।’

'शाहजादा?’ धीरे से बोला नसीर—‘तकलीफों से ऊब कर अपनी जान देना चाहते हो? बुजदिल कहीं के।’

‘अब मेरा दिल, दिमाग और जिस्म कमजोर हो चला है। शम्सुल को खोकर मेरे जिस्म में बहता हुआ खून ठण्डा पड़ गया है तुम बूढ़ी अम्मा का ख्याल रखना, नसीर!’ शाहजादा करुण स्वर में बोला—‘मैं जमीन का जर्रा-जर्रा खोजूंगा, किस्मत से लड़ूंगा—शम्सुल को ढूंढ़ने में जिंदगी तमाम कर दूंगा।’

‘हमें माफ कर दो शाहजादे! शम्सुल मुझे बहन से भी ज्यादा प्यारी थी। उसके गायब होने से मेरा गुस्सा तुम्हीं पर आ टिका था।’

‘ऐसी गलतफहमियां हो जाती हैं, नसीर!’ शाहजादे ने कहा—‘मैं जा रहा हूं, क्या उम्मीदें लेकर आया था और कैसी मायूसी लेकर जा रहा हूं, यह मेरा दिल ही जानता है।’

शाहजादा अपनी गाड़ी पर बैठ गया।

गाड़ी चल पड़ी। शाहजादे के गाल आंसुओं से भीग गये।

अपने को सम्भालने का प्रयत्न करते-करते करुणा का आवेश और भी तीव्र हो उठा।

जब वह सराय पहुंचा तो मुमताज को यह देखकर महान आश्चर्य हुआ कि शाहजादे की दशा अत्यंत सोचनीय है।

‘बहुत जल्दी लौट आये आप?’ बोली मुमताज।

‘हां मुमताज!’ छोटा सा उत्तर दिया शाहजादे ने।

‘शाहंशाह सलामत तो खैरियत से हैं?’

‘वे डाकुओं की कैद से छूट चुके हैं बानू!’

‘तो शाहजादे-आलम की इस मायूसी का सबब क्या है?’ सहानुभूतिपूर्ण स्वर में पूछा मुमताज ने।

शाहजादे को ऐसा लगा, जैसे वह इस युवती के सामने रो पड़ेगा। उसके स्वर में इतनी सहानुभूति थी कि शाहजादे की करुणा, आंखों की दीवार तोड़कर बाहर निकल जाने को मच उठी।

'मेरी दुनिया उजड़ गई मुमताज! चमन आबाद होने के पहले ही बर्बाद हो गया।' बड़े कष्ट से कहा उसने।

'आलीजाह का मतलब?'

'शम्सुल चली गई बानू! न जाने कहां?'

मुमताज चौंक पड़ी और शाहजादे की आंखों से कई बूंद आंसू टपककर उसके पैरों के पास गिर पड़े।

उस रात शाहजादे ने कुछ नहीं खाया। मुमताज ने हट भी नहीं किया।

प्रातःकाल होते ही शाहजादा तातार के लिए रवाना हो गया।

बीस

प्रातःकाल का समय!

आज डाकुओं के गांव का वातावरण उत्तेजित हो उठा है।

सब डाकू उनकी स्त्रियां, उनके बच्चे एक स्थान पर भयभीत खड़े हैं और उनके सामने ही हाथ में विकराल हण्टर लिए हुए सरदार उपस्थित है।

'कैदी भाग गया!' गरजकर बोला सरदार—'डूब मरना चाहिए तुम लोगों को। वह अपने आप कभी भाग नहीं सकता था, उसे किसी कबकार ने मदद दी है, किसी गद्दार ने हमारे साथ गद्दारी की है।'

....

सभी भयभीत से खड़े थे। उनके पैरों में कम्पन था।

'तुम सब जानते हो, मैंने किसी भी गद्दार को माफ नहीं किया है।' सरदार बोला—'बेहतर होगा कि जिसने उसकी मदद की हो वह सामने आ जाए।'

'...........' फिर भी सब चुप रहे।

'जवाब दो।' पैर पटककर बोला वह—'मेरी बातों का जवाब दो! नहीं तो एक-एक को जमीन पर सुला दूंगा।'

'.............'

'चुप हो तुम लोग? मगर कसूरवार को मैं खोज निकालूंगा। सरदार की आंखें बिजली हैं, यह भी जानते हो तुम लोग?'

हण्टर लेकर सरदार आगे बढ़ा और पास आकर एक-एक डाकू का चेहरा ध्यानपूर्वक देखने लगा।

पर किसी डाकू की मुखाकृति पर उसे अपराध के लक्षण दृष्टि-गोचर न हुए।

तब वह औरतों की ओर बढ़ा।

अकस्मात् एक लड़की के सामने आकर वह खड़ा हो गया।

वह आंखें नीची किये खड़ी थी।

'मेरी ओर देखो शम्सुल!' सरदार चिल्लाया।

लड़की ने आंखें ऊपर उठाईं।

और सरदार के हाथ का भयानक हण्टर सटाक से उसके कोमल शरीर पर जा पड़ा।

'नाचीज लड़की! तूने उसे भागने में मदद दी है।' सरदार गरजा।

सब शम्सुल की ओर देखने लगे।

'इसे उस पेड़ के साथ बांध दो।' सरदार ने डाकुओं को आज्ञा दी।

डाकुओं ने आगे बढ़कर शम्सुल को पेड़ से बांध दिया। वह कुछ न बोली।

सरदार उसके पास हण्टर फटकारता हुआ आया।

बोला—'तूने उसे क्यों मदद दी?' पूछा सरदार ने।

'कोई मदद नहीं दी है।' शम्सुल ने निर्भीक स्वर में कह दिया।

'हुंह! कहती है, कोई मदद नहीं दी...!' गरजा वह—'मेरी आंखों को धोखा देना चाहती है? मक्कार! तेरी सूरत ही कह रही है कि तू दगाबाज है।'

सट्ट! सट्ट! सट्ट!

सरदार का हण्टर गतिमान हो उठा।

उसका सम्पर्क जहां भी हुआ, गोरी चमड़ी उधड़ गई और वहां खून छलछला आया।

फिर भी शम्सुल चुप रही।

उसकी चुप्पी सरदार का क्रोध द्विगुणित कर रही थी और हण्टर पूर्ण वेग से चल रहा था।

'अब भी बताती है या नहीं?' गरज उठा वह।

'नहीं!' दृढ़ स्वर में बोली शम्सुल।

'नमक हराम...!' चिल्लाया सरदार—'नमक लाओ।'

एक डाकू दौड़कर महीन पीसा हुआ नमक ले आया।

'छिड़क दो इसके जख्मों पर!' सरदार ने आज्ञा दी।

शम्सुल के रक्तप्लावित घाव, नमक का आलिंगन कर उबल उठे।

मगर तब भी उसकी जबान शांत ही रही। मुंह से उफ तक नहीं निकला।

'धड़ाम!'

उसी समय तोप छूटने की भय कर गर्जना। वातावरण में फैल गई।

सरदार चौंक उठा।

उसने मुड़कर देखा।

कबीले के दक्षिण ओर की बहुत-सी झोंपड़ियां चिल्ला-चिल्लाकर जमीन पर लोट रही है। उनमें आग लग गई है और लपलपाती हुई लपटें आसमान छूने की कोशिश कर रही है?

धड़ाम धुम्म!

तोप पुनः गरज उठी।

इस बार सरदार ने अन्य बची हुई झोपड़ियां भी जलती देखीं, साथ ही औरतों तथा बच्चों की करुण पुकार कानों में पड़ी।

'हमला...!' चिल्लाकर बोला सरदार।

उस समय खतरे का विगुल बज उठा। सभी डाकू हथियारों से लैस हो गए।

मगर शाही फौज का हमला अचानक और तीव्र गति से हुआ था। डाकू डटकर मुकाबला करने लगे। इस समय उनके सामने जीवन-मरण का प्रश्न था।

शाही फौज भी प्राणर्पण से युद्ध कर रही थी।

तोप का मुंह आबाध गति से आग उगल रहा था।

यह आक्रमण डाकुओं के लिए मृत्यु का दूत था।

देखते-देखते सारा गांव खंडहर में परिवर्तित हो गया। आग की लपटें आकाश चूमने लगी थीं।

सरदार ने देखा कि अब उसकी हार निश्चित है, तो वह शम्सुल को ले भागने के लिए लपका।

उसी समय धांय की आवाज हुई और बन्दूक की एक गोली सरदार के पैर में आ लगी।

लड़खड़ाकर वह गिर पड़ा।

उसके पीछे थोड़ी दूर पर शाहंशाह तातार हाथ में बन्दूक लिए खड़े थे।

उनका संकेत पाकर दो सिपाहियों ने सरदार की मुश्कें कस दीं और दोनों ने आगे बढ़कर शम्सुल के बंधन खोल दिए।

शम्सुल पीड़ा से बेचैन थी—मगर इस आजादी का आनंद उस पीड़ा से बढ़कर था।

'तुम्हें बहुत तकलीफ हुई शम्सुल!' शाहंशाह बोले—'मुझे अफसोस है कि मैं वक्त पर न पहुंच सका। इस वक्त भी न पहुंच सकता, अगर शाहजादा अपनी फौज लेकर न आ पहुंचा होता।'

शाहजादे का आगमन सुनकर शम्सुल का हृदय उत्फुल्ल हो उठा।

उसे प्रतीत हुआ, जैसे दुख के बादल छट गए हैं और अब सुख का सूर्योदय होने वाला है।

उसने शाहजादे को देखने की लालसा से चारों ओर दृष्टि निक्षेप की, मगर कहीं दिखाई न पड़ा वह।

उसका हृदय बैठ गया, फिर भी आंखें कभी-कभी इधर-उधर देख लेती थीं।

'अब तो तुम खुश हो ना कि तुम्हें इस खौफनाक कैद से निजात मिली?' पूछा शाहंशाह ने।

'निहायत खूब हूं, आलमपनाह!' शम्सुल ने कहा।

मारकाट और तोप के गोलों ने सब कुछ तहस-नहस कर डाला था।

जो दस-बीस डाकू बच गए थे, वे भी ढूंढ-ढूंढ़कर गिरफ्तार कर लिए गए।

विजयी शाही सेना काशगर शहर की ओर चल पड़ीं

शाहंशाह और शम्सुल शाही ऊंट पर सवार थे।

जब काजी ने शाहंशाह के विजय का समाचार सुना, तो वह अत्यंत प्रसन्न हुआ। उसके सर पर से एक भारी विपत्ति टल गई थी।

शाम को शाहंशाह एक सुसज्जित कमरे में बैठे थे। वह भयानक तातारी औरत कमर में सैकड़ों छुरे लटकाये, उनके सामने खड़ी थी।

'खातून!' शाहंशाह ने पुकारा।

'इरशाद आलीजाह!' खातून ने सर झुकाया।

'वह जो नई छोकरी आई है।' बोले शाहंशाह—'उसके जख्मों के इलाज में किसी किस्म की लापरवाही न बरती जाय, मैं उसे जल्द से जल्द अपनी शाकी बनाना चाहता हूं।'

'उसके जख्म खतरनाक नहीं हैं आलमपनाह! दो-चार दिन में ही सब ठीक हो जाएंगे।' खातून ने कहा।

'तो क्या वह जुम्मेरात से साकी का अंजाम दे सकेगी?'

'बेशक हजूरेआलम!' बोली खातून—'मगर वह लड़की बहुत गुस्ताख मालूम होती है, आलीजाह!'

'शाही रुतबा उसे अदब और तहजीब सिखा देगा।' शाहंशाह के मुख पर क्रूर मुस्कराहट खेल गई।

कोर्निश करके चली गई खातून।

चौथे दिन शाहंशाह उसी कमरे में बैठे थे। पास ही सुराही और प्याला रखा था।

आकर्षक शृंगार और सलमें-सितारों से युक्त वस्त्रों में लिपटी शम्सुल को, उनके सामने पेश किया गया।

'आओ तितली—!' वासनाजनित हंसी हंसते हुए बोले शाहंशाह—'वल्लाह! क्या गजब का हुस्न है—मरहबा!'

सर नीचा किए खड़ी रही शम्सुल!

यहां का वातावरण उसे एकदम घृणित लग रहा था।

वह क्या आशा लेकर आई थी और क्या हो रहा था।

'तुम्हारी आंखें—।' कह रहे थे शाहंशाह—'शबाब और शराब से भरी हुई हैं।'

'..................।'

शम्सुल भयभीत हो उठी थी, शाहंशाह की भंगिमा देखकर।

कामुकता उभर आई थी उनकी आंखों में।

'आगे बढ़ो हूर—।' शाहंशाह फिर बोले—'शर्म छोड़ो, आज तुम्हें शाहे-आलम ने साकी का रुतबा दिया है। अपने नाजुक हाथों से शरबते-अनार पिलाओ।'

'....................।'

'मुझे मदहोश बनाकर शराब के दरिया में डुबो दो।

'..............।'

फिर भी निश्चल खड़ी रही शम्सुल।

न तो वह आगे बढ़ी, न सर ही ऊपर उठाया।

‘आगे बढ़ो!’ शाहंशाह ने रौबीली आवाज में दोबारा हुक्म दिया—‘खामोश रहकर मेरी तौहिनी न करो।’

‘....................।’ बोलना चाहकर भी न बोल सकी वह।

‘जबान खोलो अपनी।’ गरजे शाहंशाह—‘तुम शाहंशाह के सामने खड़ी हो, मेरा हुक्म है कि आगे बढ़ो—प्याला उठाओ।’

‘किसकी मजाल है कि आलीजाह की हुक्म-उदूली कर सके।’ धीरे से बोली शम्सुल—‘मगर मुझे माफ फरमायें आलमपनाह!’

‘क्यों? माफी किसलिए?’

‘मैं यह काम नहीं कर सकूंगी, आका हुजूर।’ स्पष्ट कह दिया शम्सुल ने।

‘सबब? इसका सबब?’

‘मैं पाकीजा हूं आलीजाह! शराब छूना मैं गुनाह समझती हूं।’ शम्सुल ने कहा।

‘यह डाकुओं का गांव नहीं है, शम्सुल!’ शाहंशाह बोले—‘तुम शाहंशाह की मर्जी के खिलाफ नहीं चल सकती यहां—सजाये मौत है इसके लिए।’

‘अपनी अस्मत और इज्जत लुटाने की वनिस्बत मुझे मौत पसंद है, शाहंशाह हुजूर!’

‘जबादराज छोकरी!’ गरज कर बोले शाहंशाह—‘तुझे ऐश व इशरत से नफरत है? तू मौत चाहती है।’

‘............।’

‘चुप क्यों है? क्या सोच रही है?’ पूछा शाहंशाह ने।

‘सोच रही हूं, आलमपनाह।’ बोली शम्सुल—‘कि इन्सान इतनी जल्दी कैसे एहसान भूल जाता है।’

‘अहसान—।’ तड़पे शाहंशाह—‘तूने मुझ पर अहसान किया है। मगर यह न भूल कि शाहे-आलम के पास इतनी दौलत है कि वह करोड़ों अहसान खरीद सकता है।’

‘अहसान के सामने दौलत की कोई वकत नहीं है आलीजाह’।

‘छोकरी! अभी तू नादान है, दौलत की कीमत नहीं समझ सकती।

‘या रब! डाकुओं के उस बदनसीब कैदी की आवाज में और शाहे-आलम की इस आवाज में कितना फर्क है।’

न जाने कैसे कह दिया शम्सुल ने।

तड़पकर शाहंशाह उठ खड़े हुए।

‘खातून—!’ पुकारा उन्होंने।

‘आलीजाह!’ खातून ने आकर कोर्निश की।

'यह छोकरी अपने नसीब का जागना देखकर घबड़ा उठी है।' बोले शाहंशाह—'इसे ले जाओ यहां से, इसके नाखूनों में कीलें चुभा दो और तब तक न निकालो, जब तक यह राजामंद न हो जाए।'

'जो हुक्म गरीब-नवाज।'

खातून शम्सुल को घसीटते हुए बाहर ले गई।

शाहंशाह पलंग पर आ बैठे।

थोड़ी देर बाद बगल के कमरे से शम्सुल के चीखने की आवाजें आने लगीं।

उसके मासूम नाखूनों में कीलें चुभाई जा रही थीं।

शाहंशाह क्रूरतापूर्वक हंसते रहे।

खातून ने आकर कोर्निश की।

'क्या वह रजामंद हो गई?' पूजा शाहंशाह ने।

'नहीं आलमपनाह।' खातून ने कहा।

'उसके नाक और मुंह में कपड़े ठूंस दो।' शाहंशाह ने दूसरा हुक्म दिया।

खातून चली गई।

थोड़ी देर बाद शम्सुल का चीखना बंद हो गया।

नाक और मुंह में कपड़े ठूंस देने के कारण बोलना तो क्या, सांस लेना भी दूभर हो रहा था शम्सुल के लिए।

'क्या वह तैयार हो गई?' खातून को पुनः उपस्थित देखकर पूछा शाहंशाह ने।

'उसने हुजूर को शरबते-अनार पिलाना मंजूर कर लिया है।' बोली खातून।

'और?'

'और कुछ नहीं कर सकेगी वह?'

'इतना ही बहुत है—।' शाहंशाह बोले—'वक्त आने पर वह अपने आप रजामंद हो जाएगी—''उसे कल मेरे सामने पेश करो।'

दूसरे दिन!

कांपते पैरों से डरते-डरते शम्सुल ने प्याला भरा और शाहंशाह के पास आ खड़ी हुई।

शाहंशाह ने उसकी कलाई मजबूती के साथ पकड़ ली और उसे पलंग पर बैठा लिया! डर गई थी शम्सुल। चीखते-चीखते रह गई और प्याला उसके हाथों से गिरते-गिरते बचा।

शाहंशाह ने शरबते-अनार पिया।

उन्हें असीम तृप्ति का अनुभव हुआ।

मगर शम्सुल का चेहरा जर्द पड़ गया था।

वह न जाने किस नदी की अज्ञात धारा में बही जा रही थी।

शाहंशाह की साकी बनना वह कभी स्वीकार न करती, यदि उसे शाहजादे से पुनः मिलने की आशा न होती।

उसने सोचा था—यों तो उसकी जान तड़प-तड़पकर चली जाएगी—अगर यदि वह जीवित रही तो शाहंशाह के साथ तातार चलकर वह शाहजादे के दर्शन कर सकेगी।

इसी बलवती आशा ने उसे ऐसा घृणित कार्य करने को विवश कर दिया था।

मगर क्या उसकी यह आशा सफलीभूत होगी?

क्या वह शाहंशाह की साकी बनकर अपनी मुहब्बत की आखिरी मंजिल तक पहुंच सकेगी?

चाहे जो हो, मगर अपने शरीर पर कोई कलंक न आने देगी वह।

यह उसका दृढ़ निश्चय था।

'मेरा ख्याल है कि अब तुम्हारा दिमाग दुरुस्त हो गया है—' शाहंशाह ने कहा।

'आलमपनाह की अजीबोगरीब मेहरबानी का नतीजा है यह।' शम्सुल ने तीखा व्यंग्य किया।

वासनासिक्त शाहंशाह उसका यह व्यंग्य न समझ सका। नम्र बनकर बोला—'मुझे तुमको तकलीफ देने का सख्त अफसोस है, तुम जानती हो कि मैं शाहंशाह हूं। मैं रहमदिल भी हूं और बेरहम भी—अपनी मर्जी के खिलाफ में कुछ भी बरदाश्त नहीं कर सकता।'

'तुम खौफ न करो—।' बोले शाहंशाह—'तुमने मेरी बात मान ली है, तो मैं भी तुम्हारी मर्जी के खिलाफ कभी तुम्हारे जिस्म से बेजा हरकत नहीं करूंगा—मगर मेरा यकीन है कि बगैर मर्द के औरत की जिंदगी बेलुत्फ है। तुम्हें एक न एक दिन अपनी मर्जी से मेरे सामने झुकना पड़ेगा।'

'अगर मैं न झुकूं तो शाहंशाह मेरे साथ क्या सुलूक करेंगे।

'शम्सुल—!' मुस्करा पड़े शाहंशाह—'तुम्हारी अदा ने मेरे दिल में जगह कर ली है। अब मैं बुड्ढा हो चला हूं। जिस्मानी लज्जत उठाने की चाह अब उतनी तेज नहीं रह गई है। अगर तुम मेरे आगे झुकना पसंद न करोगी तो मैं भी, आखिरी सांस तक तुम्हारे हाथ से सिर्फ शरबते-अनार पीता हुआ सब्र कर लूंगा।'

शाहंशाह इस समय अत्यंत नम्र हो रहे थे।

पहली बार शम्सुल के होंठों पर मुस्कराहट आई और तुरंत लुप्त हो गई।

बोली वह—'इसके लिए तहेदिल से शुक्रिया, हजूरेआलम! अगर मैं यह चाहूं कि शाहे-आलम हुजूर शरबते-अनार से भी बाज आयें तो?'

‘तो तुम्हारे लिए वह भी कर सकूंगा—।’ शाहंशाह ने कहा—‘तुम्हारी आंखों की शराब के मुकाबले में शरबते-अनार की कोई वकत नहीं—!’

शम्सुल के नेत्र अव्यक्त प्रसन्नता से चमक उठे। यदि वह एक पथ-भ्रष्ट सम्राट को सुधार सकी तो उसे कितनी सुख शांति मिलेगी?

मगर यह सुधार धीरे-धीरे होगा। शम्सुल ने अपने प्रियतम के बड़े भाई को राहे-रास्ता पर लाने का दृढ़ संकल्प कर लिया।

इक्कीस

चौथे दिन शाहंशाह ने एक छोटा-सा दरबार किया और उसमें उन्होंने डाकुओं को प्राणदण्ड की आज्ञा सुना दी।

पांचवें दिन शाहंशाह का काफिला तातार की ओर चल पड़ा। इस बार वे शहर जोमन की सराय में न रुके। सीधे समरकन्द की शरहद तक चले आए। शम्सुल भी उनके साथ थी।

जब से शाहजादा रशीद काशगर से लौटकर आया है, उसकी अवस्था चिंताजनक है। वह दिन-रात अपने प्रकोष्ठ में पड़ा रहता है। खाना-पीना बहुत कम कर दिया है उसने।

उसकी दशा देखकर मल्का बहुत चिंतित रहती है।

वे शाहजादे से सुन चुकी हैं कि उसकी प्रियतमा कहीं लुप्त हो गई। ऐसी दशा में वे किस प्रकार धैर्य दें, यह उनकी समझ में नहीं आ रहा था।

इस समय शाहजादा शोकातुर अवस्था में, अपने कमरे में पलंग पर लेटा है।

उसके पास मल्का बैठी है।

'तुम अपने को मिटाने पर तुले हुए हो, शाहजादे—!' मल्का ने कहा।

'अब तो मिट जाना ही बेहतर है, भाभीजान...।' बोला शाहजादा।

'नादान लड़के—!' मल्का बोली—'तुम्हारी जिंदगी के दौरान वैसी बहुत-सी लड़कियां मिल जाएंगी—।'

'उन्हें लेकर मैं क्या करूंगा, मल्का हुजूर—?' शाहजादे ने कहा—'जिसे चाहा जब वही नहीं मिल सकी, तो जिन्हें नहीं चाहता वे मिलकर क्या करेंगी।'

'मगर एक बेवफा के पीछे अपनी सेहत बर्बाद करना, उल्फत के थपेड़े सहना, कहां तक वाजिब है, शाहजादे?'

'दिल नहीं मानता भाभीजान! मेरा दिल मेरे दिमाग से भी नादान है।'

'तुम मर्द हो रशीद—मगर तुममें बरदाश्त करने की जरा भी ताकत नहीं है।'

'नहीं मल्का! लोहे का तीर इन्सान बरदाश्त कर सकता है, मगर उल्फत का तीर क्या कभी बरदाश्त कर सका है वह—'

'किया है और कर सकता है बरदाश्त! मेरी ओर देखो शाहजादे—!' मल्का ने कहा—'मैं औरत हूं। मेरा दिल कमजोर है, मगर मैंने उल्फत की चोट बरदाश्त की और अपने मुंह से उफ तक नहीं निकलने दी है, अपनी आंखों में गम को कभी तैरने नहीं दिया है।'

'मैं समझा नहीं मल्का।'

'मासूम बच्चे! तुम समझ भी नहीं सकते—' मल्का बोलीं—'एक शादीशुदा औरत के लिए खाबिन्द की मुहब्बत ही जन्नत है, मगर क्या मैं कभी शाहे-आलम की मुहब्बत पा सकी हूं?'

‘....................’

सुन रहा था शाहजादा।

‘नहीं रशीद—! शादी के बाद एक लम्हे के लिए भी शाहंशाह ने मुझे उल्फत की नजर से नहीं देखा। एक जवान औरत के सीने में जलती मुहब्बत की आग भीतर ही भीतर ठण्डी हो गई, मेरे दिली जज्बात घुट-घुटकर मर गए—मेरी ख्वाहिश, मेरे अरमान, सब कुछ खाक में मिल गए...मैं तड़पती रही, जलती रही और बेसब्र निगाहों में शाहंशाह की ऐशपरस्ती देखती रही।’

‘...........’ कुछ न बोला शाहजादा। चुप बना रहा।

‘दिन-रात इस शाही महल में नई-नई साकियां आती रहीं और शाहंशाह उनसे अपनी दिलबस्तगी करते रहे और मैं आंसू भरी आंखों से सीने पर पत्थर रखकर सब कुछ देखती रही...एक औरत के लिए यह कितनी तकलीफदेह बात है कि उसका खाबिन्द उसके सामने ही दूसरी औरतों पर बुरी निगाह डाले और वह चुपचाप देखती रहे—खौफ से कुछ बोल न सके, अपने दिल की आह न निकाल सके—क्या मैंने कम बरदाश्त किया है, शाहजादे?’

‘आप हूर हैं भाभीजान!’ शाहजादा बोला।

‘नहीं शाहजादे! मैं भी इस दुनिया की एक औरत हूं, जिसके सीने में तड़पता हुआ दिल है, दिल में सैकड़ों अरमान हैं—मगर मेरा दिल कभी खुश न हुआ—मेरे अरमान कभी पूरे न हुए।’

‘....................’

एक औरत का दिल मां बनने के लिए भी उतना ही ख्वाहिशमंद रहता है जितना अपने खाविन्द की मुहब्बत पाने के लिए, मेरी यह ख्वाहिश भी पूरी न हुई। होती भी कैसे? शाहंशाह तो हमेशा दूर-दूर रहे। दूसरों की ओर ललचाई निगाहों से देखना मेरे लिए गुनाह था। मेरी जवानी का उमड़ता हुआ आलम कभी मेरे जज्बात पर फतह न पा सका।’

‘..............’

‘उन्हीं दिनों सात महीने का तुम्हारा नाजुक बदन, मेरी गोद में आ पड़ा।’ मल्का कहती रही—‘एक बच्चे के लिए तड़पता हुआ मेरा दिल, तुम्हारा मासूम जिस्म पाकर खुश हो उठा। मां का सच्चा प्यार मैंने तुम्हें दिया अपने बच्चे की तरह पाला-पोसा, मेरी तकलीफों का अंदाजा तुम लगा सकते हो, शाहजादे?’

‘मल्का!’ उठता हुआ बोला शाहजादा—‘भाभीजान! मेरी अम्मी।’

शाहजादा नन्हें बालक की तरह मल्का की गोद में लुढ़क पड़ा।

मल्का ने मां का सारा स्नेह उड़ेलकर उसे अपने सीने से लगा लिया। दोनों के नेत्रों से आंसू बह रहे थे।

'तुम्हारी तकलीफ मैं समझती हूं, बेटे!' बोलीं मल्का—'मगर मेरी तकलीफ से तुम अब तक नावाकिफ थे इसलिए यह सब कहना पड़ा जब एक औरत इतना बरदाश्त कर सकती है तो तुम—! तुम तो मर्द हो, और उस शाहंशाह के भाई हो जो आज एक से मुहब्बत करता है तो कल दूसरी से।'

'काश! मैं ऐसा कर सकता, भाभीजान! तो कितना खुश होता आज—' शाहजादे ने कहा—'मगर लड़कपन से ही आपने मेरी आदतें बिगाड़ दीं और इसी का नतीजा है यह कि आज मैं आप जैसी मां की मुहब्बत छोड़कर एक बेवफा लड़की के पीछे पागल हो गया हूं।'

'यह हर इंसान की जिंदगी में होता है, रशीद—! जवानी चन्दरोजा है, मगर सच्ची मुहब्बत तो मौत तक जिंदा रहती है।'

'आपकी बातों से मुझे निहायत सब्र हुआ है, भाभीजान! उम्मीद है कि अब मुझमें बरदाश्त करने की ताकत आ जाएगी।' बोला शाहजादा।

'शुक्र है खुदा का।'

शाहजादा इन दिनों अपने दुख से इतना व्यथित था कि बाहरी दुनिया की उसे कुछ खबर नहीं थी, अतः आज सांत्वना मिलने पर पूछ बैठा—

'भाईजान की कोई खबर आई?'

'आज सुबह काशगर से प्यादा आया था—' मल्का ने कहा।

'क्या खबर लाया था? शाहे-आलम तो खैरियत से हैं?'

'सब ठीक है, डाकुओं को गिरफ्तार कर उन्हें सजाए-मौत दे दी गई है, काशगर में अब शायद ही खुराफात हो।'

'भाईजान यहां कब तक तशरीफ ला रहे हैं?'

'वे काशगर से रवाना हो चुके हैं—' मल्का ने कहा—'कल तक शायद वे यहां आ जाएं।'

'अच्छा हुआ कि हुजूर भाईजान के तशरीफ लाने के पहले ही मेरा दिमाग दुरुस्त हो गया, नहीं तो मेरी हालत देखकर उन्हें बेहद तकलीफ होती।'

'मैं जाती हूं अब! तुम मेरी बातों का ख्याल रखना और अपने को रंजीदा न बनाना।'

मल्का चली गई।

उस दिन शाहजादा प्रसन्न था, परंतु रह-रहकर उसका हृदय बेचैन हो उठता था।

फिर भी उसने उस दिन खाना खाया और मल्का के साथ शाम को थोड़ी देर तक शतरंज की बाजी खेली।

रात को जब वह अपने बिस्तर पर लेटा तो पुनः उसका हृदय उद्विग्न हो उठा।

बड़ी देर तक जागता रहा वह।

प्रयत्न करने पर जब उसे थोड़ी बहुत नींद आने लगी तो उसी समय गुप्त द्वार पर खटका हुआ।

शाहजादा चौंककर उठ बैठा। आगे बढ़कर दरवाजा खोल दिया उसने।

सफ्दर गुप्त राह से निकलकर अंदर आया।

'मैं परसों ही आने वाला था, शाहजादे!' बोला सफ्दर—'मगर बेगम आलिया से मालूम हो गया था कि तुम्हारी तबीयत नासाज है, इसलिए नहीं आ सका।'

'और आज जब बेगम ने तुमसे बताया कि मैं ठीक हूं, तो तुम आ पहुंचे।' शाहजादे ने बात पूरी की।

'बेशक!'

'तुम्हारी बेगम को जादू बनकर, हवा के साथ सब जगह पहुंच जाती हैं सफ्दर!'

'उनका राज मेरी समझ में भी नहीं आता, रशीद—अब तो तुम्हारी तबीयत ठीक दिखाई पड़ रही है।'

'हां कुछ ठीक है—।' बोला शाहजादा—'क्या हाल है तुम्हारा?'

'हमारी तैयारी पूरी हो चुकी है—' सफ्दर ने कहा—'अब सिर्फ शाहंशाह के आने की देर है।'

'मेरी एक दिली ख्वाहिश है सफ्दर!'

'कहो! क्या चाहते हो?' पूछा सफ्दर ने।

'तुम्हारी जमात में चलकर मैं तुम्हारी तैयार दीखना चाहता हूं। अपना दोस्त और रियाया का हमदर्द समझकर मुझे एक बार अपने साथ ले चलो, सफ्दर!'

'तुम वहां किसलिए चलना चाहते हो, शाहजादे?'

'बहुत ख्वाहिश है मेरी कि तड़पती हुई रियाया के दिल की आग देख सकूं।'

'तो तैयार हो जाओ—!' सफ्दर बोला—'अभी तुरंत तुम्हें वहां ले चलता हूं।'

'ले चलोगे मुझे?' आश्चर्य से कहा शाहजादे ने—'तुम मुझे ले चलोगे? सफ्दर! क्या ऐसा तुम अपनी जिम्मेदारी पर कर सकते हो?'

'मुझे अपनी जिम्मेदारी पर कोई काम करने की इजाजत नहीं है, शाहजादे! बगैर बेगम आलिया के हुक्म के हम कुछ भी नहीं कर सकते।'

'तो क्या बेगम आलिया ने इसके लिए इजाजत दे दी है?' पूछा शाहजादे ने कहा।

'हां! मैं इस वक्त इसी काम से तुम्हारे पास आया हूं कि आज तुम्हें अपने साथ ले चलूं।' सफ्दर बोला।

'बेगम ने हुक्म दिया है? क्या वे मुझपर यकीन करती हैं?'

'सिर्फ बेगम ही नहीं, हमारे जमात का हर शख्स जानता है कि शाहजादे की तरफ से उन्हें कोई खतरा नहीं है।' सफ्दर ने कहा।

तो मैं अभी तैयार हुआ जाता हूं—।' और शाहजादा कपड़े बदलने लगा।

'मगर तुम्हें आंखों पर पट्टी बांधकर ले जाने का हुक्म हुआ है।'

'मंजूर है!'

शाहजादा तैयार हो गया।

दोनों उस गुप्त द्वार से सड़क पर आए।

कुछ दूर तक वे छिपते हुए, पैदल चलते रहे।

एक निर्जन स्थान पर एक ऊंट-गाड़ी खड़ी थी। दोनों उसी पर आकर बैठ गए।

'अब तुम्हें आंखों पर पट्टी बंधवानी पड़ेगी, शाहजादे!' सफ्दर ने कहा।

'बांध दो!' शाहजादा बोला।

सफ्दर ने उसकी आंखों पर पट्टी बांध दी और गाड़ीवान से कुछ इशारा किया।

दस-बारह बार गाड़ी उस स्थान पर चारों ओर घूमी, ताकि शाहजादे को दिशा का ज्ञान न रह जाए।

इसके बाद गाड़ी आगे को भाग चली।

रास्ते में एक जगह शाहजादे का हाथ पट्टी पर चला गया।

तो सफ्दर ने शाहजादे की कलाई पकड़ ली।

बोला—'खबरदार शाहजादे! मेरे हाथों में खंजर है। अगर पट्टी हटाने की जरा भी कोशिश की, तो मैं दोस्ती भूल जाऊंगा।'

'घबराओ नहीं दोस्त!' शाहजादा बोला—'तुमने पट्टी ऐसी कसकर बांध दी है कि मेरा सर दर्द करने लगा है।'

'यह तुम्हें बरदाश्त करना होगा, शहाजादे।' सफ्दर ने दृढ़ स्वर में कहा।

घण्टों चलने के बाद गाड़ी रुकी। दोनों उतर पड़े।

सफ्दर शाहजादे का हाथ पकड़कर चलने लगा। ऊबड़खाबड़ जमीन पर पैर रखते ही, शाहजादा समझ गया कि यह किसी बीहड़ स्थान पर आ पहुंचा है। सैकड़ों आदमियों का आहट भी मिली शाहजादे को और अब शाहजादे की पट्टी हटाई गई तो कुछ देर तक उसकी आंखें कुछ देख ही नहीं सकीं।

इसके बाद उसने देखा—

मोमबत्ती तथा मशालों के प्रकाश में विशाल जन-समूह एकत्रित है। कई हजार व्यक्ति थे।

आजादी के उन दीवानों की संख्या शाही फौज से दुगुनी थी।

सफ्दर को देखकर सब उठ खड़े हुए और सम्मान-प्रदर्शन करने के पश्चात् पुनः बैठ गए।

इतने आदमियों के उपस्थित होने पर भी वहां जो नीरवता व्याप्त थी, उससे शाहजादे के हृदय पर भी आशातीत प्रभाव पड़ा।

‘अभी बेगम आलिया तशरीफ नहीं लाई है...’ सफ्दर बोला—‘तब तक तुम्हें अपनी तैयारी दिखा दूं।’

सफ्दर के साथ शाहजादा एक टूटे-फूटे कमरे में आया।

उसे देखकर महान् आश्चर्य हुआ कि वहां सैकड़ों तोपें, आग के गोले उगलने के लिए तैयार खड़ी हैं।

दूसरे कमरे में शाहजादे ने बारूद की राशि देखी, तीसरे में हजारों देसी बन्दूकें, चौथे में तेज चमकती तलवारें और पांचवें में देखा तीर-कमनों का ढेर।

‘इनमें से एक-एक तीर का नोक जहर से बुझी हई है, शाहजादे!’ सफ्दर ने कहा।

अब सफ्दर उसे ऐसे कमरे में ले गया, जहां मोहरों ओर दीनारों का ढेर लगा हुआ था।

‘यह वह दौलत है, जिसे बेगम आलिया और सल्तनत की वतनपरस्त रियाया ने हमें बगावत का सामान इकट्ठा करने के लिए दिया है।’ सफ्दर बोला।

आश्चर्यचकित था शाहजादा। उस खंडहर में युद्ध का इतना बड़ा विशाल भण्डार देखकर।

और उसकी आंखें कुछ दिन बाद का दृश्य देखने लगीं।

उसने देखा—

शाही महल तोपों की गरज से गूंज उठा है। दीवारें टूटकर धराशायी हो रही है। शाही फौज घास की तरह कट-कटकर जमीन चूम रही है। शाहे-आलम कैदखाने में हथकड़ी बेड़ी में जकड़े हुए मायूस बैठे हैं।

मगर मल्का?

मल्का का क्या होगा?

शाहजादे की मां का क्या होगा?

सोचते-सोचते शाहजादे का मस्तिष्क भन्ना उठा।

‘सफ्दर।’ आवेग से बोला शाहजादा।

‘कहो, क्या बात है?’

‘तुम लोग सब कुछ कर सकते हो...’ बोला शाहजादा—‘मगर मल्का को जरा भी तकलीफ नहीं पहुंचा सकते। मुझे मारकर ही भाभीजान को कैद कर सकोगे।’

‘मेरे नादान दोस्त!’ सफ्दर हंसकर बोला—‘हममें अपना दोस्त और दुश्मन परखने की ताकत है। यह मत समझो कि शाही खानदान का हर इन्सान हमारा दुश्मन है।’

हमारे दुश्मन सिर्फ शाहंशाह और उसके जुल्मी कार पर्दा है—’ सफ्दर बोला—‘हमारे हथियार सिर्फ उन्हीं लोगों पर उठेंगे, दूसरे पर नहीं—और मल्का के लिए तो मैं तुम्हें यकीन दिला सकता हूं।’

‘किस बात का यकीन?’ शाहजादे ने पूछा।

'हम जानते हैं कि बेकस रियाया के लिए शाहजादे के दिल में जितनी हमदर्दी है, उससे कहीं ज्यादा हमदर्दी मल्का-मुअज्जमा के दिल में है। रियाया उन्हें अपनी मां समझती है और एक बेटा कभी अपनी मां की तौहीनें नहीं कर सकता।'

कहकर सफ्दर चुप हो गया।

'मैं आज कितना बुजदिल हो गया हूं सफ्दर! कि अपनी सल्तनत के खिलाफ इतनी साजिश देखकर भी मेरी ताकत खामोश है।'

'खामोश इसलिए है, शाहजादे! कि तुम्हारे दिल में रियाया के लिए हमदर्दी है, मुहब्बत है। उम्मीद है तुम हमें सहारा दोगे तुम्हारा सहारा पाकर हम लोगों में इंतिहा फौलादी ताकत आ जाएगी।' सफ्दर ने कहा।

'मगर क्या मेरा फर्ज यही है, दोस्त?'

'जुल्म के खिलाफ बगावत करना हर इन्सान का फर्ज है रशीद।' सफ्दर कहने लगा—'क्या तुम पर जुल्म नहीं हुआ है। क्या तुम शाहे-आलम के पैरों से ठुकराए गए एक नाचीज इन्सान नहीं हो?'

शाहजादे के दिल में दबी हुई विद्रोह भावना ठोकर खाकर उठ खड़ी हुई।

वस्तुतः शाहंशाह प्रजा पर ही नहीं, शाजादे और मल्का पर भी निर्दयतापूर्वक व्यवहार करने से बाज नहीं आए हैं।

'चलो! अब चला जाए।' सफ्दर ने कहा।

दोनों पुनः उसी स्थान पर आए, जहां बागियों का समूह उनके लौटने की प्रतीक्षा कर रहा था।

जैसे ही दोनों वहां पहुंचे, बेगम आलिया भी आ पहुंचीं और बेगम आलिया ने शाहजादे के आगे झुककर कोर्निश की।

इस समय भी बेगम बुर्का और लबादा पहने हुई थीं।

उन्हें कोर्निश करते देखकर शाहजादा पीछे हट गया।

'यह क्या करती हैं, आप?' बोला वह।

'शाहजादे आलम की इज्जत न करना हम अपने उसूल की तौहीनी समझते हैं।' अदब के साथ बेगम ने कहा।

शाहजादे का शरीर न जाने क्यों एकबारगी सिहर उठा।

मगर तुरंत ही उसने अपने को सम्भाल लिया।

और वह हंसकर बोला—'आपके सामने मैं नाचीज इन्सान हूं, बेगम आलिया! मेरी हस्ती ही क्या? आप रियाया के लिए जो कुछ कर रही हैं, उनके मुकाबले में मेरे जैसे बुजदिल इन्सान की कोई कीमत नहीं।'

'आपकी दरियादिली के लिए शुक्रिया।' बेगम ने कहा।

इसके बाद सब बैठ गए।

सफ्दर थोड़ी देर बाद खड़ा होकर कहने लगा—

'बागी दोस्तों, खुदा हाफिज। तुम लोगों ने जिस जवांमर्दी के साथ सारे कामों को अंजाम दिया और किसी को खबर तक नहीं हुई, यह बहुत ही हैरतअंगेज बात है, हमारी तैयारी हो चुकी है और हम लोग बेगम आलिया के हुक्म का इंतजार कर रहे हैं। अब हममें इतनी ताकत आ गई है कि हम अपने खून से शाही महल की दीवारें लाल कर दें और फतह हासिल करें। दोस्तों! वह दिन अब ज्यादा दूर नहीं, जब हम आजादी की आबोहवा में सांस ले सकेंगे।'

बैठ गया सफ्दर।

चारों ओर सन्नाटा व्याप्त था।

अब बेगम आलिया उठीं।

'दोस्तो!' वे कहने लगीं—'कुछ कहने के पेश्तर हम अपने हमदर्द शाहजादा रशीद अली-बिन-ताहिर साहब का शुक्रिया अदा करते हैं। हम जानते हैं कि हमने शाहजादे साहब पर जो यकीन किया है और उन्हें अपनी कारगुजारी देखने का जो मौका दिया है, वह कभी हमारे हक में नुकसानदेह न होगा। शाहजादे साहब शुरू से ही हमारे तरफदार रहे हैं और मुझे उम्मीद है कि जब हम जुल्मी सुल्तान का साया सल्तनत पर से हटाने में कामयाब हो जायेंगे, तब भी शाहजादे आलम हमारे ऊपर इसी तरह मेहरबान बने रहेंगे और हमारे सरपरस्त बनकर हमें बेहतरीन सलाह देते रहेंगे...।'

शाहजादे ध्यानपूर्वक बेगम की बातें सुन रहा था। उसकी आंखें काले बुरके के भीतर की शक्ल देखने की कोशिश कर रही थीं।

बड़ी देर तक बेगम अपने आगामी कार्यक्रम पर भाषण देती रहीं। इसके बाद सफ्दर से बोलीं—'चलो सफ्दर, शाहजादे साहब को हम गाड़ी तक पहुंचा दें।'

शाहजादे की आंखों पर पुनः पट्टी बांधी गई। बेगम और सफ्दर उसके साथ गाड़ी तक आए। शाहजादा गाड़ी पर जा बैठा। उसके साथ एक दूसरा आदमी भी बैठा।

'इन्हें ले जाकर शाही महल के नजदीक उतार देना। रास्ते में इनकी पट्टी न खुलने पाए।' सफ्दर ने उस आदमी को आज्ञा दी, जो शाहजादे की बगल में बैठ चुका था।

गाड़ी चली गई, तो बेगम और सफ्दर वापस आए, इस समय तक सफ्दर के हृदय में बेगम के प्रति जो प्रेम अंकुरित हो चुका था, वह अपनी पराकाष्ठा तक पहुंच चुका था। उसने बेगम का हाथ आतुरतापूर्वक पकड़ लिया—'मैं आपसे कुछ अर्ज करना चाहता हूं बेगम!'

'यही न कि तुम मुझसे प्यार करते हो?' हंसकर कहा बेगम ने।

'हां बेगम! बेकरारी ने मुझे बेकरार कर दिया है...।' सफ्दर बोला।

'मैं भी तुम्हें प्यार करती हूं सफ्दर!' बेगम बोलीं—'मेरे दिल में भी तुम्हारे लिए मुहब्बत है...औरत इब्तदा से दर्द को प्यार करती आ रही है...औरत मर्द को बेटे की तरह प्यार करती

है, भाई की तरह प्यार करती है और खाविन्द की तरह प्यार करती है...मगर मेरी मुहब्बत तुम्हारे लिए, जानते हो कैसी है! जिंदगी में मैं सब कुछ पा चुकी हूं—जर, जमीन, दौलत, खाविन्द, तकलीफ-आराम, सभी कुछ, मगर मेरे अपना कोई बेटा नहीं हैं। मैं तुम्हें बेटे की जगह देती हूं। मैं चाहती हूं कि इस दुनिया का हर आदमी मेरा बेटा बने और मैं उन सबको मां का प्यार दूं...तुमने मुझे गलत समझा है, सफ्दर! अपने दिल को सम्भालो। मैं तुम्हारी मां बन सकती हूं, तुम्हारी बहन बन सकती हूं...बोलो। कौन-सा रिश्ता तुम मुझसे कायम करना चाहते हो?'

'बेगम! मेरी रहनुमा! मेरी मां!' सफ्दर ने श्रद्धा से सर झुका लिया।

और दोनों उस खंडहर से निकलकर अज्ञात दिशा की ओर बढ़ते गए।

बाईस

पिछली सारी रात शाहजादा जागता रहा।

जिस समय वह पलंग पर निद्राभिूत हुआ, उस समय रात केवल एक घण्टे बाकी थी।

यही कारण था कि वह बहुत दिन चढ़ आने पर भी उठ न सका।

उधर प्रातःकाल ही शाहंशाह के लौटने का समाचार आया, तो केवल वजीर ही उनका स्वागत करने शहर की सीमा पर गया।

वजीर को अकेला देखकर शाहंशाह को कुछ आशंका हुई।

'शाहजादा कहां रह गया?' पूछा उन्होंने।

'शाहजादा साहब जब से काशगर से लौटे हैं।' वजीर बोला—'उनकी तबीयत खराब है। इस वक्त वे बिस्तरे-राहत पर आराम फरमा रहे हैं।'

'शायद सफर की तकलीफों ने उसकी सेहत पर खराब असर डाल दिया है।' शाहंशाह बोले।

शाहंशाह शाही महल में आए।

सीधे अपने प्रकोष्ठ में आकर उन्होंने शम्सुल की ओर देखा।

'शरबते-अनार।' फरमाइश की उन्होंने।

'अब शराब पीना छोड़ दे आलीजाह।' शम्सुल ने प्रार्थना भरे स्वर में कहा।

'पीना छोड़ दूं?' शाहंशाह हंसकर बोले—'सब कुछ छूट सकता है, मगर पीना शायद न छोड़ सकूं। तुम इसके लिए मजबूर न करो, शम्सुल। तुम्हारे कहने से रास्ते में एक कतरा भी नहीं पीया मैंने—मगर अब शाही महल में आकर फिर पुरानी याद्दाश्त ताजी हो गई है।'

'मुझे उम्मीद थी कि मैं किसी दिन शाहंशाह को शरबते-अनार से छुटकारा दिला सकूंगी।' शम्सुल ने कहा।

'तुम्हारी उम्मीद रफ्ता-रफ्ता पूरी होगी, शम्सुल। एकबारगी नहीं।' शाहंशाह ने कहा—'इस वक्त मुझे पीने की तमन्ना है।'

'जो हुक्म आलमपनाह!'

शम्सुल उठी और प्याला भरकर शाहंशाह के होंठों से लगा दिया उसने।

उसी समय ख्वाजासरा चिल्ला उठा।

'बाअदब, बामुलाहजा होशियार। मल्का मुअज्जमा तशरीफ ला रही हैं।'

शम्सुल साकी का काम करने में पटु हो गई थी। वह दरवाजे के पास आई और कोर्निश की भंगिमा में खड़ी हो गई।

प्रवेश करते ही मल्का की दृष्टि इस नई साकी पर पड़ी। उसका सौन्दर्य देखकर वह चकित रह गयीं।

मल्का ने शाहंशाह को आदाब बजाया।

बोली—'हुजूरे-आलम को खुश व खुर्रम देखकर मुझे बेहद खुशी हुई।'

'आओ मल्का।' बोले शाहंशाह—'मेरी गैरहाजिरी में मुझे उम्मीद है कि शाहजादे ने तुम्हें किसी बात की कमी महसूस न होने दी होगी।'

मल्का का चेहरा लाल हो गया, शाहंशाह का व्यंग्य सुनकर।

मगर उन्होंने दिल का भाव प्रकट नहीं होने दिया।

बोलीं—'मुझे किसी बात की तकलीफ नहीं हुई, आलीजाह। हां, शाहजादे की मायूसी देखकर कभी-कभी दिल बेचैन हो उठता है।'

'सुना था, उसकी तबीयत खराब है, अब कैसी है?'

'अब तो ठीक है। अभी-अभी उठे हैं।' मल्का ने कहा।

'उसे माबदौलत के पास जल्द-से-जल्द हाजिर होने का हुक्म जाकर सुना दो।' शाहंशाह बोले।

'बेहतर है।' कहकर मल्का दरवाजे की ओर बढ़ीं। अंतिम बार उन्होंने सर झुकाये खड़ी शम्सुल पर दृष्टि डाली।

न जाने उन्हें क्यों वह छोकरी आश्चर्यजनक प्रतीत हुई।

मल्का चली गयीं, तो शम्सुल शाहंशाह के पास आई।

'मल्का निहायत नेक ओर रहमदिल मालूम पड़ती हैं, हुजूरे-आलम।' उसने कहा।

'बेशक!' शाहंशाह बोले—'मगर इन्सान की बातचीत से ही उसके दिल की गहराई नहीं नापी जा सकती, शम्सुल! अभी शाहजादा आता होगा। मेरा ख्याल है कि तुम उसे देखकर बेहद खुश होगी। उसके जैसा इन्सान तुमने अपनी जिंदगी में न देखा होगा।'

....

शम्सुल का शरीर सिहर उठा।

शाहजादा यहां आएगा, शम्सुल को शाहंशाह के पास देखेगा, तो कैसी हचलच उठ खड़ी होगी उसके दिल में।

क्या वह उसे छलनामयी नहीं समझ लेगा?

क्या वह यह नहीं समझ लेगा कि इस गरीब छोकरी की आंखों में शाहंशाह की दौलत समा गई है और वह उसे छोड़कर शाहंशाह से नेह लगा बैठी है?

किसलिए?

केवल शाही दौलत और रुतबे के लिए।

क्या ऐसा समझ लेगा शाहजादा।

समझ सकता है वह, सन्देह कर सकता है अपनी शम्सुल पर।

कितनी लज्जाजनक एवं भयानक परिस्थिति है उसकी?

मगर क्या करे वह? विवश है, एकदम लाचार।

'मुझे और पिलाओ, तितली।' शाहंशाह ने कहा।

जब शाहंशाह की आवाज उसके कानों में पड़ी, तो वह चौंक उठी, भयभीत हो गई।

अब शाहजादा आता ही होगा। उसके सामने वह शाहंशाह को कैसे शरबते-अनार पिला सकेगी।

'जल्दी करो।' न जाने कैसी कठोरता-सी आ गई थी। शाहंशाह के स्वर में।

यह बुड्ढा निशाचर किस समय आवेश में आ जाएगा, यह वह अब तक न समझ सकी थी।

शिथिल पैरों से वह उठी, शरबते-अनार का प्याला भरा।

उसी समय ख्वाजासरा चिल्लाया।

'बाअदब, बामुलाहजा होशियार। साकिए शाहंशाह होशियार! शाहजादे-आलम तशरीफ ला रहे हैं।'

भयभीत दृष्टि से शम्सुल ने शाहंशाह की ओर देखा और प्याला रख दिया।

'प्याला लेकर आगे बढ़ो, शम्सुल।' तेज आवाज में बोले शाहंशाह।

'शाहजादा सलामत तशरीफ ला रहे हैं, आलीजाह।' शम्सुल ने कहा। वह बहुत भयभीत हो रही थी। उसका शरीर कांप रहा था।

'कोई बात नहीं वह मेरा छोटा भाई है, मेरा कोई राज उससे छिपा नहीं है।' शाहंशाह ने कहा।

शम्सुल लाचार हो गई।

वह प्याला उठाकर आगे बढ़ी और शाहंशाह के समीप आकर प्याला उसके होंठों से लगा दिया।

उसी समय पर्दा हटा और शाहजादा कोर्निश करता हुआ दृष्टिगोचर हुआ।

'आओ शाहजादे।' शाहंशाह ने कहा—'तबियत तो तुम्हरी ठीक है न?'

'ठीक है आलीजाह!'

परंतु दूसरे ही क्षण उसकी दृष्टि शम्सुल पर पड़ी, जो हाथ में प्याला लिए शाहंशाह से सटकर खड़ी थी और अप्सरा-सी सजी हुई थी।

यह कौन?

शम्सुल!

रेगिस्तान का फूल!

हां वही तो है!

शाहजादे ने अपनी आंखें बंद की, पुनः खोलीं—बंद की, पुनः खोलीं।

वही है!

वही शम्सुल!

जिसकी याद में वह अब तक तड़पता रहा है।

जिसकी उल्फत ने उसकी सेहत बरबाद कर दी है।

जिसकी जीती-जागती तस्वीर उसके दिल की तह में मौजूद है।

वही शम्सुल है यह।

शाहजादा का हृदय हाहाकार कर उठा। उसका रोम-रोम करुणा से सन्तप्त हो गया।

उसका मस्तिष्क चक्कर खाने लगा।

शाही महल की दीवारें आंखों के सामने नाचने लगीं।

शरीर की रग-रग में भूकम्प जैसा अनुभव हुआ।

'उफ!' उसके मुख से निकला।

और वह लड़खड़ाकर वहीं जमीन पर गिर पड़ा।

अनजाने ही शम्सुल के मुख से भयानक चीख निकल गई।

यह जो अनर्थ हो रहा था, जिस प्रलय की सृष्टि हो रही थी—उनसे अत्यंत शोकाकुल हो उठी वह।

शाहजादा फर्श पर गिरकर बेहोश पड़ा था, उसकी सांस जोरों से चल रही थी।

लपककर शाहंशाह ने उसे उठाया और पलंग पर लाकर लिटा दिया।

'क्या हुआ शाहजादे?'

'कुछ नहीं!' विक्षिप्त-सा बोला शाहजादा—'कुछ नहीं हुआ भाईजान! कुछ नहीं हुआ है...कुछ नहीं—!'

'तुम्हारी तबियत अब तक दुरुस्त नहीं हुई?'

'नहीं आलमपनाह! अब तक दुरुस्त नहीं हुई, मगर अब हो जाएगी, आलीजाह। हो जाएगी अब....हो गई है।'

'तुम्हें चक्कर आ गया था क्या?'

'हां भाईजान! मगर अब ठीक हूं।' शाहजादे ने कहा।

शम्सुल ने देखा, शाहजादे के गालों पर आंसुओं की धारा बह चली है।

मगर क्या कर सकती थी वह?

आगे बढ़कर उन आंसुओं को अपने आंचल से पोंछ भी तो नहीं सकती थी।

कितनी दयनीय स्थिति थी उसकी?

'तुम्हें कोई तकलीफ है, शाहजादे?' शाहंशाह ने पूछा।

'तकलीफ! मुझे कोई तकलीफ नहीं है भाईजान!' करुण स्वर में बोला शाहजादा—'अब एक ही तकलीफ है, वह भी जल्दी ही रफा हो जाएगी।'

'तुम पागलों की तरह बातें कर रहे हो?' शाहंशाह बोले।

'..................'

'तुम्हारी आंखों में आंसू हैं, रोते हुए तुम्हें आज पहली बार देख रहा हूं मैं, शाहजादे!'

'ये आंसू दगाबाज हैं, आलमपनाह! खामखाह मेरी आंखों से गिर कर आपको परेशान कर रहे हैं।'

शाहजादे ने अपनी आंखें पोंछ लीं।

शाहंशाह ने शाहजादे के सर पर हाथ रख दिया। आज उनका भ्रातृप्रेम उमड़ पड़ा था।

'तुम्हें जरूर कोई तकलीफ है, शाहजादे।' बोले शाहंशाह—'क्या किसी ने तुम्हारा दिल दुखाया है...? मुझे बताओ, मैं उसे ऐसी सजा दूंगा कि आसमान के फरिश्ते तक कांप उठेंगे।'

'नहीं भाईजान। अपनी इस मायूसी का सबब मैं खुद हूं, कोई दूसरा नहीं।'

शम्सुल करुण स्वर में बोली—'आलमपनाह!'

पर शाहंशाह ने जैसे उसकी बात सुनी ही नहीं। उन्होंने आज्ञा दी—'शाहजादे को उसके ख्वाबगाह तक पहुंचने में मदद दो।'

शम्सुल मजबूरन आगे बढ़ी।

परंतु शाहजादा चिल्ला उठा—'नहीं, नहीं! मेरे बदन पे हाथ लगाने की कोई जरूरत नहीं...अब जिंदगी में मुझे किसी के सहारे की जरूरत नहीं, मैं खुद चला जाऊंगा, खुद ही चला जाता हूं।'

लड़खड़ाता हुआ शाहजादा बाहर हो गया।

शाहजादे को क्या हो गया है, यह शाहंशाह न समझ सके, मगर शाहजादे पर जो बीत रही थी, यह उसका हृदय ही जानता था।

वह अपने प्रकोष्ठ में आकर धड़ाम से पलंग पर गिर पड़ा और फूट-फूटकर रो उठा। इस समय उसके अंतराल में भीषण संघर्ष मचा हुआ था। पागल-सा हो उठा था वह।

एकाएक वह चौंक पड़ा। उसने अपने आंसू पोंछ डाले और करुणा-मिश्रित हंसी हंस पड़ा।

परंतु दूसरे ही क्षण पलंग पर गिरकर वह पुनः सिसकियां भरने लगा।

वह अपनी जान दे देगा।

मगर क्यों?

किसके लिए?

क्या एक कृतघ्न लड़की के लिए वह अपनी जान दे देगा...?

क्या एक बेवफा छोकरी के पीछे वह घुल-घुलकर मर जाएगा।

नहीं! वह मरेगा नहीं, जान नहीं देगा अपनी।

वह जिंदा रहेगा।

अपने कलेजे पर पत्थर रखकर जिंदा रहेगा, अपने अरमानों का खून देखेगा, अपनी उजड़ी हुई दुनिया को देखकर, तड़पेगा।

तड़पने और जलने में ही सुख है।

हंसने और खुश रहने में ही दुख है।

भावना के प्रवाह में वह बहा जा रहा था कि सहसा उसने अपनी पीठ पर किसी का मुलायम हाथ फिरता हुआ महसूस किया।

'नहीं-नहीं! मुझे मत छुओ! जलने दो—मरने दो।' चिल्ला उठा शाहजादा।

'शाहजादे!' मल्का ने हाथ हटा लिया और बोली—'कैसी तबीयत है तुम्हारी?'

'आओ!' शाहजादा मल्का की ओर घूमकर बोला—'तुम भी जाओ भाभीजान! औरतें बेवफा होती हैं।'

'ओ मायूस लड़के होश में आ। मल्का पलंग पर बैठ गई—'औरतें बेवफाह हो सकती है, मगर मां बेवफा नहीं हो सकती। मां हमेशा जफा के बदले वफा करती है।'

'आप हैं?' चौंककर बोला शाहजादा—'मल्का? मेरी मां!'

शाहजादे ने मल्का की गोद में अपना मुंह छिपा लिया।

उसके लिए मल्का अब भी उसकी मां थी और मल्का के लिए शाहजादा अब भी उनका बच्चा था।

'क्या हुआ है तुम्हें?' पूछा मल्का ने—'मैं देखती हूं कि तुमने अपने को बर्बाद करने की कसम खा ली है—मगर याद रखो मेरी मौत के बाद ही तुम्हारी कसम पूरी हो सकती है।'

'आपकी मौत से पहले ही मैं अपनी कसम तोड़ दूंगा, अम्मीजान!

'तुम्हारा मतलब?' पूछा मल्का ने।

'मैं अब तड़पूंगा नहीं, रोऊंगा नहीं।' शाहजादा बोला—'अब उसकी जरा भी परवाह नहीं करूंगा।'

'किसकी परवाह नहीं करोगे, शाहजादे?'

'उसी की, जो शाहंशाह के ख्वाबगाह में नई साकी बनकर आई है।'

'कौन है वह?' मल्का ने अत्यंत आश्चर्य में भरकर पूछा।

'वही जिसे अपनी बनाने का ख्वाब मैं देख रहा था और जिसने शाही दौलत के नशे में मदहोश होकर मुझे ठुकरा दिया है—वही बेवफा शम्सुल!'

मल्का की समझ में अब सारी बातें आयीं।

उन्होंने शाहजादे को खींचकर अपने धड़कते सीने से लगा लिया।

'मेरी मां! आप खुश रहें, यही मेरी ख्वाहिश है।' शाहजादा बच्चे की तरह मल्का के वक्ष से लगा रहा।

'बाअदब, बामुलाहजा होशियार!' किसी ने धीरे से कहा।

दोनों ने चौंककर देखा तो दरवाजे पर शाहंशाह खड़े हैं। स्वयं उन्होंने ही वह आवाज लगाई थी।

शाहंशाह की आंखें क्रोध से लाल थीं। मुखाकृति अत्यंत भयंकर हो उठी थी।

भयभीत हो मल्का और शाहजादा उठ खड़े हुए। शाहंशाह को कोर्निश की उन्होंने।

'क्या हो रहा था?' क्रोधित स्वर में बोले शाहंशाह—'मुहब्बत की जलन दूर की जा रही थी?'

....

मल्का चुप रही शाहजादा भी मौन खड़ा रहा।

'मेरी आंखों में धूल झोंककर तुम लोग जो कुछ अब तक करते आ रहे थे, उसे आज खुद मेरी आंखों ने देख लिया है!'

शाहंशाह का सन्देह इस समय मूर्त हो उठा था।

'शर्म करो!' कहते जा रहे थे शाहंशाह—'अपनी इस नापाक कारगुजारी पर शर्म करो, दगाबाज भाई! तुम भी शर्म करो फाहशा औरत!'

'भाईजान?' तड़पकर बोला शाहजादा। उसमें न जाने कहां की शक्ति आ गई थी।

'मल्का मुअज्जमा के लिए मैं ऐसे बद-अलफाज बरदाश्त नहीं कर सकूंगा।'

'क्यों?' शाहंशाह लपककर शाहजादे के सामने आ खड़े हुए—'मेरे टुकड़ों पर पलने वाले गुलाम! क्यों नहीं बर्दाश्त कर सकते तुम? क्या तुम भी बगावत करने की ख्वाहिश कर बैठे हो?'

चट्ट-चट्ट चिल्लाती हुई शाहंशाह की चौड़ी हथेली, शाहजादे के गाल पर जा बैठी। मल्का का करुण हृदय रो पड़ा, मगर आवाज बाहर न निकली।

'तुम जाओ!' शाहंशाह ने मल्का को आज्ञा दी—'और तुम शाहजादे! यह याद रखो कि मैं अन्धा नहीं हूं। मैं सब जानते हुए भी चुप था, मगर अब मैं तुम्हारी दगाबाजी नहीं देख सकता।'

जाने लगे शाहंशाह तो शाहजादे ने कोर्निश की और पलंग पर आ बैठा। आज शाहंशाह ने उसे तमाचे ही नहीं मारे थे, उसके चरित्र पर लांछन भी लगाया था, परंतु वह तो गुलाम है। सर उठाने का उसे अधिकार ही क्या है? वह अपने दुखों पर आंसू भी नहीं बहा सकता है।

तेईस

शाहंशाह का तमाचा खाकर विक्षिप्त सा हो उठा शाहजादा।

उनके चले जाने पर वह पलंग से उठकर टहलने लगा।

इस समय उसके मानस-पट पर प्रलयंकारी लहरें उठने लगीं—जिनका नाम मुहम्मद अली-बिन-ताहिर है और जो सल्तनत तातार का बादशाह है, उसने उसे तमाचे मारे हैं।

और चुपचाप सब कुछ सहन कर गया वह।

प्रजा पर होता हुआ अत्याचार उसने देखा है, मल्का के प्रति कहे गए दुर्वाक्य और उनके प्रति दुर्व्यवहार उसने देखा है—सुना है। अपनी प्रेयसी का शाहंशाह द्वारा अपहरण देखा है और चुप रहा है वह।

मगर अब! अब शाहंशाह के तमाचे ने उसकी विद्रोह भावना को ठोकर मारकर भड़का दिया है।

वह शाहंशाह का भाई है। राज्य पर उसका भी अधिकार है।

वह अपने बड़े भाई के टुकड़ों पर जीवित रहने वाला गुलाम नहीं।

शाहंशाह से बलपूर्वक सल्तनत छीनकर, वह अपना अधिकार स्थापित करेगा और अपनी दुखी प्रजा को उचित अधिकार देकर उनका प्रतिपालन करेगा।

अब जब वह विद्रोही है, उसके विद्रोह की भावना प्रलयंकार है।

वह बागी है, उसकी बगावत शाहंशाह के जुल्मों का सामना करेगी।

टहलते-टहलते रुक गया शाहजादा।

दृढ़ निश्चय उसकी आंखों में प्रतिबिम्बित हो रहा था। हाथ की मुट्ठियां कसकर बंधी हुई थीं, जैसे राज्य का सारा अधिकार उसने अपनी मुट्ठी में बंद कर लिया हो।

उसने आगे बढ़कर कमरे में टंगी हुई अपनी बन्दूक उठा ली। उसे खोलकर देखा। बंदूक गोलियां उगलने के लिए एकदम तैयार है।

उसने कारतूसों की पेटी कन्धे से लटका ली।

उसी समय गुप्त द्वार पर कुछ खटका हुआ।

शाहजादे ने उस ओर चौंककर देखा और तब आगे बढ़कर कमरे के सब द्वार बंद कर दिए।

तत्पश्चात् उसने गुप्त मार्ग का दरवाजा खोला।

यह देखकर उसे आश्चर्य हुआ कि वहां सफ्दर नहीं, इस बार स्वयं बेगम आलिया उपस्थित हैं, अपने चिर-परिचित गुप्त वेश में।

'आप? आप यहां?' शाहजादा विस्मयपूर्ण स्वर में बोला।

‘हां...।’ बेगम हंसकर बोलीं—‘शाहजादे साहब ने उधर तमाचे खाए, इधर मैं आ गई! सोचा, शाहजादे को तसल्ली देना जरूरी है।’

बेगम का व्यंग्य सुनकर शाहजादा अप्रतिभ हो उठा।

‘तमाचे खाकर ही दिल की सारी बुजदिली दूर भाग सकी है, बेगम आलिया!’ शाहजादा बोला।

‘तभी इस वक्त शाहजादे के हाथ में बन्दूक और कन्धे पर कारतूसों की पेटी है।’ कहकर हंस पड़ी बेगम आलिया।

‘आज मैंने कसम खाई है कि मैं इस बगावत में रियाया का साथ दूंगा।’

‘इसके लिए, शुक्रिया...! शाहजादे साहब अगर हमारे साथ रहेंगे तो हमारी हिम्मत दोगुनी हो जाएगी।’ बेगम बोलीं।

‘मैं चाहता हूं कि हमला जल्द-से-जल्द हो जाए।’ शाहजादे ने कहा।

‘मैं यही इत्तला करने आपके पास आई हूं कि आज आधी रात को ही हमारा हमला शुरू हो जाएगा।’

‘हमला किस तरह होगा?’ शाहजादे ने पूछा।

‘मैं आपसे यह कहना भूल गई थी कि हमने किले से शाही-महल तक एक सुरंग बनाई है और उसका मुंह इसी पोशीदा दरवाजे के पास खुलेगा।’ बेगम ने कहा—‘हमले के वक्त हमारे आधे आदमी बाहर से शाही महल पर हमला करेंगे और आधे सुरंग की राह से महल में दाखिल होंगे।’

‘बेहतर ख्याल है।’ शाहजादा बोला—‘मुझे उम्मीद है कि हमले के वक्त बेगम भी मौजूद रहेंगी।’

‘नहीं शाहजादे! मैं औरत हूं! लड़ना तो मर्दों का काम है...मैं हमले के वक्त गैरहाजिर रहूंगी।’

‘ताज्जुब की बात है।’ शाहजादे ने कहा—‘जो औरत इतनी बड़ी जमात को बगावत के लिए जोश में ला सकती है, वह खुद ऐन बगावत के वक्त गैरहाजिर रहेगी।’

‘इसमें जरा भी ताज्जुब की बात नहीं, शाहजादे।’ बेगम बोली—‘आप जानते हैं कि औरतें निहायत कमजोर होती हैं...वे सिर्फ जुबान चला सकती हैं, मगर हाथ नहीं।’

‘जिसकी जबान में इतनी ताकत है, जिसकी उंगली के एक इशारे में इतनी ताकत है कि शाही तख्त उखाड़ फेंके, उसके हथियार में कितनी ताकत होगी—यह समझने की बात है बेगम!’ शाहजादे ने कहा।

‘जरूर समझने की बात है, मगर औरत का जिस्म और दिल, दोनों निहायत मुलायम होता है, शाहजादे!’ बेगम बोलीं—‘वे लड़ाई के मैदान में बहता हुआ खून अपनी आंखों से नहीं देख सकतीं। खैर, मुझे अब देर हो रही है, आप आधी रात के वक्त तैयार रहियेगा।’

'बेहतर है।'

शाहजादा कुछ और कहने जा रहा था कि चौंककर रुक गया क्योंकि दरवाजे पर निरंतर प्रहार हो रहा था और शाहंशाह की क्रोधित आवाज कानों से टकरा रही थी—'शाहजादे, दरवाजा खोलो! जल्दी करो।'

'बेगम!' उतावली के बाद बोला शाहजादा—'भाईजान आ पहुंचे हैं। आप जल्द-से-जल्द तशरीफ ले जाएं।'

'बहुत खूब!'

बेगम उठ खड़ी हुई और गुप्त मार्ग में जाकर विलीन हो गई।

उसी समय दरवाजे पर भयंकर प्रहार हुआ।

साथ ही शाहंशाह का तीव्र गर्जन सुनाई पड़ा—'दरवाजा खोलो, रशीद!'

शाहजादे ने आगे बढ़कर दरवाजा खोल दिया।

शाहे-आलम के साथ सिपहसालार तथा सैकड़ों हथियारबंद सिपाही बाहर खड़े थे।

शाहंशाह भीतर आये तो चौंककर दो पग पीछे हट गए शाहजादे के हाथ में बंदूक और कंधे पर कारतूस की पेटी देखकर।

शाहजादे ने झुककर कोर्निश की।

'शाहजादे—!' अत्यंत क्रुद्ध स्वर में बोले शाहंशाह—'क्या बेगम आलिया यहां आई थीं?'

'नहीं आलमपनाह!' शाहजादे ने संयत स्वर में कहा।

'जरूर आई थी वह तुम्हारे पास!' गरजे शाहंशाह—'मेरे खुफिये ने गलत खबर नहीं दी है, उसने खुद अपने कानों से तुम्हें उससे बातें करते सुना है।'

'यह झूठ है, सरासर झूठ है आलमपनाह!'

'मैंने खुद तुम्हारे कमरे से आती हुई एक औरत की आवाज सुनी है।' शाहंशाह तड़पकर बोले।

'...............।' चुप रह गया शाहजादा।

'जवाब दो रशीद अली-बिन ताहिर! मेरी बातों का जवाब दो।'

'जी हुजूर-सलामत! मैं एक औरत से बातें कर रहा था।' शाहजादे ने कहा।

'कौन थी वह औरत?' शाहंशाह ने पूछा।

शाहजादे ने अपना सिर उठाया। उसमें उत्तेजना आ गई थी।

'यह मेरी पोशीदा बात है, भाईजान! आपको उसे जानने का कोई हक नहीं।' बोला वह।

'मैं शाहंशाह हूं।' पैर पटककर बोले शाहंशाह—'मुझे तुम्हारी हर पोशीदा बात जानने का हक है।'

'मैं बताने से इन्कार करता हूं।' दृढ़ स्वर में शाहजादे ने कहा और उसने अपने हाथ की बन्दूक कसकर पकड़ ली।

'तुम इन्कार करते हो, बागी शाहजादे! क्या तुम इन्कार कर सकते हो? तुम अपने को समझते क्या हो?'

'मैं अपने को सल्तनत के आधे हिस्से का हकदार समझता हूं।' गरजकर बोला शाहजादा—'कोई मेरी मर्जी के खिलाफ मुझे मजबूर नहीं कर सकता।'

युगों से सोया गुलाम आज जाग उठा था।

'तुम अपने को बादशाह समझते हो?' क्रोध से कांप उठे शाहंशाह—'सिपहसालार! इस बेईमान छोकरे को गिरफ्तार कर लो।'

कुछ सिपाहियों के साथ सिपहसालार आगे बढ़ा।

शाहजादे ने अपनी बन्दूक ऊंची की।

'खबरदार!' वह चिल्लाया—'दूर रहो, मेरे बदन पर हाथ लगाने से पहले ही तुम सभी जमीन पर लोटते नजर आओगे।'

सिपाही ठिठक गये।

'गिरफ्तार करो।' गरजे शाहंशाह।

सिपाही तेजी से आगे बढ़े।

धांय—! धांय—

बन्दूक की नली सीधी होकर गरज पड़ी। धुएं के बीच से निकली गोली तीव्र गति से दौड़ पड़ी।

और सामने के दो सिपाही चीखकर जमीन पर लेट गए।

भयभीत-सा सिपहसालार अपने स्थान पर ही खड़ा रहा।

'ठहरो!' चिल्लाकर बोले शाहंशाह—'तुम लोग उसे गिरफ्तार नहीं कर सकोगे। मैं उसे पकड़ूंगा।'

शाहंशाह आगे बढ़े।

शाहजादा चिल्लाया—'दूर रहिए भाईजान! मेरी बन्दूक आज आग उगलने के लिए मजबूर हो गई है।'

'चलाओ गोली।' आगे बढ़ते हुए बोले शाहंशाह—'ताकत हो तो गोली चलाओ।'

'आज दुनिया भाई की गोली से भाई की मौत देखना चाहती है।'

'....................।'

'आज शाहे-तातार तुम्हारे हाथों से मौत को गले लगाना चाहते हैं।

आगे बढ़ते हुए शाहंशाह।

चिल्लाये—'रशीद! गोली चलाओ।'

बन्दूक की नली क्रमशः नीचे झुकने लगी।

भ्रातृप्रेम के आगे शाहजादे की विद्रोह-भावना पराजित हो गई।

उसके हाथों से बन्दूक छूटकर जमीन पर आ गई, जिसे सिपहसालार ने लपककर उठा लिया।

शाहंशाह ने आगे बढ़कर शाहजादे का हाथ पकड़ लिया और सिपाहियों ने उसकी मुश्कें कस दीं।

'ले जाओ इसे।' शाहंशाह ने आज्ञा दी—'ले जाकर कैदखाने में डाल दो।'

शाहजादा बंदीगृह में डाल दिया गया।

वह हताश हो चुका था।

उसका आंतरिक विद्रोह मर चुका था।

अब वह मरना चाहता था। सब ओर से निराश होकर अब वह अपना प्राणोत्सर्ग करना चाहता था।

उसकी भावना भ्रातृप्रेम के आगे पराजित हो गई, परंतु शाहंशाह की कलुषता पर उसका भ्रातृप्रेम कोई प्रभाव न डाल सका।

शाहंशाह अपने सगे भाई के साथ बर्बरता का व्यवहार कर रहे थे।

रात हो गई थी। कैदखाने की संगीन दीवालें अंधकार से नहा उठी थीं।

शाहजादा बैठा हुआ सोचता रहा।

जब से वह बन्दीगृह में आया था, उसकी मानसिक चंचलता उत्तरोत्तर तीव्र होती जा रही थी।

एकाएक घने अंधकार में उसने अपने पास कोई आकृति खड़ी देखी।

'कौन? कौन है?' पूछा उसने।

'धीरे से बोलो शाहजादे।' महीन आवाज आई—'मैं हूं?'

'कौन...? बेगम आलिया?'

'हां, मेरी वजह से आपको निहायत तकलीफ हुई।' बेगम बोलीं।

'मेरी तकलीफ-आराम का आप जरा भी ख्याल न करें, बेगम!' शाहजादे ने कहा—'आप अपने नेक काम से गाफिल न हों।'

'मैं आपको कैद से छुड़ाने आई हूं, शाहजादे।'

'मगर मैं यहां से कहीं जाना नहीं चाहता!' शाहजादे का स्वर करुण था।

'क्यों?'

'मैं मरना चाहता हूं।'

'आप मरना चाहते हैं?' आश्चर्य से बोलीं बेगम—'मगर मैं पूछती हूं, इसका सबब?'

'अब जीने की ख्वाहिश नहीं रही।'

'मगर क्यों?'

'जिस गरीब की दुनिया उजड़ चुकी हो, वह जिंदा रहकर ही क्या करेगा?'

'उजड़ी हुई दुनिया फिर से बसाई जा सकती है, शाहजादे...' हंसती हुई बेगम शाहजादे के पास बैठ गयीं, उससे एकदम सटकर।

'फिर से बसी हुई दुनिया के चमन में गुल नहीं खिल सकेंगे बेगम!' शाहजादा बोला।

'मैं गुल खिलाऊंगी शाहजादे।' उसका हाथ पकड़कर नम्रता से दबाया बेगम ने—'मैं कोशिश करूंगी कि तुम जिंदगी भर खुश रहो।'

शाहजादे का शरीर सिहरन से भर गया, बेगम का स्पर्श पाकर।

बोला—'मैं इन संगीन दीवारों के बीच अपनी जिंदगी की आखिरी सांस लेना चाहता हूं बेगम! आप मुझे मेरी किस्मत पर छोड़ दें।'

'आखिर तुम अपनी जिंदगी से ऊब क्यों उठे हो, शाहजादे? स्नेहसिक्त स्वर में बोली, बेगम आलिया—'तुम्हारी जिंदगी को प्यार करने वाले इस दुनिया में हजारों हैं।'

'ऐसा प्यार लेकर मैं क्या करूंगा, जिससे मेरी परेशानियां और बढ़ जाएं?

'तुम्हें हो क्या गया है? अभी कुछ घण्टे पहले तो तुम बगावत पर कमर कस चुके थे।'

'वह ख्वाब था, बेगम!' शाहजादा बोला—'मुझमें इतनी ताकत नहीं कि मैं भाईजान के खिलाफ जा सकूं। मेरे दिल में भाई की मुहब्बत बगावत से ज्यादा ताकतवर है।'

'बुजदिल हो—' बेगम ने कहा—'उठो, तुम्हें मेरे साथ चलना ही होगा।'

बेगम ने शाहजादे का हाथ पकड़कर अपनी ओर खींचा और शाहजादा लुढ़ककर बेगम के वक्ष पर जा गिरा।

बेगम ने उसका शरीर अपने सीने पर सम्भाल लिया।

मंत्रमुग्ध की भांति बेगम के पीछे-पीछे वह चल पड़ा। थोड़ी ही देर में दोनों शाही महल के बाहर हो गए।

एक अन्धकारपूर्ण स्थान पर पहुंचकर बेगम बोलीं—'तुम यहीं रुको शाहजादे! मैं एक जरूरी काम से फिर महल के अंदर जा रही हूं। थोड़ी देर में वापस आ जाऊंगी, तब तक तुम यहीं खड़े रहना।'

उसके उत्तर की प्रतीक्षा किए बिना ही बेगम चली गईं।

शाहजादा थोड़ी देर तक वहां खड़ा रहा, फिर धीरे-धीरे आगे बढ़ने लगा। वह जल्द-से-जल्द दूर भाग जाना चाहता था।

थोड़ी दूर आगे जाने पर शाहजादा दौड़ने लगा, जैसे उसे कोई पकड़ने आ रहा हो। इस समय वह पूर्णतया विक्षिप्त हो उठा था।

वह दौड़ता रहा, भागता रहा—भागता रहा, दौड़ता रहा।

आधे घंटे के बाद जब बेगम आलिया उस स्थान पर वापस आई तो शाहजादे को वहां न देखकर उन्हें महान आश्चर्य हुआ। उन्होंने इधर-उधर खोजा, मगर कहीं पता न लग सका।

लाचार होकर वे पुनः शाही जेल की ओर मुड़ गयीं। उन्होंने सोचा, शायद शाहजादा फिर वहीं न जा पहुंचा हो।

चौबीस

शाहंशाह का हृदय अत्यंत उद्विग्न हो गया था और वे चाहते थे कि मदिरा की विस्मृति में सब उथल-पुथल भूल जाएं।

उन्होंने पुकारा—'साकी!'

शम्सुल आ उपस्थित हुई।

'आओ तितली!' बोले शाहंशाह—'आज पिलाते-पिलाते मुझे बेहोश कर दो। इतना पिलाओ कि मैं खुद अपने आपको भी भूल जाऊं।'

'जो हुक्म आलीजाह?' धीरे से कहा शम्सुल ने। आज महल में जो-जो वारदातें हुई थीं, उनसे शम्सुल अवगत थी और वह जानती थी कि इस समय शाहंशाह अत्यंत उत्तेजित हैं, इसलिए इन्कार करने पर स्वयं उस पर आफत आ सकती है।

उसने प्याला भरा। दाहक वस्तु शाहंशाह का सीना जलाती हुई नीचे उतर गई।

शाहंशाह पीते गए—शम्सुल पिलाती गई।

न वे रुके और न वह रुकी।

मदिरा की मादकता ने शाहंशाह का अंग-अंग अवश कर दिया, फिर भी वे पीते गए।

'अब बस करो।' शाहंशाह ने कहा—'इधर आकर मेरे पास बैठ!'

शम्सुल चुपचाप अपनी जगह पर खड़ी रही। वह जानती थी कि इस समय शाहंशाह का दिल बेकाबू हो गया है।

'आगे बढ़ो मेरी जान!' लपककर शाहंशाह ने शम्सुल का हाथ पकड़ लिया।

शम्सुल चीख उठी—'मुझे माफ करें आलमपनाह।'

'माफ करूं? तुम्हारा हुस्न, तुम्हारा शबाब अछूता ही रहने दूं?'

शाहंशाह ने उसे अपने पास खींच लिया।

'मैं गरीब हूं, आलीजाह! मेरी दौलत न लूटें।' प्रार्थना भरे स्वर में श्म्सुल बोली।

'आज तक अपने दिल पर काबू रखा, मगर अब नहीं रख सकता—।' शाहंशाह पर इस समय शैतान सवार था—'आज तक जो चीज आरजू से न पा सका, उसे जबरदस्ती हासिल करूंगा।'

'मेरी अस्मत न लूटें, मेरे आका।' कहती रही शम्सुल।

'अस्मत? तेरी नाचीज अस्मत के लिए मैं अपनी बेइन्तहा दौलत कुर्बान करने को तैयार हूं, छोकरी! मगर तू लेना नहीं चाहती तो इसमें मेरा क्या कसूर?'

कहकर शाहंशाह ने शम्सुल को अपनी बांहों में कसना चाहा—

शम्सुल चिल्ला उठी—'जबरदस्ती न कीजिए आलमपनाह, मैं दूसरे से मुहब्बत करती हूं?'

'दूसरे से मुहब्बत करती है?' बोले शाहंशाह—'किससे? किससे तुझे मुहब्बत है?'

'शाहजादे से।' निर्भय होकर कह दिया शम्सुल ने।

'शाहजादे से।' चौंककर शाहंशाह ने उसे छोड़ दिया।

'तू शाहजादे से मुहब्बत करती है?'

'जी हुजूरे-आलम! मैं उनसे जोमन की सराय में मिल चुकी हूं।'

'क्या वह तुमसे मुहब्बत करता है?' पूछा शाहंशाह ने।

'जी आलीजाह।'

'दगाबाज लड़की! तू मुझे भुला देना चाहती है।

'नहीं परवरदिगार! शाहजादे ने मुझसे शादी करने का वादा किया है?'

'शादी?' चौंक पड़े शाहंशाह—'उसने तुमसे निकाह करने का वादा किया है?'

बेचैनी से शाहंशाह प्रकोष्ठ में टहलने लगें।

'हां, एक दिन उसने मुझसे निकाह की इजाजत मल्का के जरिये मांगी थी—' पुनः बोले शाहंशाह—'मैं नहीं जानता था कि तुम वही हो।'

शाहंशाह कमरे में टहलते रहे।

सोचने लगे—

शाहजादे ने उनसे इस लड़की से शादी करने की इच्छा प्रकट की और उन्होंने अस्वीकार कर दिया—फिर स्वयं ही उस लड़की पर उन्मत्त हो गये।

क्या यह उचित है?

खुद खराब से खराब काम करना, मगर भाई को नेक काम करने की इजाजत न देना, क्या यही इन्साफ है।

शाहंशाह संघर्षमय विचारों से संतप्त हो उठे। उनके हृदय में कदाचित सद्भावना जाग्रत हो रही थी।

टहलते-टहलते रुक गये शाहंशाह।

शम्सुल के सामने आकर खड़े हो गए।

'बेईमान छोकरी!' हताश स्वर में बोले वे—'तूने मुझसे पहले क्यों नहीं बताया? क्यों इतने दिनों तक अपनी जबान बंद रखी।'

....

सर नीचा किए खड़ी रही शम्सुल।

'आज शाही महल का जर्रा-जर्रा मेरे खिलाफ बगावत कर रहा है। रियाया मेरी रियासत बर्बाद करना चाहती है और तुम लोग मेरा दीनो-ईमान बर्बाद करने पर तुले हो।'

चुप रहे शाहंशाह।

'खातून!' तीव्र स्वर में पुकारा उन्होंने।

'आलीजाह!' स्वर के निकलते ही वह भयानक औरत भी आ पहुंची।

'इस छोकरी को मेरे सामने से दूर करो।' शाहंशाह ने आज्ञा दी।

'जो हुक्म आलीजाह!'

खातून ने शम्सुल का हाथ पकड़ लिया और उसे घसीटना ही चाहती थी कि शाहंशाह गरजे—'कमबख्त औरत! ऐसे नहीं। इसे इज्जत के साथ ले जा और शाही महल के आलीशान कमरे में जगह दे।'

कांप उठी खातून। उसने शम्सुल को कोर्निश की और अदब के साथ आगे चली। उसके पीछे-पीछे शम्सुल भी।

शाहंशाह ने आगे बढ़कर रेशमी डोर खींच ली।

सिपहसालार आ उपस्थित हुआ। कोर्निश करके शाहंशाह की आज्ञा की प्रतीक्षा करने लगा।

'देखो, मैं शाहजादे से चंद देर के लिए बात करना चाहता हूं।' शाहंशाह ने आज्ञा दी—'उसे माबदौलत के सामने पेश किया जाए।'

सिपहसालार सिर झुकाकर चला गया। शाहंशाह पुनः टहलने लगे। थोड़ी देर में सिपहसालार लौट आया। उसका चेहरा भय से सफेद पड़ गया था।

'क्या हुआ?' पूछा शाहंशाह ने।

'आलीजाह! आलमपनाह!' इससे अधिक कुछ कह न सका सिपहसालार।

'साफ-साफ कहो—' गम्भीर स्वर में शाहंशाह ने कहा—'मैं इस वक्त सब कुछ सुनने को तैयार हूं। कहर के अल्फाज भी मुझे मायूस नहीं कर सकेंगे। क्या शाहजादे ने खुदकशी कर ली?'

'नहीं हुजूरे-आलम!'

'तो?'

'वे फरार हो गए हैं।' सिपहसालार ने कांपते हुए कहा।

'अच्छा हुआ!' शाहंशाह का स्वर एकाएक गम्भीर हो गया—'अच्छा हुआ, जो उसने अपना रास्ता खुद अख्तियार कर लिया। अब जा सकते हो तुम।'

सिपहसालार को जैसे जीवनदान मिला। चला गया वह।

शाहंशाह पुनः टहलने लगे।

इस समय वे बहुत बेचैन हो रहे थे। उनका वृद्ध शरीर और भी शिथिल हो गया था।

अपने आप ही बड़बड़ाने लगे शाहंशाह—'वह चला गया, वह फरार हो गया, वह मेरे सीने पर लात मारकर भाग गया, बेईमान ने जो तकलीफ इस उम्र में दी है, वह मैं बरदाश्त नहीं कर सकता, कोई भी बरदाश्त नहीं कर सकता।'

रुककर शाहंशाह ने अपने हाथों प्याला भरा और कई बार पिया।

मदिरा की ज्वाला उन्हें और भी दग्ध करने लगी।

इस समय वे कोई दूसरे ही शाहंशाह थे, जिस पर सद्भावना ने पूर्ण विजय पा ली थी।

अपना कांपता हुआ शरीर लेकर टहलते रहे शाहंशाह। उनकी व्यथा का अंत न था। उनके नेत्रों से अनजाने ही आंसू बह रहे थे।

आधी रात बीत गई, परंतु वे टहलते ही रहे।

'क्या मैं अंदर आ सकती हूं?' दरवाजे पर से आवाज आई।

शाहंशाह ने देखा—मल्का खड़ी थीं। मुंह पर क्रोध था उनके।

'आओ मल्का।' शाहंशाह शिथिल स्वर में बोले—'मैं देख रहा हूं तुम्हारा चेहरा आज बहुत तमतमाया हुआ है, क्या तुम भी मुझे कुछ जली-कटी सुनाने आई हो? सुनाओ। आज मैं सब कुछ सुनूंगा, सब कुछ बरदाश्त करूंगा।'

'मैं एक बात आपसे पूछने आई हूं!' मल्का का स्वर रूखा था।

'पूद्दो, शौक से पूछो!'

'शाहजादे को आपने क्यों गिरफ्तार किया था?'

'क्या यह भी तुम्हें बताना पड़ेगा मल्का?' शाहंशाह बोले—'उसने मेरी तौहीन की थी, इसलिए मजबूरन उसे गिरफ्तार करना पड़ा।'

'वह नादान है, मगर उसके साथ ही आपने भी क्यों नादानी की?' उत्तेजित स्वर में मल्का बोलीं—'वह आपका भाई है, उसकी मुहब्बत पर आपने क्यों गाज गिराई?'

'उसके चले जाने के बाद मेरे दिल ने भाई की मुहब्बत जानी है, मल्का! मगर जरा सोचो तो कि जो शख्स शुरू से ही हुकूमत करता आया हो, वह अपनी हुक्मउदूली कैसे देख सकता है।'

'वह आपकी हुक्मउदूली कर सकता था। सल्तनत का वह हिस्सेदार था, उसे आपकी ही तरह हक हासिल है।' मल्का बोली।

'इस वक्त हिस्सेदार का सवाल मेरे सामने कोई वक्त नहीं रखता मल्का—।' शाहंशाह बोले—'अगर आज वह मेरे पास होता तो सारी सल्तनत उसे दे देता। मैं बगावत नहीं चाहता, अमन चाहता हूं।'

'चन्द दिन पहले आपके दिल में यह ख्याल क्यों न आया? अपने जुल्मों से रियाया को बागी होने का मौका आपने क्यों दिया?'

'इन्सान कुछ खोकर ही सीखता है, मल्का...!' शाहंशाह बोले—'आज मैं देख रहा हूं कि सल्तनत का हर इन्सान बागी हो गया है, मल्का...! मैं भी दुनिया में अपने को अकेला पा रहा हूं—कोई साथी नहीं, कोई सहारा नहीं! मगर नहीं, अब भी मेरे दो साथी हैं, जिनकी मदद से मैं सब गम भुला सकता हूं—शरबते-अनार की सुराही और प्याला! ये आखिरी साथी हैं मेरे।'

शाहंशाह ने फिर स्वयं प्याला भरा और उसे होंठों से लगाया ही था कि उसी समय शाही महल के फाटक पर सैकड़ों तोपें एक साथ गरज उठीं। जमीन-आसमान कांपने लगे...चारों ओर कोलाहल मच गया। महल के भीतर भी चीख-पुकार आरंभ हो गई।

मगर शाहंशाह जरा भी नहीं हिले। मुख विकृत कर मुस्कराये और हाथ का भरा हुआ प्याला गले के नीचे उतार लिया, फिर एक के बाद एक प्याले होंठों से लगाते रहे।

सिपहसालार घबड़ाया हुआ दौड़ता हुआ आया।

'हुजूरे-आलम! गजब हो गया—।' बोला वह—'बागियों का हमला हो गया है, हम क्या करें? हुक्म दीजिए।'

'बागियों का हमला?' क्षीण एवं करुण मुस्कराहट फैल गई शाहंशाह के होंठों पर—'अच्छा हुआ, यह फैसला भी आज ही हो जाए।'

'हमारे लिए क्या हुक्म है आलीजाह?'

'शाही महल की तोपें खामोश रहें और हमारी फौज हथियार डाल दे।' शाहंशाह ने आज्ञा दी—'आखिरी वक्त मैं खून-खराबा नहीं देखना चाहता और शाही महल का दरवाजा खोल दिया जाए।'

'मगर आलीजाह—!'

'मेरे हुक्म की तामील हो—और फौरन से पेश्तर...!' शाहंशाह ने कहा।

सिपहसालार सर झुकाकर चला गया।

थोड़ी देर बाद ही शाही तोपों की गड़गड़ाहट बंद हो गई।

'यह आपने क्या किया, शहंशाहे-आलम?' मल्का बोलीं—'बागी आपके साथ अच्छा सुलूक नहीं करेंगे।'

'उसी समय दरवाजे पर खटखट की आवाज हुई। विजयोन्मत्त सफ्दर आ पहुंचा। अनेक हथियारबंद बागी उसके साथ थे।

'आज जुल्म का खात्मा हुआ।' हंसते हुए सफ्दर बोला—'शाही महल पर आज रियाया का कब्जा है, जुल्मी शाहंशाह! रियाया को तुमने अब तक जुल्म की चक्की में पीसा है—अब तुम उसी चक्की में पिसने के लिए तैयार हो जाओ।'

'आओ मेरे दोसूत! तुम्हारा ही इंतजार कर रहा था मैं।' शाहंशाह आशा के विपरीत गम्भीर हो उठे थे—'आगे बढ़कर उन हाथों में हथकड़ियां डाल दो?'

'डाल दो हथकड़ियां!' सफ्दर ने अपने एक सैनिक को आज्ञा दी।

सैनिक आगे बढ़ा। मल्का दौड़कर शाहंशाह के शरीर से लिपट गई। बोली—'सफ्दर! इन्हें छोड़ दो। इन्हें माफ कर दो।'

'मल्का!' शाहंशाह ने मल्का के शरीर को अपने शरीर से बलपूर्वक अलग कर दिया—'जो जुल्म ढाने की हिम्मत रखता है, उसके पास जुल्म बरदाश्त करने की भी ताकत है, बागियों तुम मुझे इन की नजरों में जलील बनाना चाहती हो? सफ्दर! मेरा हुक्म है कि तुम आगे बढ़ो और मुझे गिरफ्तार करो।'

शाहंशाह की आवाज में अब भी रोब टपक रहा था।

'बेहतर है।' कहकर सफ्दर आगे बढ़ा और दूसरे ही क्षण शाहंशाह गिरफ्तार कर बन्दीगृह में डाल दिए गए।

मल्का रोने लगीं। सफ्दर उनके पास आया।

बोला—'मल्का मुअज्जमा! रियाया आपको अपनी मां समझती है। मुझे उम्मीद है कि वह अपनी मां के साथ बेइन्साफी न करेगी। हमारी दुश्मनी सिर्फ शाहंशाह से थी, आप आजाद हैं।'

'इस आजादी से तो मौत ही बेहतर है, सफ्दर!' मल्का ने रुआंसे स्वर में कहा।

'हम मजबूर हैं, मल्काये-आलम!' सफ्दर ने कहा।

वह सारी रात सुव्यवस्था स्थापित करने में व्यतीत हुई।

पच्चीस

जिस समय मल्का अपने प्रकोष्ठ में आईं, उन्होंने अपने हृदय की उद्विग्नता को संयत कर लिया था और पूर्ववत् स्वस्थ हो गई थीं।

यद्यपि शाहंशाह की गिरफ्तारी तथा बगावत के कारण होने वाले उलट-फेर ने उन्हें पर्याप्त मानसिक कष्ट दिया था, फिर भी आए हुए कष्टों का सामना वे रोकर नहीं करना चाहती थीं।

अब तक उन्होंने कितने ही कष्ट सहे थे और सहन करते-करते उनकी शक्ति अपरिमित हो उठी थी।

जब वे अपने प्रकोष्ठ में आईं तो यह देखकर उन्हें आश्चर्य हुआ कि शम्सुल पहले से ही बैठी हुई उनकी प्रतीक्षा कर रही है।

उन्हें देखकर शम्सुल ने कोर्निश की तो मल्का ने आगे बढ़कर उसे आवेष्ठित करा लिया और अपने पलंग पर ला बिठाया। स्वयं भी उसकी बगल में बैठ गई।

'तो तुम्हीं हो हमारे शाहजादे की जिंदगी में तूफान लाने वाली नाजनी?' मल्का बोली।

'इन्सान की ताकत कहां जो तूफान ला सके।' शम्सुल ने नम्रतापूर्वक कहा—'तूफान तो अपने आप उठते हैं, मल्काये-आलम!'

'शाहजादा तुमको चाहता था।' मल्का कहने लगीं—'और तुम भी उसे प्यार करती थीं, फिर क्या वजह हुई कि तुमने उसे छोड़कर शाहंशाह को पसंद किया?'

'इन्सान को मजबूर होकर बहुत कुछ करना पड़ता है, मल्का हुजूर!' शम्सुल बोली—'मैं कितनी बदनसीब हूं कि जब से शाहजादे के रास्ते में आई, वे आराम न पा सके और जब शाही महल में आई तो सबके रंजोगम का बायस बन गई।'

'मगर क्या तुम्हें यह देखकर ताज्जुब नहीं होता कि मैं अपना सब कुछ लुटाकर भी खामोश हूं।'

'ताज्जुब होता है मल्का! यह मेरे लिए निहायत ताज्जुब की बात है कि आप अब भी वैसी ही हैं, जैसी इस तूफान से पहले थीं।'

'तुम्हारा ख्याल दुरुस्त है।' मल्का बोलीं—'इस तूफान ने मुझे ज्यादा तकलीफ नहीं दी है, क्योंकि बरसों पहले से मैं जानती थी कि एक-न-एक दिन यह तूफान आकर ही रहेगा। सल्तनत का हर आदमी यह जानता था, सिवाय शाहंशाह के।'

'सुनती हूं शाहंशाह कैद कर लिए गए हैं।' शम्सुल ने कहा।

'हां! जुल्म का आखिरी अंजाम यही होता है।' मल्का बोलीं—'ऐसा मालूम होता है कि आखिरी वक्त में शाहंशाह को अपने जुल्मों पर पछतावा हो गया था। अगर वे कुछ दिन पहले ही ठीक रास्ते पर आ गये होते तो यह दिन देखना नसीब न होता।'

‘रियाया शाहंशाह के साथ कैसा बर्ताव करेगी, मल्का?’

‘वैसा ही, जैसा अब तक शाहंशाह रियाया के साथ करते आ रहे थे।’ मल्का ने कहा—‘मेरे ख्याल से रियाया इस वक्त खूंखार हो उठी है। वह शाहंशाह के जुल्मों को नहीं भूल सकती और जब तक वह अपने ऊपर किए गए जुल्मों का बदला नहीं ले लेती, तब तक चैन न लेगी।’

‘अगर ऐसा हुआ तो आपको अफसोस न होगा।

‘शुरू से ही रंजोगम मेरे रास्ते में आ रहे हैं, उन्हें बर्दाशत करते-करते अब मेरा दिल ठोस पत्थर का हो गया है।’ मल्का बोलीं—‘ऐसी हालत में बदतर तकलीफ भी मैं बर्दाश्त कर सकती हूं।’

‘क्या शाहजादे साहब मुझे अब न मिल सकेंगे?’ शम्सुल ने पूछा।

‘वह शाही कैदखाने से भाग गया है।’ मल्का ने कहा—‘बागियों के साथ भी नहीं है। वह कहां चला गया, यह अभी तक एक राज बना हुआ है, फिर भी इधर के झंझटों से घुटकारा पाकर मैं उसकी खोज करूंगी। तुम इत्मीनान रखो।’

इसके बाद शम्सुल उठकर अपने कमरे में आई और मल्का पलंग पर लेटकर शाहंशाह की बाबत सोचने लगी।

ऊपर से मल्का ने चाहे अपने हृदय पर विजय पा ली हो, मगर उनके अंतर में दारुण वैकल्य भर उठा था।

यह सोचकर कि बागी उनके साथ न जाने कैसी क्रूरता का व्यवहार करेंगे।

उधर रात्रि के गहन अंधकार में, कैदखाने की संगीन दीवारों के बीच बैठे हुए शाहंशाह भी इन्हीं दुर्दमनीय विचारों से ग्रस्त थे।

कोठरी के दरवाजे पर सशस्त्र बागियों का पहरा था।

पहरेदारों के पास ही एक मशाल जल रही थी, जिसकी तेज रोशनी का कुछ अंश कोठरी में भी पहुंच रहा था, जिससे दीवारों की कालिमा और भी भयानक हो उठी थी।

वह रात्रि का अंतिम प्रहर था।

कोठरी का फाटक खुला और सफ्दर अंदर आया।

उसके हाथ में मदिरा की सुराही और एक प्याला था।

शाहंशाह के पास आकर, सुराही और प्याला उनकी ओर बढ़ाते हुए वह बोला—

‘मैंने सोचा शाहंशाह को तकलीफ होती होगी, इसलिए इन्हें लेकर हाजिर हुआ हूं।’

शाहंशाह ने करुण दृष्टि उठाकर एक बार सफ्दर की ओर देखा, फिर सिर नीचा कर लिया और कुछ सोचने लगे। बड़ी देर तक सोचते रहे थे।

‘सफ्दर!’ एकाएक शाहंशाह ने अपना सर ऊपर उठाया।

‘फरमाइये!’ सफ्दर बोला।

'तुम मेरा मजाक उड़ाने आये हो, सफ्दर?' शाहंशाह का स्वर पहले से भी अधिक करुण हो गया था।

'नहीं शाहंशाह। मैं आपकी जरूरत पूरी करने आया हूं।' सफ्दर बोला।

'क्या तुम्हारा ख्याल है कि इसके बगैर मैं जिंदा नहीं रह सकता?' शाहंशाह ने पूछा।

'आप हमारे शाहंशाह हैं।' सफ्दर ने कहा—'आपकी तकलीफों का ध्यान रखना हमारा फर्ज है।'

'तुम मुझे शाहंशाह कहकर जले पर नमक छिड़क रहे हो, सफ्दर!' शाहंशाह बोले—'याद रखो! तुम्हारे अल्फाज मेरा कलेजा चीर सकते हैं, मगर मेरे चेहरे पर शिकन नहीं ला सकते।'

'जब तक फैसला नहीं हो जाता, तब तक आप हमारे शाहंशाह हैं।' अदब के साथ सफ्दर बोला।

'मगर अब मैं अपने को कैदी मानता हूं।' दृढ़ स्वर में शाहंशाह ने कहा—'तुम मेरे साथ कैदियों का-सा बर्ताव न करके मेरी तौहीन कर रहे हो।'

'......................।'

'तुम चाहते हो कि मैं तुम्हारी मेहरबानी के सामने झुक जाऊं और अपनी इज्जत खाक में मिला दूं।' शाहंशाह कहते गए—'मगर मैं ऐसा न होने दूंगा, बादशाह रहने पर मैं जो सुलूक अपने कैदियों के साथ करता था, उस कैदखाने में अपने साथ भी वही सुलूक होता हुआ देखना चाहता हूं, सफ्दर!'

'रियाया ने आपके साथ बगावत जरूर की है।' सफ्दर बोला—'मगर उनके दिल ने रहम से बगावत नहीं की है। वह अपने बादशाह के साथ बेरहमी नहीं करना चाहती।'

'इस बेइज्जती से तो रियाया की बेरहमी ही अच्छी है। अब तक मैंने हुकूमत की है, अब किसी की रहमदिली से अपनी जान को बख्शीश नहीं चाहता।' शाहंशाह ने कहा।

'मैं आपके दिल से पूछता हूं, शाहंशाह!' सफ्दर बोला—'क्या बगावत करके रियाया ने गलती की है?'

'नहीं, मगर रियाया अब मेरे साथ रहमदिली का सलूक करके गलती कर रही है, सफ्दर! शायद वह मेरा जुल्म भूल गई है, शायद उसके जिगर पर लगा मेरी ठोकरों का जख्म अच्छा हो चला है।'

'मुझे सख्त अफसोस है कि मैंने आपको तकलीफ दी।' सफ्दर ने कहा—'मैं जा रहा हूं। क्या शाहंशाह मुझसे कुछ दरियाफ्त करना चाहेंगे?'

'हां, एक बात दरियाफ्त करनी है।' शाहंशाह बोले—'मगर तुम बगैर मेरे ऊपर मेहरबानी किए बता सको तो, बताओ!'

'पूछिए!'

‘जिसकी रहनुमाई ने तुम्हारी ताकत को ताकत दी, वह बेगम आलिया कौन है?’ शाहंशाह ने पूछा।

शाहंशाह यह क्यों पूछना चाहते हैं?’

‘मरने से पहले मैं अपने दुश्मनों से वाकिफ हो जाना चाहता हूं।’ शाहंशाह बोले—‘क्या तुम यह राज बताना नहीं चाहते?’

‘काश! मैं बता सकता।’ सफ्दर ने विवशतापूर्ण स्वर में कहा—‘मुझे सख्त अफसोस है कि हममें से कोई भी नहीं जानता कि वे कौन हैं? कहां रहती हैं?’

‘ताज्जुब की बात है।’ शाहंशाह बोले—‘मगर क्या तुमने कुछ अन्दाज भी नहीं लगाया है?’

‘लगा चुका हूं।’ सफ्दर ने कहा—‘और उम्मीद है कि वह अन्दाज गलत नहीं होना चाहिए।’

‘वह क्या तुम मुझे बता नहीं सकते?’

‘बताने में मुझे कोई एतराज नहीं।’ सफ़दर बोला—‘समरकन्द की सरहद पर कुछ साल पहले जो अमलदारी थी, उसके मालिक की याद तो होगी ही आपको?’

कुछ सोचने लगे शाहंशाह! फिर एकाएक बोले—‘शायद तुम्हारा मतलब अमीर हबीबुल्ला से है?’

‘जी हां?’ सफ्दर ने कहा—‘उन्होंने भी शाहंशाह के खिलाफ बगावत की थी, मगर कामयाब न हो सके थे और उनकी सारी अमलदारी शाही तोपों ने खंडहर में तबदील कर दी थी, क्या वह वारदात शाहंशाह भूल गए?’

‘नहीं! मैं भूला नहीं हूं, मुझे सब कुछ याद है, यह भूलने की चीज नहीं।’

‘क्या अमीर हबीबुल्ला की बेगम की भी याद है, शाहंशाह को?’ सफ्दर ने पूछा।

शाहंशाह की भवों पर बल पड़ गये।

बीती बातें उनके सामने नृत्य कर उठीं।

एक जमाना बीत गया, जब उन्होंने अमीर हबीबुल्ला की बेगम की खूबसूरती की चर्चा सुनी थी और उसे पाने के लिए बेकरार हो उठे थे।

मगर उस घमण्डी बेगम और अमीर हबीबुल्ला ने शाहंशाह की इच्छाओं को लात मारकर ठुकरा दिया था।

शाहंशाह का क्रोध उमड़ पड़ा और उन्होंने अमीर हबीबुल्ला की बगावत की बात सुनी तो उनका क्रोध चरम सीमा तक पहुंच गया और दूसरे ही दिन उन्होंने उस हरी-भरी अमलदारी को पृथ्वी पर सुला देने की आज्ञा दी।

अमीर हबीबुल्ला और उनके साथी पकड़कर सूली पर चढ़ा दिए गए, मगर बेगम का पता न चला।

शाहंशाह ने सोचा, बेगम ने शायद अपनी जान दे दी हो या तोप के किसी गोले ने उनके शरीर के टुकड़े-टुकड़े कर दिए हों।

'शाहंशाह को शायद याद नहीं पड़ रहा है!' सफ्दर ने पूछा।

'मुझे याद है।' शाहंशाह बोले—'सब कुछ याद है, मगर मैं सोच रहा था।'

'हमारा ख्याल है।' सफ्दर शाहंशाह की बात पूरी होने से पहले ही बोल उठा—'वही बेगम इस पोशीदा नाम और सूरत से हमारी मदद कर रही हैं।' सफ्दर ने कहा।

'इसका सबब?'

'बदला लेना!'

'सफ्दर! क्या तुम समझते हो कि औरतें बदला लेने के लिए इस हद तक जा सकती हैं?' शाहंशाह ने पूछा।

'इंतकाम की आग कमजोरों को भी ताकतवर बना देती है, हुजूर शाहंशाह!'

'हो सकता है कि तुम्हारी बात ठीक हो, मैं बेगम आलिया से भेंट करना कबूल करूंगा, अगर वे मुझ तक आना कबूल करें।'

'मैं हुजूर की ख्वाहिश उन पर जाहिर कर दूंगा।' सफ्दर ने कहा।

'मगर भूलना मत, यह सिर्फ मेरी ख्वाहिश है, मिन्नत नहीं।' शाहंशाह बोले।

सफ्दर चला गया। शाहंशाह बेचैनी से बिस्तर पर करवटें बदलने लगे।

जो कल तक मखमली पलंग पर सोता था, वह आज एक मोटे कम्बल पर लेटा है।

जो कल तक शरबते-अनार पीता था, वह आज उसके लिए तरस रहा है।

जो कल शेर की तरह दहाड़ता था, आज वह शिथिल वाणी में बोल रहा है।

नियति का चक्र है यह!

सफ्दर को गये आधा घण्टा ही व्यतीत हुआ था कि कैदखाने के दरवाजे पर एक छाया आ खड़ी हुई, काला लबादा तथा बुर्का पहने हुए।

बेगम आलिया को देखकर पहरेदारों ने सम्मान-प्रदर्शन किया और कैदखाने का दरवाजा खोल दिया।

बेगम भीतर प्रविष्ट हुईं।

'सफ्दर से मालूम हुआ कि शाहंशाह मुझसे मिलने के लिए बेचैन हो रहे हैं।' बेगम आलिया बोलीं—'इसलिए आई हूं।'

'हां! मैं तुमसे मिलना चाहता था।' शाहंशाह ने कहा—'मैं उस औरत को देखना चाहता था, जिसकी जबान में इतनी ताकत और हरकतों में इतना कहर मौजूद है।'

'बहुत मायूस हो रहे हैं, आप।' बेगम ने व्यंग्य किया।

'मौत से पहले मायूसी हैरत की बात नहीं, बेगम!' शाहंशाह बोले।

'मौत से इतना डरे हो, सुल्तान?' बेगम बोलीं—'कहो तो मैं तुम्हें इसी वक्त कैद से निकाल ले चलूं और किसी को पता भी न चले।'

'तुम्हारी हमदर्दी के लिए शुक्रिया? मगर तुम्हारी मेहरबानी कबूल करने के बदले, मैं मौत को गले लगाना बेहतर समझता हूं।' शाहंशाह ने कहा।

'अब भी तुम्हारी आवाज से शाही बू आती है, सुल्तान। क्या तुम्हें अपने दुश्मनों का खौफ नहीं?'

दुश्मनों से कायर डरते हैं, शाहंशाह नहीं।

'क्या बेगम आलिया से भी नहीं डरते, जिसने तुम्हारे कैदखाने से सफ्दर और शाहजादे को निजात दी?' बेगम ने पूछा।

'क्या शाहजादा तुम्हारी मदद से फरार हुआ था?' शाहंशाह ने आश्चर्य से पूछा।

'हां!'

'कहां है वह?'

'मुझे धोखा देकर वह न जाने कहां चला गया।' बेगम ने कहा।

'शायद उसे तुम्हारा साथ देना पसंद न था।' शाहंशाह ने गर्व से कहा—'वह मेरा भाई था, मेरे खिलाफ बगावत करने की उसमें ताकत नहीं थी...भाई की मुहब्बत उसके रास्ते में फौलाद की दीवार बनकर खड़ी थी।'

'क्या तुम्हारे दिल में भी वैसी ही मुहब्बत है, शाहंशाह?' बेगम ने पूछा।

'नहीं।' शाहंशाह ने स्पष्ट उत्तर दिया—'मेरे दिल में वह पाक मुहब्बत नहीं है। आज मुझे यह मानने में शर्म नहीं कि ऐश-परस्ती और शाही ऐलान के रुतबे ने मेरी आंखों पर काला परदा डाल रखा था...मैं देखते हुए भी एक अंधे के समान था।'

'...............।'

'जो अंधा था, वह आज कैदखाने में पड़ा सड़ रहा है और जो आंख वाला था, वह कैदखाने से निकलकर आजाद हो गया।'

ठण्डी सांस ली शाहंशाह ने।

शाहजादे की याद ने उनकी आंखों में आंसू ला दिए।

'रोते हो सुल्तान...?' बेगम बोलीं—'तुम भी रोना जानते हो?'

'...............' चुप रहे शाहंशाह।

'तकलीफ और दर्द में तुम्हारी भी आंखों से आंसू निकलते हैं, यह ताज्जुब की बात है।' बेगम ने कहा।

'बेदर्द औरत! तुम इन आंसुओं की कीमत क्या जानोगी?' बोले शाहंशाह—'ये रंज के आंसू हैं, जिसमें पछतावा, दर्द और प्यार भरा है।'

'मेरे साथ चलकर तुम अपनी तकलीफों का खात्मा क्यों नहीं कर लेते सुल्तान!' बेगम ने कहा।

'मुझे शक हो रहा है कि तुमने दिल से रियाया की रहनुमाई की है या नहीं...!' शाहंशाह बोले—'अगर ऐसा होता तो तुम मुझे रियाया की आंखों में धूल झोंककर चुपके से भाग चलने को न कहतीं। मालूम पड़ता है कि खुदगर्जी से ही रियाया का साथ दिया है और शायद उनके लिए तुम किसी दिन तकलीफदेह बन जाओगी।'

'मैंने अब तक रियाया के लिए जो कुछ किया है, वह आइने की तरह साफ है, शाहंशाह?'

'मगर अब तुम उसे धोखा देना चाहती हो।' शाहंशाह बोले—'फरेबी औरत! यह समझ लो तुम कि जब मैं शाहंशाह था, तब हजारों बार रियाया की जबान ने मुझे जुल्मी कहा, मगर अब जब मैं एक बदनसीब कैदी हूं, तो अपने को दगाबाज कहलाना पसंद नहीं करूंगा।'

'मुझे ताज्जुब होता है कि तुममें इतनी जल्दी तबदीली कैसे आ गई, शाहंशाह?'

'किस्मत की एक कठोर कयामत को भी हिला सकती है।' शाहंशाह बोले—'मेरे जिगर में भी इन्सान का दिल है और इन्सान का दिल एक लम्हें में बदल सकता है।'

'क्या तुम मेरी सूरत देखना पसंद करोगे, शाहंशाह?' बेगम ने पूछा।

शाहंशाह चौंक पड़े। उन्हें विश्वास ही नहीं था कि बेगम उन्हें अपनी सूरत दिखाना चाहेंगी।

वे बोले—'मैं पसंद करूंगा, अगर तुम अपनी खुशी से अपना बुर्का हटा सको।'

'मुझे कोई एतराज नहीं।' बेगम ने कहा—'लो, देख लो! पहचान लो! समझ लो कि औरत ठुकराये जाने पर क्या कर सकती है।'

शाहंशाह ने सर ऊपर उठाया।

बेगम ने अपना बुर्का पीछे कर दिया।

चांद-सी सूरत, मशाल के मद्धिम प्रकाश में चमक उठी।

शाहंशाह एकटक उस सूरत को देखते रहे—देखते रहे, बड़ी देर तक बिना हिले-डुले।

उनके मुंह पर तनिक भी आश्चर्य के भाव न आए। उनकी आंखों में जरा भी उद्विग्नता प्रकट नहीं हुई।

देखकर उन्होंने अपना सर नीचा कर लिया। बेगम ने अपना मुंह ढक लिया।

'देख लिया, शाहंशाह?' पूछा बेगम ने।

'देख लिया!' बोले शाहंशाह संयत स्वर में—'तुम्हें देखकर मुझे ताज्जुब नहीं हुआ? मैं जानता हूं कि इस दुनिया में सब कुछ मुमकिन है, तुमने जिन जुल्मों से ऊबकर, बागी रियाया का साथ दिया, उसमें तुम्हारा कोई कसूर नहीं। मैंने तुम्हारे साथ जो बेइंसाफी की थी, उसका यही अंजाम होना चाहिए। मुझे खुशी है कि अब मैं अमन से मौत का इंतजार कर सकूंगा।'

'तुम्हें मौत का इंतजार नहीं करना पड़ेगा, शाहंशाह!' बेगम ने कहा।

'रियाया की यह हमदर्दी मैं बरदाश्त नहीं कर सकता, बेगम।' शाहंशाह ने कहा।

'क्यों नहीं, करनी ही होगी।'

कहकर बेगम आलिया चली गयीं।

छब्बीस

आज शाही महल के प्रांगण में बहुत भीड़ है।

बागियों का पूरा समूह वहां एकत्रित है। सभी चुपचाप बैठे हैं।

सफ्दर एक ऊंचे आसन पर आसीन है और बेगम आलिया का स्थान खाली है।

थोड़ी देर बाद सफ्दर उठा और गम्भीर स्वर में बोला—'दोस्तो! आज हम एक नई दुनिया में आ गए हैं। वह शाही महल, जो चार दिन पहले हमारे लिए खौफनाक था, आज बेखौफ हो गया है, जो कुछ हुआ, वह आप लोगों की जवांमर्दी, बहादुरी और जांनिसारी से ही हो सका है। आपने फौलाद जैसे सीने पर शाही तोपों की मार बरदाश्त की है और उसी का नतीजा है कि आज हमारे सुलतान और उनके दरिन्दे हमारी कैद में हैं।'

जनसमूह पूर्णतया शान्त था।

'अपनी बगावत और आपकी बहादुरी के दौरान हम उस नेकदिल औरत को नहीं भूल सकते, जिसकी रहनुमाई की बदौलत हमारे हाथों और पैरों में ताकत आई और हमने शाहंशाह के खिलाफ हथियार उठाया।' सफ्दर कहता गया—'बेगम आलिया शुरू से आखिर तक हमारे लिए एक राज बनी रहीं, मगर उन्होंने हमारी जो मदद की, हमारे जिस्म के ठण्डे खून में जो गर्मी पैदा की, इसका बदला हम अपनी मौत से भी नहीं दे सकते।'

बागियों की सभा सुन रही थी—

'मुझे अफसोस है कि आज इस मजलिस में आना, बेगम आलिया ने कबूल नहीं किया।' सफ्दर बोलता रहा—'मुझे पूरी उम्मीद थी कि वे जरूर तशरीफ लायेंगी, मगर क्यों और किस वजह से दरबारेआम में आने से उन्होंने इंकार कर दिया, यह मेरी समझ के परे की बात है। आज जो कुछ काम यहां होगा, उनके अंजाम का सारा अख्तियार उन्होंने मुझे दिया है। क्या आप लोगों को मंजूर है?'

'हमें बेगम आलिया का हर हुक्म मंजूर है।' सम्मिलित स्वर गूंज उठा।

'बहुत खूब!' सफ्दर बोला—'जब हमारे सामने सबसे पेचीदा सवाल यह है कि हमें शाहंशाह और मल्का मुअज्जमा के साथ कैसा बर्ताव करना चाहिए।'

सबने कौतुहलपूर्ण दृष्टि से सफ्दर को देखा।

'आप सभी जानते हैं कि शाहंशाह चाहे जितने भी बदकार रहे हों, मगर मल्का की हमदर्दी हमेशा रियाया के साथ रही है, इस बात को सबसे ज्यादा मैं जानता हूं, क्योंकि शाहजादे का दोस्त होने के नाते मैं कई बार उनकी कदमबोसी कर चुका हूं और इस बार मिलने पर तो उन्होंने मुझे बेटे जैसा प्यार दिया है।'

'ऐसी मल्का के खाविन्द के साथ हम किस तरह पेश आयेंगे, यह सवाल हमारे लिए बहुत पेचीदा है।' सफ्दर कहता रहा—'जब हम शाहंशाह की बदफैलियों की ओर देखते हैं तो खून उबल पड़ता है और जब हम मल्का की हमदर्दी की ओर गौर करते हैं तो सर अपने आप झुक जाता है। शाहंशाह को हम सजाये-मौत कैसे दे सकते हैं? ऐसा करना उस पाक दिल औरत की बेइज्जती होगी...यह हमारे लिए ऐसी मुश्किल पहेली है, जिसका हल हमें बहुत सोच-समझकर निकालना है, क्या आप इस मुश्किल पहेली को हल करने में मेरी मदद करेंगे?'

चुप हो गया सफ्दर।

जनसमूह सर नीचा करके कुछ सोचने लगा।

कुछ देर के बाद एक व्यक्ति खड़ा होकर बोला—'आपके और हमारे दिल में जब मल्का के लिए इतनी इज्जत है तो मेरी राय है कि शाहंशाह की जान बख्श दी जाए और उन्हें गुजारे के लिए कोई जागीर दे दी जाए।'

उसके बैठते ही दूसरा उठ खड़ा हुआ।

बोला—'मेरी भी यही राय है। हमारे ख्याल से अगर हम शाहंशाह के जुल्मों का बदला रहमदिली से चुकाएं, तो मल्का की हमदर्दी का बदला अपने आप अदा हो जाएगा।'

तीसरा बोला—'बदफैली को रहमदिली से दूर किया जा सके तो सख्ती की जरूरत मैं नहीं समझता।'

चौथा खड़ा हुआ तो कुछ देर तक उसकी जबान ही नहीं खुली, फिर साहस कर बोला—'मेरी राय अपने दोस्तों से कुछ मुखतलिफ है, मेरा ख्याल यह है कि शाहंशाह के बारे में खुद मल्का मुअज्जमा से पूछा जाए।'

उसकी बात सुनकर चारों ओर सन्नाटा छा गया।

फिर कोई न उठा।

'क्या राय है आप सब लोगों की?' पूछा सफ्दर ने।

'मल्का से ही पूछा जाए!' इस बार सब एक स्वर से बोले।

सफ्दर ने दो प्रहरियों की ओर देखा।

'मल्का मुअज्जमा को इज्जत के साथ पेश किया जाए।' उसने आज्ञा दी।

एक महीन रेशमी पर्दा खींच दिया गया।

थोड़ी देर बाद मल्का आकर उसमें बैठ गयीं।

सफ्दर पर्दा उठाकर सामने आया।

'क्या हुक्म है मल्का के लिए, सफ्दर?' मल्का ने पूछा।

'किसकी हिम्मत है जो आपको हुक्म दे!' सफ्दर बोला—'मैं रियाया की तरफ से आपसे मिन्नत करने आया हूं।'

‘रियाया क्या चाहती है?’ पूछा मल्का ने। उनकी मुखाकृति पर उदासीनता नर्तन कर रही थी।

‘हम आपसे यह पूछना चाहते हैं कि शाहंशाह के साथ कैसा बर्ताव किया जाए?’

‘शाहंशाह की इतनी बेइज्जती करके, अब तुम लोग मुझसे क्या पूछना चाहते हो कि उन्हें क्या सजा दी जाए? यही है न तुम्हारा मकसद!’

‘हम मल्का का हुक्म सुनना चाहते हैं।’

‘जब रियाया ने बगावत का झण्डा खड़ा किया, उस वक्त भी क्या रियाया ने मेरा हुक्म जानना चाहा था?’ मल्का करुण स्वर में बोलीं—‘यह मेरी सख्त बेइज्जती है, सफ्दर! सब कुछ करके अब पूछने का मतलब यही है कि तुम लोग मेरे मुंह से यह सुनना चाहते हो कि शाहंशाह को सजाए-मौत दी जाए।’

‘नहीं-नहीं मल्का हुजूर। हमारा यह मकसद नहीं।’

‘तो फिर क्या है तुम्हारा मकसद?’ मल्का ने पूछा।

‘रियाया चाहती है शाहंशाह छोड़ दिए जाएं।’

‘छोड़ दिए जाएं?’ आश्चर्य से बोलीं मल्का—‘रियाया उन्हें क्यों छोड़ना चाहती है, सफ्दर? वे कैदी हैं, उनके साथ भी वही होना चाहिए, जो मामूली कैदी के साथ होता है और उन्हें भी वही सजा मिलनी चाहिए, जो वैसे कसूरवारों को मिलती है।’

‘हम शाहंशाह के साथ रियायत करना चाहते हैं, मल्का!’

‘क्यों? क्या तुम अपने जख्मों को भूल गए? क्या तुम्हारी गैरत मर गई? क्या तुम इन्साफ करना भूल गए, सफ्दर?’

‘महज आपका ख्याल कर, मल्काये-आलम!’

‘रियाया ने मेरा ख्याल किया है, यह मैं बखूबी जानती हूं।’ मल्का बोली—‘कल तक मैं मल्का थी, तुम लोगों पर हुकुमत करती थी और आज अपना सब कुछ लुटाकर भी, अपनी इज्जत न लुटा सकूंगी, तुम लोगों से कभी यह न चाहूंगी कि मुझ पर रहम किया जाए, कभी यह न कहूंगी कि मेरे खाविन्द को छोड़ दिया जाए।’

‘....................’

सफ्दर सुन रहा था।

इस समय मल्का के मुख से उनका सन्तप्त हृदय बोल रहा था।

‘रियाया मेरी वजह से शाहंशाह पर रहम करना चाहती है।’ मल्का कहती गयीं—‘मगर मैं रियाया की मेहरबानियों से फायदा उठाना नहीं चाहती, मैं नहीं चाहती कि मेरा खाविन्द तुम्हारे सामने घुटने टेककर अपनी जां-बख्शी मांगे।’

सफ्दर का सिर नीचा हो गया।

'रियाया ने बहादुरी के साथ जो बगावत की, मैं उसकी दाद देती हूं।' मल्का बोली—'मगर अब वह हमारे लिए अपनी रहम दिली जाहिर करके क्यों हमारे जख्मी दिल पर नमक छिड़कना चाहती है? जिस बहादुरी के साथ उसने यह सब किया, क्यों नहीं उसी बहादुरी के साथ शाहंशाह को सजाए-मौत देती?'

'हम ऐसा करने से मजबूर है।'

'तो मैं आगे कुछ कहने से इंकार करती हूं, सफ्दर!' मल्का बोलीं—'जो मन में आये, करो। जितना चाहो, हमारी बेइज्जती कर लो।'

सर झुकाकर सफ्दर बाहर आया, जन-समुदाय उत्सुक दृष्टि से उसकी ओर देखा रहा था।

'मल्का ने कुछ कहने से इंकार कर दिया, दोस्तो!' सफ्दर बोला—'ऐसी हालत में क्या शाहंशाह को यहां एक दफा इज्जत के साथ लाना ठीक न होगा।'

'उन्हें यहां बुलाया जाए और कोई हल्की-फुलकी सजा दे दी जाए।'

'हम शाहंशाह की जान लेना नहीं चाहते।' एक स्वर से आवाज आई।

'बेहतर है!' सफ्दर ने प्रहरियों को इशारा किया। प्रहरी शाहंशाह को लेने चले गए, परंतु थोड़ी ही देर में अकेले लौट आए। उनके चेहरे जर्द थे।

'क्या है?' सफ्दर ने पूछा।

'शाहे-आलम ने खुदकशी कर ली।' प्रहरियों ने दबी जबान से सूचना दी।

रेशमी पर्दे के अंदर से करुण रुदन का स्वर सुनाई पड़ा।

जनसमुदाय का सर झुक गया। सबने अपनी टोपियां उतार लीं और बहुत देर तक निस्तब्ध रहकर मृतात्मा के प्रति अपना सम्मान प्रकट किया।

जुल्म ढाने वाले शाहंशाह ने विद्रोहियों की दया पाने के बदले मृत्यु का आलिंगन करना श्रेयस्कर समझा था।

कैदखाने में उनका निर्जीव शरीर पड़ा था।

उधर पर्दे के अंदर मल्का चेतनाहीन पड़ी थीं।

सत्ताईस

शम्सुल गई तो जैसे उसकी मां, अंधी बुढ़िया की कमर ही टूट गई।

वह बिस्तर पर पड़ी तो उठ न सकी। अवस्था चिंताग्नि से झुलसकर शोचनीय होती गई।

शम्सुल का नाम उसकी जबान पर था, शम्सुल की सूरत उसके दिल में थी और शम्सुल की प्यारी-प्यारी आवाज दिन-रात उसके कानों में गूंजती रहती थी।

नसीर उसे समझाता था।

कहता था—'घबराओ मत चाची! तुम्हारी तबीयत ठीक होते ही मैं घूम-घूमकर उस छोकरी का पता लगाऊंगा। दुनिया के जिस कोने में भी वह होगी, उसे जरूर तुम्हारे पास ला खड़ा करूंगा—तुम अपनी सेहत जल्द-से-जल्द ठीक कर लो।'

मगर पागल बुढ़िया जैसे समझती ही न थी।

और नसीर भी उसे, उस हालत में छोड़कर कहीं जा नहीं सकता था। उसके चले जाने पर बुढ़िया को दो बूंद पानी कौन देगा?

उसके सामने यह प्रश्न अत्यंत जटिल था।

यद्यपि नसीर के समझाने पर बुढ़िया का शाहजादे के प्रति क्रोध विलीन हो गया था और वह जान गई थी कि शम्सुल के लुप्त होने में शाहजादे का कोई अपराध नहीं, फिर भी उसके हृदय में शम्सुल के लिए जो प्रेम, जो वात्सल्य निहित था, उससे बुढ़िया दिन-प्रतिदिन मृत्यु के निकट होती जा रही थी।

उस दिन जब नसीर बुढ़िया के झोंपड़े में घुसा तो वह देखकर उसे आश्चर्य हुआ कि नित्य की भांति आज बुढ़िया बड़बड़ा नहीं रही वरन् टूटी चारपाई पर शांत एवं निश्चल पड़ी है।

कदाचित् मृत्यु का भयानक हाथ उसका सर थपथपा रहा था।

'चाची!' नसीर ने पुकारा।

'..................।' कोई उत्तर न मिला।

नसीर का हृदय आशंका से भर उठा। आज तक जो वह बुढ़िया को मृत्यु के मुख से छीनने का प्रयत्न करता आ रहा था, अब उसे लगा, जैसे वह अपने प्रयत्न में असफल हो गया है और मानव एवं प्रलय के संघर्ष में प्रलय की ही विजय हुई।

'चाची!' जोरों से चिल्ला उठा वह।

उसकी घबराहट भरी चिल्लाहट झोंपड़ी में गूंज उठी।

चारपाई पर पड़ी फटे चीथड़े की उस गठरी में, जरा-सा कम्पन हुआ और क्षीण आवाज आई—'बेटा नसीर!'

नसीर को बुढ़िया का स्वर सुनकर बहुत प्रसन्नता हुई। उसने आगे बढ़कर उसके मस्तक पर हाथ फेरा। सारा शरीर तवे के समान जल रहा था।

'कैसी तबियत है चाची?' पूछा नसीर ने।

'मैंने चलने की तैयारी कर ली है, बेटा!' टूटती आवाज में बुढ़िया बोली—'जानती हूं मैं कि आज नहीं तो कल मुझे जाना है। अफसोस यही है कि तुम इस जंग में कामयाब न हुए और शम्सुल की आवाज मुझे सुने बगैर ही जाना पड़ रहा है। मगर एक दफा शाहजादे से मिल लेती तो दिल की आग कुछ कम हो जाती।'

'घबराओ मत चाची! मैं अभी हकीम साहब के पास जा रहा हूं।'

'क्या फायदा हकीम साहब की मिन्नत करने से? जो होना है वह तो होकर ही रहेगा और जो ही रहा है, उसे होने दो बेटे!'

'नहीं चाची!' उतावली के साथ बोला नसीर—'तुम थोड़ी देर और ठहरो, अपने सफर की तैयारी रोक दो, मैं अभी आया।'

झपटकर नसीर झोंपड़े से बाहर आया।

हकीम का घर वहां से दो मील दूर था।

नसीर वहां तक जल्द-से-जल्द पहुंच जाना चाहता था।

यह बुढ़िया उसके सारे किए-कराए पर पानी फेरकर चली जाना चाहती है, पर वह उसे सरलतापूर्वक नहीं जाने देगा।

एक बार मौत से भी लड़ेगा वह।

सरपट दौड़ चला नसीर, गांव की ऊबड़-खाबड़ पगडण्डी पर।

अभी वह कुछ ही दूर गया था कि एक दीन-हीन युवक उसके सामने आ पड़ा।

नसीर ने बगल से होकर निकल जाना चाहा, परंतु फटे-चीथड़े पहने हुए उस गरीब युवक ने उसका हाथ पकड़ लिया और विनीत स्वर में बोला वह—'नसीर भाई!'

नसीर ने झटका देकर अपना हाथ छुड़ा लिया।

बोला—'मुझे जाने दो, इस वक्त मैं जरा भी नहीं ठहर सकता। मुझे अभी बहुत दूर जाना है और वक्त बहुत कम है।'

'थोड़ी देर के लिए रुको, नसीर भाई!' आगन्तुक पुनः प्रार्थना भरे स्वर में बोला।

इस बार उसकी आवाज सुनकर नसीर चौंक पड़ा।

उसने उस युवक के चेहरे पर दृष्टि डाली।

युवक के शरीर पर दरिद्र भिखारी जैसे वस्त्र थे, परंतु मुख पर प्रतिभा थी—'तुम...आप!'

ठीक से कुछ कह न सका नसीर! आश्चर्य उसके चेहरे पर नर्तन करने लगा था।

'हां, मैं ही हूं, नसीर!' युवक बोला।

'शाहजादे साहब! आप यहां? इस हालत में?' नसीर ने कहा।

'अब मुझे शाहजादा न कहो, नसीर!' युवक करुण आवाज में बोला—'मैं रशीद हूं। तुम्हारा पुराना दोस्त, रशीद!'

'आपकी यह हालत कैसे हो गई, आलमपनाह?'

'किस्मत ने मेरे साथ मजाक किया है, नसीर!' शाहजादा बोला—'मैं यतीम हूं। तुम्हारे पास रहने के लिए जगह और पेट भरने के लिए खाना मांगने आया हूं।'

'मेरी जान तक शाहजादे के लिए हाजिर है।' नसीर बोला—'मगर ताज्जुब होता है यह देखकर कि जो शख्स एक दिन गरीबों को मुहरें लुटाता था, वह खुद आज अपना सब कुछ लुटाकर यहां कैसे आ पहुंचा?'

'किस्सा बहुत लम्बा है, नसीर!' शाहजादे ने कहा—'फिर कभी बताऊंगा, तुम इस वक्त कहां जा रहे हो?'

'हकीम साहब के पास जा रहा हूं। चाची की हालत ज्यादा नाजुक हो गई है।' नसीर ने कहा।

'तो तुम जल्दी करो, नसीर! मैं अम्मी के पास चलता हूं।'

'बेहतर है।' नसीर ने कहा—'वह आपसे मिलना भी चाहती है।' कहकर नसीर दौड़ता हुआ चला गया।

धीरे-धीरे शाहजादा झोंपड़ी के दरवाजे पर आया।

अन्दर आकर पुकारा—'अम्मी!'

उसकी आवाज ने बिजली का-सा काम किया।

बुढ़िया के मुख से तुरंत ही शिथिल स्वर निकला—'यह मैं किसकी आवाज सुन रही हूं।'

शाहजादा पास चला गया।

बोला—'मैं हूं अम्मी!'

'तुम हो! शाहजादे बेटा!' बुढ़िया चिल्ला पड़ी—'आओ, खुदा जानता है कि मैं तुमसे मिलने के लिए कितना बेताब थी।'

'मैं आ गया हूं, अम्मी!

'खुदा का लाख शुक्र है बेटा! कि मरने से पहले तुमसे मुलाकात हो गई।' बुढ़िया बोली—'इधर आओ! मेरे बदन पर हाथ रखकर मुझे माफ कर दो, बेटा!'

'तुमने कसूर ही कौन-सा किया है, अम्मी?'

'कसूर—! कसूर तो बहुत बड़ा किया है, बेटे! मगर जिसके पास फरिश्ते का-सा दिल है, वह अपने ऊपर किये जुल्म को भी भूल जाता है।'

'यह तुम क्या कह रही हो, अम्मी?'

'बेटा, पिछली दफा जब तुम मेरे पास आये थे तो मैंने तुम्हें बुरा-भला कहा था। उस वक्त बेटी की मुहब्बत ने मेरी आंखों के साथ दिल को भी अन्धा बना दिया था।'

'मामूली-सी बात के लिए तुम्हें इतना रंज है, अम्मी!'

'नहीं बेटे! तुम्हारी आवाज सुनकर दिल का सारा गम जाता रहा है।' बुढ़िया बोली—'तुम और शम्सुल एक दूसरे की जान हो। मेरे लिए जैसे तुम, वैसे ही शम्सुल। वह नहीं आई तो क्या हुआ, तुम जो आ गये हो, अब मैं अमन-चैन से मर सकूंगी।'

'शम्सुल खैरियत से है, अम्मी!' शाहजादे ने कहा।

इस वाक्य ने माता बुढ़िया की निर्जीव रगों में नवजीवन का संचार कर दिया।

उतावली के साथ बोली वह—'या खुदा! कहां है वह?'

'शाही महल में!' शाहजादे ने कहा।

'क्या तुम दोनों ने निकाह कर लिया, शाहजादे?'

'नहीं अम्मी...!' बोला शाहजादा—'मेरे साथ फरेब हुआ है। शम्सुल आजकल शाहंशाह के साथ है, बहुत खुश है वह!'

'वह शाहंशाह के पास है!' बुढ़िया डूबते स्वर में बोली—'उसने तुमको धोखा दिया? बेईमान छोकरी ने मेरे कलेजे पर एक और लात मार दी। पैदा होते ही मर जाती तो यह सुनना नसीब न होता। शाही दौलत की चमक में उसने एक फरिश्ते को ठुकरा दिया और एक जिन्न के प्यार में मशगूल हो गई।'

'उसका कसूर नहीं अम्मी!'

'तुम ठीक कहते हो, शाहजादे!' बुढ़िया बोली—'उसका कुछ कसूर नहीं। कसूर तो सारा मेरा है, जिसने उसे पैदा किया और उसे पाल-पोसकर कहर ढाने की ताकत दी।'

'मैं सब कुछ छोड़कर तुम्हारे साथ रहने आया हूं अम्मी!' शाहजादे ने कहा—'सोचा, शम्सुल के न रहने पर तुम्हारी खिदमत् कौन करेगा?'

'यह दुनिया ही कुछ अजीब है, बेटा! अपने पराए हो जाते हैं और पराये अपने बन बैठते हैं। काश, शम्सुल की जगह मेरे पेट से तुम पैदा हुए होते।'

बुढ़िया चुप हो गई।

नसीर दवा लेकर आ पहुंचा। दवा दी गई। कुछ फायदा भी हुआ।

शाहजादा अब वहीं रहने लगा था।

वह अब उस परिवार का अंग बन गया था।

जब बुढ़िया की हालत कुछ सम्हली, तो भीख मांगने के लिए शाहजादा चल पड़ा।

नसीर ने उसे समझाया।

बुढ़िया ने बहुत कुछ कहा।

मगर शाहजादा तो शम्सुल की जिंदगी अपनाना चाहता था।

और एक दिन फटे चीथड़ों में पहुंच गया शाहजादा, शहर जोमन की सराय के दरवाजे पर।

मुमताज ने कई महीने बाद जब एकाएक वही पुराना दर्द भरा गाना 'दिल की दुनिया में साया था,' जिसे सुना तो उसे महान आश्चर्य हुआ।

वह लपककर बाहर आई।

उसने शाहजादे को देखा—और शाहजादे ने उसे।

शाहजादे का सर नीचे झुक गया—

और मुमताज की आंखें रो उठीं, उस बदनसीब को देखकर।

अठाईस

शाही महल में आज दरबारे-आम है।

परंतु इस दरबार में शाहंशाह मुहम्मद अली-बिन-ताहिर के जमाने जैसी रौनक नहीं है।

सल्तनत के हर भाग से सुयोग्य नागरिक आये हैं। बागियों के प्रमुख नेता भी उपस्थित हैं।

क्रान्ति की अधिष्ठात्री बेगम आलिया भी उचित आसन पर आसीन है।

जनता अपने अग्रणी को देखकर अत्यंत प्रसन्न है। उसके हृदय में बेगम के लिए श्रद्धा है।

बेगम आज भी अपने प्रच्छन्न रूप में ही है। चेहरे पर काला बुर्का और शरीर पर काला लबादा है।

बेगम कुछ कहने के लिए उठीं तो सारी जनता चिल्ला उठी—'बेगम आलिया जिन्दाबाद!'

बेगम ने हाथ उठाकर उनका स्वागत स्वीकार किया और अब दरबार में मृत्यु जैसी नीरवता छा गई।

'दोस्तो....!' बेगम आलिया कहने लगीं—'आज तुम्हें यहां, इस हालत में मौजूद देखकर मुझे कितनी खुशी हो रही है, इसे या तो खुदा जानता है या मेरा दिल। जिस बात की तमन्ना कई वर्षों से मेरे दिल में थी, वह आज तुम्हारी आजादी देखकर पूरी हो गई। मैं जानती हूं, कि तुम्हारे दिल में मेरे लिए कितनी इज्जत है! तुम्हारे ख्याल से तुम्हारी इस कामयाबी में मेरा सबसे ज्यादा हाथ रहा है, मगर मैं औरत होकर बहुत सोच-विचार के बाद इस नतीजे पर पहुंची हूं कि खुदाये-पाक जो कुछ चाहता है, वही होता है। इन्सान कुछ भी नहीं करता...और यह सच है कि शाही ताकत के आगे एक कमजोर औरत क्या कर सकती थी, अगर खुदा की पाक हस्ती उसके सर पर न होती। इसलिए हमारा फर्ज है कि हम उस हाजिर-नाजिर खुदा की खामोश रहकर कुछ देर तक इबादत करें।'

चुप हो गई बेगम। खड़े हो गए सभासद!

सब सर झुकाकर कुछ क्षण खामोश खड़े रहे।

गम्भीर सन्नाटा छाया रहा।

इसके बाद बेगम ने अपना सर उठाया। सभासद बैठ गए।

वे बोलीं—'मेरे हमदर्द दोस्तो! आज इस बड़ी सल्तनत का सारा बोझ तुम्हारे कंधों पर आ पड़ा है। गरीब रियाया जुल्म से छुटकारा पाने के लिए बेताब हो रही है—तुम जानते हो कि कोई भी सल्तनत बगैर ताजवर के चल नहीं सकती। आज सल्तनत तातार बगैर ताजवर के हो गई है, इसलिए हमारा पहला फर्ज है कि अपने लिए कोई काबिल ताजवर चुनें।'

बेगम चुप हो गयीं। जनता चिल्ला उठी—

'हम बेगम साहिबा को ही चुनते हैं—बेगम साहिबा ने अब तक हमारी रहनुमाई की है, इसलिए हमारी ख्वाहिश है कि आखिर तक आप हमारे साथ रहें।'

'भाइयो!' बेगम बोलीं—'मैंने तुम्हारे लिए अब तक जो कुछ किया है, वह सल्तनत पाने की गरज से नहीं, अपना फर्ज समझकर किया हैं। तुम्हें इतने से सब्र करना चाहिए। तुम्हारी रहनुमाई कर सकना मेरे लिए नामुमकिन है! मैं अपनी तरफ से अमीर सफ्दर का नाम पेश करती हूं। उन्होंने भी तुम्हारे लिए कुछ कम नहीं किया है। अगर ये हमारे साथ न होते तो खुदा जानता है, मैं नाकामयाब रहती। मेरी मिन्नत है कि हमारी आखिरी बात भी तुम लोग उसी तरह कबूल करें, जिस तरह अब तक करते आये हो—बोलो, तुम्हें मंजूर है?'

'हमें मंजूर है।' जयघोष कर उठी रियाया।

बेगम ने सफ्दर की ओर देखा और सफ्दर ने उठकर जनता के आगे सिर झुकाया।

बोला—'दोस्तो! आज आप लोगों ने जो रुतबा मुझे दिया है, मुझे यकीन नहीं कि उसे मैं कायम रख सकूंगा, फिर भी आपकी हमदर्दी के लिए निहायत शुक्रगुजार हूं! आज मेरी आंखों के सामने अपने प्यारे दोस्त शाहजादा रशीद की सूरत नाच रही है और दिल उसकी जुदाई पर रो रहा है। वह फरिश्ता हमें दगा देकर न जाने कहां जा छिपा है। अगर आज वह हमारे सामने होता तो हम सबसे पहले उसे अपना ताजवर बनाते, मगर खुदा की मरर्जी के आगे इन्सान को हमेशा झुकना पड़ता है।'

शाहजादे की याद में सारी जनता शोकाकुल हो गई।

बेगम आलिया भी शाहजादे के बिछोह से अत्यंत सन्तप्त दिखाई पड़ीं।

वे उठकर बोलीं—'मैंने शाहजादे रशीद को आखिरी बार जेल से बचाया था, इस उम्मीद पर कि वे हमारी रहनुमाई करेंगे, मगर, अफसोस वे हमारे सारे अरमानों को खाक में मिलाकर, हमें ऐन वक्त पर धोखा देकर चले गए। आखिरी वक्त ऐसा मालूम होता है कि उनके दिल पर निहायत सदमा गुजरा था, जिससे वे एकदम पागल से हो गए थे।'

बड़ी देर तक जनता में कानाफूसी और शाहजादे के गुणों की चर्चा होती रही।

अन्त में सफ्दर ने कहा—

'अब हमें अपना काम शुरू करना चाहिए।'

इसके बाद काफी देर तक सफ्दर विभिन्न राज्य-सम्बंधी विषयों पर भाषण देता रहा।

उसने प्रजातन्त्रीय शासन के सम्बंध में वह बात भी बताई, जिसे उसने और बेगम आलिया ने मिलकर निर्धारित किया था और जिसे प्रजा ने बहुत पसन्द किया।

अन्त में केंद्रीय शासन परिषद का चुनाव हुआ। सल्तनत के हर शहर में प्रजातन्त्रीय शासन कायम रखने के लिए स्थानीय परिषद का निर्वाचन हुआ।

सभी पदों पर सुयोग्य नागरिक चुने गये।

कानून बनाने के लिए विधान निर्माता समिति बनाई गई, जिसने अपने अधिकार से, प्रजा पर लगाये गये काले कानूनों को तुरंत रद्द कर दिया।

दरबार समाप्त हो जाने का समय आया, तो सफ्दर ने उठकर कहा—'आज का काम खत्म हुआ, मगर एक बात रह गई। अब तक हम बेगम आलिया के मुतल्लिक सैकड़ों अन्दाज लगा चुके हैं। आज सारी रियाया की तरफ से मैं बेगम के सामने घुटने टेककर मिन्नत करता हूं कि अब वे अपने चेहरे पर से राज का पर्दा हटा दें। रियाया उनकी सूरत देखना चाहती है।'

'मेरी सूरत देखकर रियाया मुझसे नफरत करने लगेगी।' बेगम बोलीं—'मगर रियाया के हुक्म मानने में मुझे कोई एतराज नहीं।'

और बेगम ने अपना बुर्का पीछे उलट दिया।

जनता उनके मुखमण्डल को आश्चर्यचकित नेत्रों से देखती रह गई।

सफ्दर तो गिरते-गिरते बचा।

उनतीस

रात को मुलायम बिस्तर पर पड़े-पड़े शम्सुल अपने विगत जीवन की घटनाएं याद करती है और उस सिलसिले में शाहजादे का प्रेम उमड़ पड़ता है। आंखों में पानी भर आता है और उस पानी से मखमली तकिया भीग उठता है।

उसके दिन तड़पते हुए बीत रहे हैं और रातें रोते-रोते गुजर रही हैं।

उसे चैन नहीं है।

इस लम्बी-चौड़ी दुनिया में वह अपने लिए शांति की जगह नहीं खोज पाती।

वह अपने गांव लौट जाना चाहती है।

वह गांव!

जहां शैशव की उमंगें लहलहाई थीं।

जहां की मिट्टी ने उसकी बाल-सुलभ चपलता पर यौवन का रंग चढ़ाया था।

आजकल अपनी मां के बिछोह से वह दुखी है। उसकी मां को कितना दुख होता होगा, यह वह अच्छी तरह जानती है।

वह उठी और मल्का से मिलने के लिए उनके प्रकोष्ठ में आई।

मल्का को शाहंशाह की मृत्यु का दुख था और वे शोकसूचक वस्त्र धारण किए पलंग पर बैठी थीं।

शम्सुल को देखकर बोली—'आओ शम्सुल!'

शम्सुल उनके पलंग के पास आकर बैठ गई।

'बहुत गमगीन नजर आ रही हो?'

चुप रही शम्सुल।

'मैं जानती हूं...!' मल्का बोलीं—'औरत होने के नाते मैं तुम्हारी मायूसी का सबब भी महसूस करती हूं...मगर क्या अब भी तुम शाहजादे को पाने की उम्मीद रखती हो?'

'उम्मीद ही तो इन्सान का सहारा है, मल्का!' शम्सुल ने कहा—'इतनी तकलीफें बरदाश्त कीं, अपनी असमत को अछूता रखा, सिर्फ इसी उम्मीद पर कि एक-न-एक दिन उन्हें जरूर पाऊंगी।'

'मैं जानती हूं कि तुम साफ व पाक हो, मगर शाहजादे के दिल में जो गलतफहमी उठ खड़ी हुई है, क्या वह कभी दूर हो सकेगी?' मल्का ने पूछा।

'खुदा जानता है कि शाहजादे ने मेरे साथ कितना जुल्म किया है। अगर एक बार उनसे मुलाकात हो जाती, तो सारी गलतफहमी लम्हें भर में दूर कर देती।'

'अगर शाहजादा जिन्दा है, तो एक-न-एक दिन तुम्हारी जिंदगी में जरूर आएगा। फिलहाल अगर तुम अपने गांव वापस जाना चाहती हो तो मेरे साथ चलो। यहां मेरी भी तबियत ऊब गयी है। हो सकता है, तुम्हारे साथ गांव में रहने से तुम्हारी और मेरी तबियत ठीक हो जाए।'

'आप मेरे साथ चलें तो मैं निहायत अहसानमन्द रहूंगी।' शम्सुल बोली।

'तो कल सुबह के लिए सारी तैयारी कर लो।'

दूसरे दिन—

प्रातःकाल सात-आठ ऊंटों का एक छोटा-सा काफिला, मल्का और शम्सुल को लेकर तातार से चल पड़ा।

'रास्ता खतरनाक था, इसलिए केवल दिन में ही काफिला चलता और रात में किसी कस्बे के पास विश्राम करता था।

चौथे दिन शाम को एक छोटा-सा काफिला शहर जोमन की सराय में ठहरा।

सराय के जिस कमरे में शाहजादा ठहरा था, उसी में शम्सुल को स्थान मिला।

मल्का उसकी बगल वाले कमरे में थी।

यहां आकर शम्सुल के हृदय में पुरानी स्मृतियों ने करुणा की सृष्टि कर दी।

एक दिन इसी कमरे में सल्तनत तातार का चांद था।

तब यहां का जर्रा-जर्रा शम्सुल को मदहोश बना देने वाला था—

और एक दिन आज है, जब शमादान की रोशनी में भी, शम्सुल की आंखों के सामने अंधेरा-ही-अंधेरा है।

यहां का कण-कण उसके हृदय में शूल की तरह चुभ रहा है।

मुमताज आई तो शम्सुल को देखकर चौंक पड़ी। उसके नेत्रों के समक्ष उस दीन हीन मदभरे नयनों वाली भिखारिन की आकृति स्पष्ट हो उठी।

आज वही भिखारिन शाही लिबास में उसके सामने खड़ी थी।

आंखों की पुतलियों में मदिरा की छलछलाहट की जगह, करुणा के आंसू थे।

'तुम...।' शम्सुल भी उसे देखकर चौंक पड़ी—'अच्छी तो हो?'

'शुक्र है खुदा का।' कहा मुमताज ने।

'पहचानती हो मुझे?' शम्सुल ने पूछा।

'भला आपको न पहचानूंगी?' बोली मुमताज—'जिसने आपकी आंखें देखी हों, वह क्या आपको कभी भूल सकता है!'

'तुम्हारी सूरत से जाहिर है कि मुझे यहां देखकर तुम्हें सख्त ताज्जुब हुआ है?' शम्सुल ने कहा।

‘आपको यहां देखकर मुझे ताज्जुब नहीं हुआ है, क्योंकि आप तो यहां रोज आया करती थीं, चन्द महीनों पहले...।’ मुमताज बोली—‘ताज्जुब मुझे हुआ है जरूर, मगर इस वजह से नहीं।’

‘तब किस वजह से?’ शम्सुल ने पूछा।

‘दुनिया की तब्दीली देखकर मुझे ताज्जुब हुआ है।’ बोली मुमताज—‘मेरी जबान पर ‘तुम’ के बदले ‘आप’ है और आपके बदन पर, गरीबी के बदले दौलत का तमाशा! जहां एक दिन कोई दूसरा था, वहां आज आप हैं और एक दिन जहां आप थीं, वहां आज कोई दूसरा है, क्या यह ताज्जुब की बात नहीं?’

‘मैं तुम्हारी बातों का मतलब समझी नहीं।’ शम्सुल ने कहा।

‘समझ भी नहीं सकेंगी आप!’ मुमताज फीकी हंसी हंसकर बोली—‘कुदरत का तमाशा कोई समझ सका है कभी?’

मुमताज चली गई तो शम्सुल उसकी बातों का मतलब सोचने लगी।

यद्यपि मुमताज की बातें इतनी गूढ़ नहीं थीं, मगर शम्सुल के लिए तो यह पहेली दुर्भेद्य थी।

रात गुजरती जा रही थी और शम्सुल की करवटों से पलंग कांप-कांप उठता था।

नींद नहीं आ रही थी उसे। विचारों का प्रवाह तटबन्ध तोड़ने को मचल उठा था।

बहुत देर बाद उसकी आंखों में नींद आयी। फलतः सुबह होने के बहुत देर बाद तक सोती रही।

काफिला चल पड़ने को तैयार था और मल्का उसके कमरे में दो बार आ चुकी थी। दोनों बार उसे निद्रामग्न देखकर लौट गई थीं। वे उसे जगाना नहीं चाहती थीं।

खिड़की की राह सूर्य की किरणें आकर शम्सुल के अलसित शरीर पर क्रीड़ा कर रही थीं।

मगर शम्सुल बेसुध थी।

और शायद बहुत देर तक बेसुध रहती, यदि कहीं से एक दर्द भरे गाने की आवाज न आती।

जाने क्यों शम्सुल का शरीर अचानक सिहर उठा और वह पलंग पर उठकर बैठ गई।

उसने सुना—

सालों से बिछुड़ा उसी का गाया हुआ गीत। सुनकर उसका रोम-रोम पुलकित हो उठा।

सुनने लगी वह।

एक पुरुष की करुण आवाज वही गाना दुहरा रही थी—

‘दिल की दुनिया में साया था जिसे,
और आंखों ने चुराया था जिसे।’

बेचैन हो गई शम्सुल। उस स्वर के दर्द से वह भली-भांति परिचित थी।

अपने कमरे में बैठी हुई मल्का भी वह स्वर सुनकर विस्मित हो उठी थीं।

उस आवाज ने उनके हृदय में पैठकर उनका कलेजा मरोड़ डाला था।

फिर भी वे शान्त थीं। जमाने की गर्दिश ने उन्हें शान्त रहने की शिक्षा दी थी।

मगर शम्सुल शान्त न रह सकी।

बदहवास-सी निकलकर वह उस ओर को दौड़ी, जिधर से वह स्वर आ रहा था। वह दर्दभरी आवाज अब भी हवा में तैर रही थी—

'दिल की दुनिया में बसाया था जिसे,

और आंखों ने चुराया था जिसे।'

स्वर बन्द हुआ, तो तीव्र आर्तनाद करती हुई शम्सुल गाने-वाले के पैरों पर गिर पड़ी।

बोली—'मेरे शाहजादे!'

गाने वाला एक भिखारी था।

उसने चौंककर शम्सुल की ओर देखा और तब बलपूर्वक उसने पैर खींच लिया।

शम्सुल वेदनापूर्ण स्वर में बोली—'मेरे दिल! मुझे माफ कर दो...।'

'शम्सुल!' रूखे स्वर में बोला भिखारी—'क्यों आई हो मेरे पास?'

'तुम्हारी तलाश करते-करते यहां आ गई, मेरे रब!' बोली शम्सुल।

भिखारी हंसा, एक करुण हंसी।

बोला—'मेरी तलाश तुम्हें कब से थी, शम्सुल? दौलत की तलाश करो, मेरे पास अब क्या रखा है?'

'मुझे तुम्हारी मुहब्बत चाहिए, शाहजादे! दौलत नहीं।'

'शाहे-आलम से तुम्हें मुहब्बत भी मिल जाएगी और दौलत भी...।' शाहजादा बोला—'उन्हीं के पास जाओ।'

'वे अब नहीं रहे...।' शम्सुल बोली।

'क्या बात है...।' व्यंग्यपूर्ण स्वर में शाहजादे ने कहा—'भाईजान अब नहीं रहे, तो तुम्हें मेरी तलाश करनी पड़ी...शाही ऐवान की बांदी! एक दफा तुम मुझसे दगा कर चुकी हो, अब मेरे सामने आकर क्या मेरी गरीब जान भी लेना चाहती हो?'

'तुम्हें गलतफहमी हुई है, शाहजादे!' शम्सुल ने शाहजादे का हाथ पकड़ लिया। आंखों से आंसू बरस पड़े।

'खुदा करे मेरी यह गलतफहमी हमेशा कायम रहे ताकि तुम मेरे साथ फिर दगाबाजी न कर सको।'

शाहजादे ने निष्ठुरतापूर्वक शम्सुल का हाथ झटक दिया।

उसी समय मल्का भी आकर शाहजादे के सामने खड़ी हो गयीं। उनका मुख अतिशय गम्भीर था।

शाहजादे ने उन्हें देखा, फिर सर नीचा कर लिया।

दुबारा सिर उठाकर देखा तो देखता रह गया।

'शाहजादे!' मल्का ने करुण वाणी में पुकारा।

शाहजादा चुप रहा।

'दगाबाज बच्चे! जवाब भी नहीं देना चाहते तुम?' मल्का की आवाज जैसे रो रही थी।

एकाएक शाहजादा उठ खड़ा हुआ।

मल्का उसकी ओर बढ़ीं।

दूसरे ही क्षण शाहजादे का कृश शरीर मल्का के वक्ष में समा गया।

'मल्का! मेरी मां।' रुद्ध कण्ठ से शाहजादे ने कहा।

'मेरे बेटे!' मल्का बोलीं।

बरसों से बिछड़े हुए मां-बेटे दिल खोलकर मिले।

उनकी आंखें रो रही थीं। चेहरा आंसुओं से तर था।

'यह तुमने अपनी क्या हालत बना रखी है, रशीद?' मल्का ने पूछा।

'खुदा को यही मंजूर था, भाभीजान!' बोला शाहजादा।

'यह क्यों नहीं कहते कि अपने को मिटा देने की मंशा थी तुम्हारी...।' मल्का ने कहा—'अपनी तबाही के लिए तुम खुद जिम्मेदार हो! तुमने अपनी तन्दुरुस्ती मिट्टी में मिला दी। जानते हो, तुम्हारे जिस्म को मैंने अपना खून दे-देकर तन्दुरुस्त बनाया था, मेरी अमानत के साथ दगा करने का तुम्हें कोई हक नहीं था।'

'...............'

चुप हो रहा शाहजादा। कोई उत्तर न दे सका।

शम्सुल भी चित्रलिखित-सी खड़ी रही।

'आज सल्तनत में चारों तरफ जलसे हो रहे हैं।' मल्का बोलीं—'रियाया बहुत खुश है। बेताबी के साथ तुम्हारी खोज कर रही है और तुम गर्दोगुबार में सने हुए यहां पड़े हो।'

'आपका ख्वाब तो पूरा हो गया, भाभीजान!' व्यंग्यपूर्ण मुस्कराहट एक क्षण के लिए शाहजादे की मुखाकृति पर खेल गई, मगर तुरंत ही वह गम्भीर हो उठा।

'मेरा ख्वाब? यह तुम क्या कह रहे हो, शाहजादे!'

मल्का को अत्यंत आश्चर्य हुआ शाहजादे की बात सुनकर।

'हां! आपका ख्वाब बेगम आलिया?'

'तुम्हारा मतलब?'

'मेरा मतलब है कि बेगम आलिया बनकर आप जो ख्वाब देख रही थीं, वह पूरा हो चुका न?' बोला शाहजादा।

मल्का ने शाहजादे के सिर पर हाथ फेरकर कहा—

'तो तुम मुझे पहचान गये थे, शाहजादे!'

'भला एक बेटा अपनी मां को न पहचानेगा?' शाहजादे ने कहा—'बेगम आलिया की आवाज कानों में आते ही, मैं समझ गया था सब कुछ। जो आवाज बचपन से ही सुनता आ रहा था, उसे पहचानने में मुझसे भूल कैसे होती, अम्मीजान?'

इतने में ही एक युवक सड़क पर से दौड़ता हुआ आया और शाहजादे के सामने खड़ा हो गया। उसके चेहरे से उद्विग्नता टपक रही थी।

'गजब होना चाहता है, रशीद?' वह युवक उतावली के साथ शाहजादे से बोला।

परंतु दूसरे ही क्षण उसकी दृष्टि शम्सुल पर पड़ी तो वह चौंक पड़ा।

'तुम!' इससे अधिक वह कुछ न कह सका।

'नसीर भाई!' शम्सुल उसकी ओर बढ़ी।

वह नसीर ही था। शम्सुल को देखकर उसके मुख पर घृणा की छाया स्पष्ट हो उठी।

शम्सुल ने नसीर का हाथ पकड़ना चाहा, परंतु वह दो कदम पीछे हट गया—और चिल्लाया—'दूर रहो! मेरे जिस्म पर अपने नापाक हाथ मत लगाना।'

नसीर के स्वर में जो उपेक्षा का भाव था और उसके शब्दों में अंतर्मन को भेद देने की जो शक्ति थी, उससे शम्सुल मर्माहत हो उठी।

उसने अकुल स्वर में कहा—'मुझे माफ कर दो, नसीर भाई।'

'माफ कर दूं?' बोला नसीर—'उसे माफ कर दूं जिसने हमारी जान तक ले डाली है? बेवफा की पुतली! मुझसे दूर ही रहना। मेरे हाथों की ताकत अब भी मौजूद है। मैं तुम्हारा गला घोट दूंगा।'

....

कुछ कहना चाहते हुए भी शम्सुल कुछ न कह सकी।

नसीर ने शाहजादे का हाथ पकड़ लिया।

बोला—'जल्दी चलो शाहजादे! चाची की जान निकल रही है। वह आखिरी वक्त तुमसे कुछ कहना चाहती है।'

शाहजादे का हाथ पकड़कर नसीर त्वरित वेग से दौड़ता हुआ दृष्टि से ओझल हो गया।

जब शाहजादा झोंपड़ी में पहुंचा, उस समय बुढ़िया का आखिरी वक्त था। सांस अटकी हुई थी, उससे कुछ कहने के लिए।

सुबह जब शाहजादा गया था, तो बुढ़िया की हालत और दिनों से कुछ अच्छी थी।

मगर वह नहीं जानता था कि बुझने के वक्त शमा की लौ तेज हो उठती है।

'अम्मी!' शाहजादे ने पुकारा।

मरती हुई बुढ़िया की जबान कांपी। मुंह से कुछ अस्फुट स्वर निकलने लगे।

शाहजादे ने बुढ़िया के मुख से अपने कान लगा दिए।

अत्यंत क्षीण स्वर में बुढ़िया कह रही थी—

'मेरे बेटे! मुझे याद है, तुमने एक दिन कहा था कि तुम और शम्सुल आखिरी दफा किसी नखलिस्तान में मिले थे....मेरी तमन्ना है कि मेरी कब्र वहीं बने, जहां की सरजमीं और हवा ने दो बुलबुलों की चहचहाहट सुनी थी, मेरी यह ख्वाहिश तुम पूरी करना, रशीद!'

बुढ़िया की आवाज क्षीण होती गई।

जलती हुई शमा बुझने के करीब आ गई। रात्रि वायु का एक झोंका आया और उसकी प्राण-वायु को अपने साथ उड़ा ले गया।

शाहजादे ने अपनी आंखें पोंछ लीं।

नसीर रोता हुआ झोंपड़े से बाहर आ रहा था।

उसी समय पगडण्डी पर एक ऊंटगाड़ी आ खड़ी हुई, जिस पर से शम्सुल और मल्का उतरीं।

मल्का धीरे-धीरे झोंपड़ी की ओर बढ़ीं, मगर शम्सुल उनसे पहले ही दौड़कर दरवाजे पर पहुंच गई।

वह अंदर जाना ही चाहती थी कि नसीर ने लपककर उसका हाथ पकड़ लिया।

बोला—'तुम अंदर नहीं जा सकतीं।'

'जाने दो नसीर! आखिरी बार मां के मुंह से निकलती हुई आवाज सुनने दो।'

'अब चाची की जबान बेजबान हो गई है, मल्का हुजूर!' नसीर ने कहा—'मरकर भी उसे चैन न लेने देगी, यह छोकरी।'

'अम्मी!' तीव्र आर्तनाद कर उठी शम्सुल।

नसीर से अपना हाथ छुड़ाकर वह दौड़ पड़ी झोंपड़े के अंदर, रास्ते में शाहजादे से टकरा गई।

संभली और फिर दौड़ती हुई भागी। धड़ाम से बुढ़िया के निर्जीव शरीर से लिपटकर जोरों से रो पड़ी।

शाहजादे ने उसका हाथ पकड़कर उठाया।

रुद्ध स्वर में कहा—'उठो! लाश मुझे उठाने दो।'

'कहां ले जाओगे? तुम मेरी अम्मी को कहां ले जाओगे?'

'उसी नखलिस्तान में जहां एक दिन तुम्हारे नापाक कदम पड़े थे।'

'मत ले जाओ...! इन्हें मत ले जाओ वहां!' शम्सुल रोने लगी।

'हट जाओ, शम्सुल!'

और शाहजादे ने शम्सुल को बलपूर्वक लाश से अलग कर दिया।

उस निर्जीव शरीर को उठाकर कंधे पर रख लिया।

झोंपड़ी के बाहर आकर वह सीधा पगडण्डी पर चल पड़ा। नसीर भी उसके पीछे हो लिया।

दोनों चुप थे।

शाहजादा बढ़ा जा रहा था बुढ़िया की लाश कंधे पर रखे और नसीर भी तेजी के साथ उसका अनुसरण कर रहा था।

उस समय रेगिस्तानी वातावरण क्षुब्ध, अत्यंत क्षुब्ध सा लग रहा था।

हवा में तेजी बढ़ती जा रही थी।

बहुत दूर जा चुकने पर नसीर ने पीछे घूमकर देखा—दूर...बहुत दूर, पीछे पगडण्डी पर शम्सुल और मल्का चली आ रही थीं।

उन स्त्रियों के लिए पुरुषों की गति को पकड़ पाना असंभव था।

अब शाहजादा पगडण्डी छोड़कर रेगिस्तानी मार्ग पर अग्रसर हुआ।

नसीर ने सामने नजर उठाई तो स्तब्ध रह गया।

शाहजादे के पास आकर बोला—'शाहजादे!'

'कहो, क्या है?' गम्भीर स्वर में शाहजादे ने पूछा।

'हवा में यह गर्मी और तेजी देख रहे हो न?'

'देख रहा हूं—!'

'और उधर सामने देखो।' नसीर ने कहा—'धूल, गर्द और बालू की एक खौफनाक दीवार आसमान छूती हुई चली आ रही है।'

मूक दृष्टि से शाहजादे ने उस ओर देखा—

नसीर ने जो कुछ कहा था, सच था।

'क्या है वह?' शाहजादे ने पूछा।

'आंधी है...' नसीर बोला—'रेगिस्तानी आंधी।'

'आंधी या तूफान इस वक्त मेरा रास्ता नहीं रोक सकते, नसीर।' शाहजादे ने कहा—'मुझे किसी तरह जल्द उस नखलिस्तान तक पहुंचना है।'

शाहजादा रेगिस्तान की आंधी और उसकी भयंकरता को जानता था।

'मेरी बात मानो, कुछ देर के लिए रुक जाओ, शाहजादे! यह तूफान अपने थपेड़ों से इंसान की जान तक ले सकता है।' नसीर ने कहा।

'मुझे अपनी जान की परवाह नहीं, नसीर! अगर तुम्हें अपनी जान का खौफ हो तो लौटकर जा सकते हो।' बोला शाहजादा।

वह बढ़ता गया है।

नसीर भी पीछे-पीछे चलता रहा।

तूफान की दीवार हाहाकार करती हुई बढ़ी आ रही थी।

हवा के साथ अगणित बालू के कण उड़-उड़कर आंखों में पड़ने लगे।

'रुक जाओ शाहजादे! अपनी जान मत दो।'

नसीर ने पुनः आग्रह किया।

'मैं कहता हूं कि तुम लौट जाओ, नसीर!' शाहजादा बोला।

'मैं तो पहले से ही मुर्दा हो चुका हूं। यह तूफान मेरी जान क्या ले सकता है?'

देखते-देखते चारों ओर अंधकार छा गया।

घबराकर नसीर रुक गया।

मगर शाहजादा बढ़ता ही गया, आंखें मूंदकर।

हवा के झोंके के साथ ढेर-के-ढेर बालू सट्ट-सट्ट उसके बदन पर चोट कर रहा था।

परंतु अब शाहजादे की मंजिल भी खत्म हो चुकी थी।

नखलिस्तान थोड़ी ही दूरी पर था।

उस समय चारों ओर प्रलय का दृश्य उपस्थित था। तूफान का वह दृश्य अत्यंत भयावना था।

नखलिस्तान तक पहुंचते-पहुंचते शाहजादा गिर पड़ा।

उसके कांपते हाथों से लाश छूटकर बालूकामय जमीन पर गिर पड़ी। शाहजादे को खुशी थी कि उसने बुढ़िया की आखिरी इच्छा पूरी कर दी है।

वह वहीं जमीन पर बैठ गया।

वहां से उठ सकने का साहस उसमें न था। शक्ति ने जवाब दे दिया था।

शाहजादा समझ गया कि अब उसकी भी कब्र इसी रेगिस्तान में बनेगी और थोड़ी ही देर में हवा के साथ उड़कर गिरती हुई बालू के ढेर में उसका शरीर लुप्त हो जाएगा।

उसने आंख खोलने की कोशिश की, मगर खोल न सका।

उसी समय किसी का कोमल शरीर उसके ऊपर लुढ़क गया।

वह चौंक पड़ा। बोला—'कौन है? कौन है जो मुझे चैन से मरने भी नहीं देना चाहता।'

'मैं हूं!' एक क्षीण स्वर सुनाई पड़ा।

'शम्सुल तुम?' शाहजादा आश्चर्य से बोला—'जहां तक सिर्फ मैं पहुंच पाया, वहां तुम कैसे पहुंच गई?'

'मुझे अपने साथ मरने की इजाजत दो, शाहजादे!' शम्सुल बोली—'तुम्हें जिंदा न पा सकी, तो मरकर ही सही।'

'यह नहीं हो सकता, नहीं हो सकता यह?' तुम्हें अपने साथ नहीं ले जा सकता, तुम जन्नत में भी मेरे साथ दगा करोगी।'

'शाहजादे—!' शम्सुल ने कसकर शाहजादे का शरीर अपनी बांहों में जकड़ लिया—'अपनी गलतफहमी दूर करो—तुम्हारी कसम, इस तूफान की कसम और अपनी अम्मी की कसम खाकर कहती हूं कि मैं अब तक बिल्कुल साफ व पाक हूं—शाहंशाह ने मेरे साथ ज्यादती नहीं की थी।'

'क्या तुम सच कह रही हो?'

'बिल्कुल सच!'

'तो आओ!' शाहजादा बोला—'अब हम दोनों साथ ही मरेंगे। खुदा ने चाहा, तो हम मरकर भी अलग न होंगे।'

दोनों एक दूसरे की बांहों में लिपट गये।

इस जीवन में पहली और आखिरी बार दोनों ने एक दूसरे का चुम्बन किया।

उनके शरीर निष्चेष्ट हो रहे थे और उधर बालू की राशि उनके बदन पर पुष्प-सी वर्षा कर रही थी, जिससे उनका शरीर धीरे-धीरे बालू के भीतर छिपता जा रहा था।

उनकी मंजिल समाप्त हो चली थी।

दूसरे दिन!

तूफान शांत था। हवा निश्चल थी।

सूर्य की किरणें दूर-दूर तक रेगिस्तान पर चमचमा रही थीं।

दो व्यक्ति उसी नखलिस्तान के समीप खड़े थे—एक पुरुष और दूसरी स्त्री।

कल के तूफान ने रेगिस्तान में कहीं-कहीं गड्ढे और कहीं-कहीं ऊंचे टीले बना दिए थे।

पुरुष ने बालू के एक टीले की ओर संकेत कर कहा—'यही है!'

'यही है उनकी कब्र?' गम्भीर स्वर में स्त्री ने पूछा।

'हंसते थे जिंदगी में जो, अपनी बहार देखकर।

रोती है आज बेकसी, उनकी मजार देखकर।'

वह था नसीर।

वह थीं मल्का।

'हां यही उनकी कब्र है मल्का!' नसीर ने कहा।

'दुनिया भी कितनी अजीब है, नसीर!' मल्का बोलीं—'यहां दगाबाजों को आराम मिलता है—इन दोनों दगाबाजों को देखो! बालू की गोद में क्या आराम से सो रहे हैं? बेईमान कहीं के!'

मल्का टीले के पास घुटनों के बल बैठ गई।

शाम्सुल और शाहजादे की कब्र पर फातिहा पढ़ने लगीं। इसके बाद वे उठ खड़ी हुईं।

'चलो नसीर!' बोलीं मल्का—'वे दोनों दीवाने चले गये हमें अकेला छोड़कर, मगर हम मरेंगे नहीं। सीना खोलकर रंजोगम बरदाश्त करेंगे।'

आगे-आगे मल्का और उनके पीछे-पीछे नसीर!

दोनों चलते हुए।

बालू के सागर से दूर क्षितिज के पास जाकर उनकी आकृति विलीन हो गई।

* * *

www.ingramcontent.com/pod-product-compliance
Ingram Content Group UK Ltd.
Pitfield, Milton Keynes, MK11 3LW, UK
UKHW041825200726
13854UKWH00002BA/562

9 789352 780549